CANDACE CAMP

LA CONVENIENCIA DE AMAR

Editado por Harlequin Ibérica.
Una división de HarperCollins Ibérica, S.A.
Núñez de Balboa, 56
28001 Madrid

© 1996 Candace Camp. Todos los derechos reservados.
LA CONVENIENCIA DE AMAR, Nº 2
Título original: Suddenly.
Publicada originalmente por Mira Books, Ontario, Canadá.
Traducido por Jesús Gómez Gutierrez.

Este título fue publicado originalmente en español en 1998.

Todos los derechos están reservados incluidos los de reproducción, total o parcial. Esta edición ha sido publicada con permiso de Harlequin Enterprises II BV.
Todos los personajes de este libro son ficticios. Cualquier parecido con alguna persona, viva o muerta, es pura coincidencia.
™ TOP NOVEL es marca registrada por Harlequin Enterprises Ltd.

®™ son marcas registradas por Harlequin Enterprises Limited y sus filiales, utilizadas con licencia. Las marcas que lleven ™ están registradas en la Oficina Española de Patentes y Marcas y en otros países.

I.S.B.N.: 84-671-2862-3

Prólogo

Londres
1871

Charity había planeado todos los detalles de su fuga.

Era muy importante que nadie supiera que había salido de la casa; ni siquiera la servidumbre, ni su hermana Serena, porque podían decírselo a sus padres. Pensarían que era por su propio bien, por supuesto. Dirían que una joven de la alta sociedad no podía ser vista paseando por las calles de Londres, sin acompañante alguno, sin que su reputación sufriera un severo daño. Nadie excusaría tal comportamiento, ni siquiera su amable y cariñoso padre, y nadie comprendería que difícilmente podía sufrir su reputación si nadie de la alta sociedad la veía. Y lo peor de todo, era que intentarían averiguar la razón por la que aquella misma mañana se había marchado de la casa de su tía Ermintrude sin que la acompañara ni siquiera una criada.

No estaba dispuesta a explicar sus motivos. Si caminar a solas por el tranquilo y elegante barrio de Mayfair les parecía un acto imperdonable, su horror sería aún mayor de saber lo que pretendía hacer.

Después de pensarlo mucho, había decidido que la mejor hora para marcharse sería inmediatamente después de haber desayunado. Tanto su madre como sus hermanas seguirían dormidas; desde que llegaron a Londres para la presentación en sociedad de Serena y Elspeth no habían dejado de asistir a todo tipo de fiestas, adoptando el horario de la ciudad, de tal manera que se acostaban a altas horas de la madrugada y a veces no se despertaban hasta pasado el mediodía. Con un poco de suerte no sabrían que se había marchado, porque tenía intención de regresar antes de que se levantaran. En cuanto a su padre, que se levantaba muy pronto, se habría marchado a dar su habitual paseo después de desayunar. Los criados ni siquiera se darían cuenta, inmersos en sus actividades, a no ser que la vieran salir sola.

Siguió su plan punto por punto. Cuando terminó de desayunar, y después de asegurarse de que su padre se había marchado, bajó con suma cautela las escaleras, sombrero en mano, y salió de la casa no sin antes mirar a su alrededor para comprobar que nadie la había visto. Acto seguido se puso el sombrero, bajó los escalones de la entrada y se alejó de la casa. Sólo se detuvo una vez más para asegurarse de que nadie la seguía. Paró una calesa y en cuestión de minutos se encontraba frente a la fachada de Dure House, una impresionante mansión de estilo rey Jorge.

Charity pagó al conductor y subió las escaleras del edificio como si fuera algo que hiciera todos los días. Sabía que en situaciones de inseguridad la mejor estrategia era actuar como si se supiera exactamente lo que se hacía. Llamó con la aldaba, que representaba un león, y esperó.

Un criado alto y de aspecto cadavérico abrió la puerta. Su expresión era tan altiva que de inmediato supo que debía tratarse del mayordomo. La miró con intensidad. Charity se encontraba sola, algo bastante extravagante, y además iba vestida con ropa pasada de moda.

—¿Sí? —preguntó.

Arqueó las cejas como dejando bien claro que dudaba de su nivel social y de los motivos que la hubieran llevado a la mansión del conde de Dure.

Charity alzó el rostro, orgullosa, y devolvió su fría mirada. Su familia poseía un irreprochable pasado aristocrático, y no iba a permitir que un simple mayordomo la mirase de aquella forma.

—Soy Lady Charity Emerson —dijo, imitando el petulante tono de su madre—. Me gustaría ver a Lord Dure, si tiene a bien presentarme.

Charity notó que dudaba, y que le habría gustado echarla de allí a patadas. Pero también notó su incertidumbre al reconocer el apellido Emerson; no podía arriesgarse a cometer un error.

Al final, se apartó a regañadientes y dejó que entrara.

—Si tiene la bondad de esperar aquí, veré si el señor se encuentra en casa.

Aquella frase era un simple eufemismo. En realidad, deseaba preguntar a Lord Dure si quería recibir a una insolente que se había presentado en la mansión sin acompañante y sin galas de ninguna clase. Charity era consciente de ello y se distrajo contemplando el amplio y elegante recibidor, de suelos de mármol. Una enorme escalera ascendía al fondo, dividiéndose en dos poco más arriba.

Minutos más tarde, el mayordomo descendió la escalera, hizo una ligera reverencia ante ella y dijo:

—Si tiene la amabilidad de seguirme, señorita.

Charity sintió que sus piernas apenas la mantenían en pie. Hasta entonces no se había dado cuenta de lo tensa que estaba. Temía que el conde se negara y que toda su pequeña aventura hubiera sido en vano. Respiró profundamente y siguió al mayordomo escaleras arriba, hasta que llegaron a un cálido despacho.

—Lady Charity Emerson —anunció el mayordomo.

De inmediato, el criado la dejó a solas con Simon Westport, conde de Dure.

El conde estaba sentado en su escritorio. En cuanto entró se levantó para recibirla. Y sólo necesitó una mirada para adivinar que se trataba de un hombre peligroso.

Todo el mundo decía que lo era; de hecho, lo llamaban «el diablo de Dure». Ahora podía comprender los rumores. Era alto, duro y frío; todo en él intimidaba, desde su pelo negro, leonino, hasta los músculos de sus brazos, pecho y piernas, pasando por el excelente gusto que demostraba con la ropa. Su rostro no denotaba emoción alguna; sus facciones eran regulares y duras, como si hubieran sido esculpidas en granito. En cuanto a sus ojos, eran de un color oscuro e indefinible, entre verde ciénaga y gris. La miraron con frialdad, como si se clavaran en ella, dejándola indefensa.

Charity sintió que su boca estaba seca y hasta consideró que había cometido un error al presentarse allí.

—¿Sí, señorita Emerson? —preguntó el conde—. ¿En qué puedo servirla?

Charity intentó mantener la compostura. No había huido de nada en toda su vida, y no tenía intención de hacerlo ahora. Además, su futuro estaba en juego.

Sin más dilación contestó, alto y claro:

—He venido para pedirle que se case conmigo.

Durante unos segundos, ninguno de los dos habló. El conde la observaba con sincero asombro.

Lo había sorprendido que su mayordomo anunciara la presencia de Charity Emerson. Sabía que era la hermana de Serena, aunque no la conocía personalmente. Todo aquello lo había intrigado, porque no sospechaba las extrañas circunstancias que podían haberla llevado a su puerta. Durante las dos o tres últimas semanas habían corrido rumores de que pensaba pedir la mano de Serena, pero no mantenía relación directa con los Emerson, y socialmente estaba muy mal visto que una joven visitara la casa de un hombre con el que no estuviera emparentada.

Cuando Charity entró en su despacho sufrió la segunda sorpresa. Esperaba que la hermana menor de Serena resultara ser apenas una niña, y sin embargo era una joven bella y exuberante. No le resultó extraño que no la hubieran presentado en sociedad en compañía de Serena y Elspeth. Era tan atractiva, y de cuerpo tan esbelto, que sus hermanas apenas habrían brillado en su presencia. Bastó una mirada para excitarlo.

Con todo, aquella pregunta fue la mayor de sus sorpresas. Lo dejó sin habla. Sólo al cabo de unos segundos fue capaz de aclararse la garganta y preguntar:

—¿Cómo?

Charity se ruborizó.

—Bueno, tengo entendido que está buscando una esposa, ¿no es cierto?

El conde arqueó las cejas con suavidad. Tal vez estuviera sorprendido, pero su rostro no denotó ninguna emoción.

—Dudo que eso sea asunto suyo, señorita Emerson, pero es cierto. Tengo intención de casarme pronto. Muerto mi abuelo, he de afrontar la responsabilidad de dar un heredero a mi familia.

—Muy bien. Ése es el motivo de mi visita.

—¿Debo entender entonces que está buscando un esposo?

Charity se ruborizó aún más. No pretendía ser tan directa. Había planeado actuar con frialdad y de forma lógica, pero las palabras habían escapado de su boca sin que se diera cuenta, algo que le sucedía con cierta frecuencia.

—Yo no... Bueno, sí, en cierto modo. Pero no en el sentido que cree.

—Ya —dijo, divertido—. ¿Puedo preguntar entonces en qué sentido se ofrece como esposa?

El conde realizó la pregunta con un tono tan oscuro y sutil que Charity se estremeció. Sabía que debía sentirse insultada por aquellas palabras, como si implicaran que no la consideraba una señorita, pero el timbre de su voz consiguió que se sintiera más débil que indignada.

Intentó recordar el motivo de su visita y mantener la compostura.

—Todo el mundo dice que piensa pedir la mano de mi hermana. Mi padre le dijo anoche a mi madre que imaginaba que vendría pronto a nuestra casa.

—¿Ah, sí? —preguntó el conde.

—Sí. Cuando lo oí, supe que debía actuar sin más dilación.

—Ya veo. ¿Y qué quiere decir con eso?

—Que quiero que se case conmigo en vez de con Serena —aseguró con gravedad—. Sabe que debe casarse con usted. Serena es la clase de mujer que siempre cumple sus deberes familiares. Se casará si nadie hace algo para evitarlo, y llevará una existencia miserable el resto de su vida.

El conde permaneció en silencio unos segundos, antes de murmurar:

—No me había dado cuenta del mal esposo que podría ser.

Charity se ruborizó. Acababa de comprender cómo podía ser interpretado su comentario.

—Lo siento, milord. No pretendía insinuar que como marido pueda hacer infeliz a alguien, al menos en circunstancias normales. En tal caso no le habría pedido que se casara conmigo, pero he de admitir que no soy tan altruista. No dudo que Serena habría hecho lo mismo por mí. Es mucho mejor que yo.

—Ciertamente, es una persona extraordinaria —admitió, con mirada divertida—. Precisamente por ello, tenía intención de pedir su mano.

—Pero no está enamorado de ella, ¿verdad? —preguntó con ansiedad—. Serena no lo cree. Y mis propios padres comentaron que no estaba interesado en mantener una relación de amor con su esposa. ¿Es cierto?

—Estoy buscando un acuerdo algo más razonable —confesó—. Ya he probado las mieles del amor, y no tengo intención de volver a pasar por tales sufrimientos. Con todo, temo que no comprendo los motivos...

—Bueno, no es que Serena tenga miedo de usted. No lo tiene, o al menos, no demasiado.

—Me siento muy aliviado.

Charity lo miró, y al observar su mirada se relajó y sonrió.

—Ya veo que no estoy explicándome muy bien, ¿verdad?

El problema estriba en que Serena está enamorada de otro hombre. Comprenderá entonces que no quiera casarse con usted cuando su corazón pertenece a otra persona.

Dure frunció el ceño.

—Su hermana no lo mencionó nunca. Parecía estar de acuerdo con mi proposición. Si no quería casarse conmigo, ¿por qué no lo dijo?

—No está en su naturaleza. Es una buena hija, y mis padres desean que el matrimonio se lleve a cabo. Con cinco hijas, es muy difícil para ellos. Sería muy conveniente que al menos una de nosotras consiguiera una boda importante. En cuanto Serena se casara con usted, presentaría en su casa al resto de sus hermanas.

Simon gimió al pensar que su mansión pudiera llenarse de jovencitas, y Charity asintió con conmiseración.

—Tiene razón al demostrar su desagrado —continuó—. Especialmente en lo relativo a Belinda, porque es una niña mimada. Pero Serena piensa que debe casarse con usted por el bien de la familia, aunque eso le rompa el corazón. Está enamorada del reverendo Anthony Woodson, de Siddley on the Marsh. Es un buen hombre, pero carece de fortuna. Sin embargo, a Serena no le importa. Sólo quiere casarse con él y ser feliz; sería una magnífica esposa para él, porque es amable y cariñosa, y le gusta ayudar a la gente. No le importa la ropa, ni los bailes, ni los acontecimientos sociales.

—No lo sabía —dijo el conde—. Pero puedo asegurarle que no me casaré con ella si está enamorada de otro hombre. No tenía intención alguna de obligarla a casarse conmigo.

—Por supuesto que no. Imaginaba que no estaría al tanto. ¿Cómo podría? Serena no se lo habría dicho, y mis padres desconocen que esté enamorada del reverendo. No lo aprobarían, puesto que no tiene dinero.

—Le doy mi palabra de que libraré a su hermana de tal destino. Y ahora, señorita Emerson, es mejor que regrese a su casa, puesto que ya ha terminado su misión. Temo que su reputación sufriría un severo revés si se supiera que ha estado en las habitaciones de un caballero. Sobre todo tratándose de mí —añadió.

—Lo sé. Mi tía Ermintrude sufriría un síncope si lo supiera. En cuanto a mi madre, siempre ha dicho que usted tiene una gran reputación de mujeriego. Al principio estaba preocupada. Desconfiaba de que sus intenciones hacia mi hermana fueran honorables, pero mi padre le aseguró que usted nunca robaba la virtud a las jovencitas.

Simon estalló en una carcajada.

—Lo siento —declaró, avergonzada—. He vuelto a meter la pata. Hasta Serena dice que hablo demasiado. Espero no haberlo ofendido.

—En absoluto. De hecho, su presencia ha llenado de luz y buen humor mi mañana. Pero ahora debe marcharse. Le diré a Chaney que le consiga un coche. Me temo que si le prestara el mío despertaría sospechas.

—¡Espere un momento! —se levantó—. Aún no ha dicho... En fin, no puede limitarse a no casarse con mi hermana. Mi madre me matará si descubre que he hablado con usted y que gracias a ello se casará con otra; por ejemplo, con esa odiosa Lady Amanda.

—Le aseguro que no tengo intención alguna de pedir la mano de Lady Amanda Tilford —declaró.

—Por supuesto que no. Estoy segura de que no es tan estúpido. Pero a pesar de todo... No habría venido de haber pensado que tampoco se casaría conmigo. Mi padre dice que su matrimonio con Serena es vital para la familia, porque de lo contrario acabaremos en la miseria. Supongo que no lo dice en serio, pero es cierto que tenemos dificultades económicas. Tuve que pedir prestados los guantes que llevo, y el sombrero es uno viejo de Serena. Mi padre dijo que este año no podríamos comprar vestidos nuevos, porque el dinero era necesario para la presentación en sociedad de Serena y de Elspeth.

Charity continuó con su explicación.

—Por fortuna, la tía Grimmedge dejó una pequeña herencia a mi madre. De lo contrario, no sé que habría sido de nosotros todos estos años. A pesar de todo, mi madre es tan orgullosa que no permitiría que nos casáramos con alguien que no perteneciera a la aristocracia, aunque estuviéramos muriéndonos de hambre. Sin embargo su familia es impecable, incluso para ella, a excepción de aquel escándalo acaecido en tiempos del rey Carlos II. Y lo excusa diciendo que todas las familias tienen sus problemas.

—Estoy seguro de que a la condesa de Dowager le gustaría saber que su madre encuentra aceptable la casa de Dure.

—Oh, Dios mío, ¿lo he ofendido?

—No. Sin embargo, no creo que la proposición que ofrece sea tan sencilla como cambiar un caballo por otro.

—Lo es —le aseguró—. Usted quiere un heredero, ¿no es así? Soy perfectamente capaz de darle uno, tanto como lo sea mi hermana. Soy una mujer madura y saludable.

Charity apartó las manos del cuerpo, como invitándolo a mirarla.

Los ojos del conde se iluminaron durante un instante.

—Es cierto. Perfectamente saludable.

—En efecto. Y puedo darle saludables herederos. En cuanto a mi sangre, es tan aristocrática como la de Serena. Y soy igualmente respetable.

—No si frecuenta con asiduidad las habitaciones de los caballeros.

—No tengo tal costumbre —declaró indignada—. Vine aquí guiada por la desesperación, como ya sabe. Debía salvar a mi hermana.

—¿Y está dispuesta a sacrificarse como un cordero?

Charity rió ante su comparación.

—Bueno, soy la única que lo habría hecho. Elspeth jamás habría dado un paso parecido; tiene miedo de usted. Además, no le gustaría. Es muy aburrida. En cuanto a Belinda y Horatia, son demasiado jóvenes. De modo que sólo quedaba yo. Además, no creo que sea un sacrificio. A fin de cuentas usted es un conde, un hombre rico, y... también muy atractivo, para las mujeres a las que les guste su estilo.

—¿A usted le gusta?

Su tono bajo y sensual provocó que Charity sintiera una punzada en el estómago.

—No me desagrada —contestó.

Bajó la mirada con modestia, tal y como lo habría hecho una simple criada, pero con tal aire de malicia que Simon tuvo que hacer un esfuerzo para no reír.

—¿No tiene miedo de mí?

—No. De hecho, no tengo miedo de casi nada. Mi madre dice con frecuencia que carezco de sensibilidad.

Simon rió de buena gana.

—Digamos que es peligrosa. Cualquier hombre haría bien en mantenerse alejado de usted.

Charity se encogió de hombros.

—Eso es lo que dice mi padre.

Apretó los labios de forma sensual, aunque inconsciente, y Simon se excitó.

—Todo esto es absurdo. Ni siquiera sabe lo que está haciendo.

—Se equivoca. Tengo por costumbre ser consciente de lo que hago, y en este caso también lo soy —declaró, mirándolo con cándidos ojos azules—. Y he de advertir que por lo general consigo lo que pretendo.

Dure se dio la vuelta y se alejó, moviendo la cabeza, aunque se notaba que estaba indeciso.

—Comprendo sus dudas, puesto que no me conoce —dijo ella—. Con todo, sería mucho mejor esposa para usted que

Serena. Pasa mucho tiempo en Londres, y a mi hermana le disgusta la ciudad. Intentaría reformarlo en más de un sentido.

—Eso sería terrible —sonrió Simon, mirando por la ventana.

—Por el contrario, a mí me gusta la capital. Me encantan las fiestas, las cenas, la ópera y todo tipo de acontecimientos sociales. Me muero de envidia cada vez que veo a Elspeth y a Serena, sobre todo porque a ninguna de las dos les agradan esas cosas.

Charity se detuvo un momento y frunció el ceño.

—También yo tendré que presentar a mis hermanas. Es mi responsabilidad. Pero será mucho más fácil en mi caso. Les encontraremos esposos y nos libraremos de ellas en poco tiempo.

Simon hizo un sonido de disgusto.

—¿Qué sucede? ¿He dicho algo que lo haya molestado?

El conde se dio la vuelta.

—No. Querida mía, he de admitir que su proposición resulta tentadora, pero me temo que no saldría bien.

Charity lo miró de tal forma que Simon pensó que iba a llorar.

—Oh, no. Lo he arruinado todo. Mi madre se pondrá furiosa conmigo por haber interferido. No habría venido nunca de haber pensado que no se casaría conmigo —lo miró—. ¿Por qué razón me rechaza como esposa, milord? Sé que soy muy directa. Siempre me dicen que hablo demasiado. Y sé también que actúo en ocasiones sin pensar las cosas dos veces, pero estoy segura de que ese detalle de mi carácter se moderará con la edad. ¿No lo cree así? Nunca haría nada que pudiera avergonzarlo.

Simon sonrió.

—No me gustaría que fuera menos directa o espontánea. La encuentro bastante... divertida.

—Oh —dijo, perpleja—. En tal caso, ¿son mis facciones? ¿Prefiere físicamente a Serena? Es mucho menos exuberante que yo.

Charity se sentó en una butaca, apesadumbrada.

—Le aseguro que es perfecta. Cualquier hombre la encontraría encantadora. Aunque imagino que ya lo sabe.

—Me lo han dicho alguna vez —admitió—. Precisamente por ello, no esperaba una negativa por su parte. Pensé que me encontraría al menos tan atractiva como a mi hermana.

—Y es cierto. No se preocupe, no es culpa suya. Es que es demasiado joven.

El conde imaginó a aquella maravillosa joven en su cama, en lugar de la estirada y fría Serena. Al hacerlo, su excitación aumentó.

Charity volvió a levantarse, más esperanzada.

—No soy tan joven. Tengo dieciocho años, sólo tres menos que Serena. Me habrían presentado en sociedad este mismo año, de no ser porque mi familia no tenía dinero.

Simon se dio la vuelta de nuevo y la miró. No parecía ser consciente de que sus padres probablemente habían tenido en cuenta otro factor: era mucho más bella que sus hermanas, y a su lado habrían parecido insignificantes.

—Sin embargo, yo tengo doce años más —observó—. Soy demasiado mayor para usted.

Charity sonrió. Cuando lo hizo, un hoyuelo apareció en una de sus mejillas.

—A pesar de todo no creo que esté decrépito. Puede que sea joven, pero sé lo que quiero. Cualquiera que me conozca puede decírselo; no soy indecisa, ni pusilánime. Hay muchas personas que se casan con más diferencia de edad.

El conde hizo un esfuerzo para no pensar en lo placentero que resultaría acostarse con ella, ni en lo divertida que resultaría su existencia.

—Puede que doce años no sean un problema, pero su juventud lo es —espetó de forma brusca—. No busco una jovencita romántica, sino una mujer madura y sensata, que pueda aceptar un matrimonio sin amor y que no pretenda que la corteje con hermosas palabras o regalos caros.

—No espero tal cosa —protestó—. Soy consciente del matrimonio que busca, y le aseguro que estoy preparada para ello. Sería mejor que Serena; a pesar de su aspecto, es una mujer muy romántica. Una mujer de su casa. Necesita el amor y la atención de un esposo. Sin ellos moriría. A diferencia suya, yo soy perfectamente capaz de valerme por mí misma. Puedo vivir mi propia existencia; tengo muchos amigos y no me importaría estar con ellos. Podría ir a bailes, a la ópera, y asistir a todos los maravillosos eventos de Londres. Le prometo que no le rogaré que me acompañe a ningún sitio. Y no esperaré amor por su parte.

—No sea loca —declaró—. Se enamorará algún día. Y entonces, ¿qué hará? Estará atrapada en un matrimonio.

—Oh, no —dijo, asombrada e indignada—. Jamás traicionaría a mi esposo.

—No he dicho que lo hiciera. Pero será infeliz, y no deseo una esposa infeliz.

—No seré infeliz, se lo aseguro —dijo—. Soy la mujer menos romántica del mundo. No perdería mi corazón por nadie. Nunca he suspirado por ningún hombre, como hacen el resto de las mujeres. No creo que el amor esté hecho para mí.

—Con dieciocho años, apenas ha tenido ocasión de comprobarlo.

—Se equivoca —dijo con ingenuidad—. He asistido a multitud de acontecimientos sociales, y le aseguro que mi carnet de baile siempre está lleno. Me admiran bastante. Hasta he recibido un par de proposiciones de matrimonio. Sin embargo, he de admitir que una no cuenta, puesto que sólo intentaba convencerme para que saliera con él al jardín.

—¿Alguien se atrevió a acosarla? —preguntó, irritado.

—No, por supuesto que no. No salí con él. Ya le he dicho que soy perfectamente capaz de cuidar de mí misma. Y mi corazón no ha estado nunca en peligro. Créame, no tengo intención de enamorarme. He tenido ocasión de observar lo que ocurre cuando una pareja se casa por amor. Mis padres lo hicieron, y pasados unos años dejaron de quererse. Sinceramente, creo que apenas se gustan. Mi madre da mucha importancia al estatus social, y en ocasiones se queja de haberse casado con el hijo menor del hijo menor de un conde en lugar de haber encontrado mejor partido; mi padre, entonces, se desespera y aduce que ojalá lo hubiera hecho. Es un espectáculo triste, que espero no me suceda a mí.

Charity se encogió de hombros y continuó.

—Decidí hace años que no me casaría en el calor del amor, y más recientemente he descubierto que en cualquier caso el amor no está hecho para mí. No dudo que puede parecer poco femenino, pero así es. Estoy preparada para aceptar el matrimonio que propone, y sería muy feliz si aceptara mi proposición. Me gustaría tener hijos, y me gustaría pasar tiempo con ellos. A fin de cuentas es todo lo que espera de tal unión, ¿no es cierto? Quiere tener descendencia.

—En efecto —declaró, con ojos brillantes—. Quiero tener hijos.

—¿Lo ve? En realidad, queremos lo mismo.

Simon dio un paso hacia ella, con expresión seria.

—Es usted tan inocente... No tiene ni idea de lo que significa realmente el matrimonio —dijo con firmeza—. No es una bella acuarela con escenas de fiestas, ropa de moda y niños con prendas delicadas. Ahora le demostraré lo que incluye el matrimonio para mí.

El conde la cogió de los brazos, la atrajo hacia sí y la besó.

Charity se quedó helada. Al principio sólo fue consciente de lo musculoso y duro que resultaba el cuerpo del conde y de lo suaves que eran sus labios, en contraste. Su boca se movía sobre la suya, cálida y anhelante. Cuando sintió su lengua en los labios, gimió levemente; y al sentirla en su interior, la sorpresa fue absoluta.

La habían besado un par de veces, pero siempre se había tratado de besos castos e ingenuos, nada parecido a aquella extraña mezcla de delicadeza y pasión, fortaleza y suavidad. Se dejó llevar, pasó los brazos alrededor de su cuello y se apretó contra él mientras un torrente de emociones descontroladas asaltaban su cuerpo. No había sentido nada tan maravilloso en toda su vida; nada tan excitante como la sensación de sus labios, de su lengua en la boca. Los brazos del conde parecían de hierro a su alrededor, aumentando el fuego que sentía. Sin saber cómo, temblaba.

Simon emitió un extraño sonido gutural y la soltó de repente. Acto seguido dio un paso atrás. Charity retrocedió un poco y buscó apoyo en la butaca. No estaba segura de que sus piernas la sostuvieran. Lo miró durante un instante, atónita, con grandes ojos abiertos, el rostro ruborizado y labios brillantes.

El deseo hervía en las venas de Simon, y su pecho subía

y bajaba por la entrecortada respiración. La había besado para demostrar la exactitud de su punto de vista, para asustarla un poco y para enseñarle lo poco que sabía acerca del matrimonio que proponía. Sin embargo, en el preciso instante en que sus labios se unieron sintió un fuego interior. Quiso continuar con aquel beso y llegar más lejos. Su boca había resultado ser muy dulce; sus senos, suaves y excitantes contra su pecho. Incluso entonces, mientras contemplaba sus labios brillantes y sus ojos inocentes, deseaba abrazarla y besarla de nuevo. Pero no debía hacerlo. Era demasiado inocente y joven para él. Haría exactamente lo que había pretendido que hiciera; se asustaría y saldría corriendo de allí. No cabía mejor solución. Y a pesar de ello, la pasión que ardía en su interior lo animaba a impedir su marcha.

—¿Así son los besos de los hombres? —preguntó ella, dubitativa.

Charity se pasó la lengua por los labios.

Simon se estremeció al contemplar el gesto, inconscientemente seductor.

—Sí —contestó.

Tuvo que apretar los puños para apartarse de ella.

—¿Y eso es lo que se hace después del matrimonio para tener hijos?

—Mucho más que eso.

Charity abrió los ojos con sorpresa. El conde supuso que se habría horrorizado y que se marcharía de inmediato. Pero en lugar de eso dijo:

—En tal caso, creo que me gustará mucho el matrimonio.

Dure tuvo que sacar fuerzas de flaqueza para mantener la compostura. Caminó hacia la ventana, miró hacia el exterior durante unos segundos, y después se dio la vuelta de nuevo, rígido. Hizo una corta reverencia y dijo:

—Muy bien, señorita Emerson, me ha convencido. Me

pondré en contacto con su padre esta misma tarde para pedir su mano.

Charity se acomodó en el asiento de la calesa. Tenía la impresión de estar flotando. El conde la había besado. Nunca había imaginado que alguien pudiera besar de aquel modo. Aún podía sentir su cuerpo, duro y masculino; podía notar sus brazos rodeándola. En teoría, ser abrazada por un hombre fuerte y grande, desconocido para ella, debía haber sido una experiencia terrible; en la práctica, había sido maravilloso.

Sonrió para sus adentros y se llevó un dedo a la boca. Más que un beso, había sido una especie de posesión. Empezaba a comprender que las relaciones entre hombres y mujeres podían ser muy satisfactorias; hasta entonces, y basándose en los matrimonios que conocía, pensaba que estaban dominadas por el aburrimiento. Muy pocos maridos y mujeres parecían compartir algo excitante.

Pensó que tal vez las parejas casadas no habían experimentado nada semejante. Tal vez Lord Dure fuera especial, diferente. Cabía la posibilidad de que las emociones que había despertado en ella sólo pudiera crearlas él. Recordó las cosas que había comentado su madre, al respecto de sus malas compañías. Posiblemente, su maravillosa manera de besar era algo que había aprendido en ambientes extraños.

Fuera como fuese, dio gracias por ello y se estremeció. Sabía que no debía pensar en aquellos términos, pero a fin de cuentas no se había comportado nunca como debía hacerlo. Su espíritu no había sido jamás de carácter delicado, tímido o dulce, y su madre se desesperaba a menudo. Charity no comprendía la razón de su forma de ser; no se parecía a sus hermanas, ni a las jóvenes que conocía. Y no entendía por qué asustaban tanto sus comentarios.

Sin embargo, Lord Dure no se había asustado por lo que dijo. Tal vez había sentido sorpresa, pero no horror, ni disgusto. Como mucho, se había divertido. Charity había notado sus sonrisas disimuladas y la risa que contenía a duras penas. Desde la primera vez que lo vio, espiando a hurtadillas con sus hermanas, supo que era un hombre distinto de los demás. Belinda había comentado que parecía peligroso, pero ni siquiera entonces estuvo de acuerdo. Su rostro era duro y su aspecto algo misterioso, pero había algo en él que la intrigaba. Parecía estar cumpliendo un deber con su hermana Serena, y acababa de confirmar la sospecha de que sólo quería casarse con ella para tener descendencia. Por otra parte, había descubierto que ser su esposa no estaría tan mal. No la asustaba en modo alguno, aunque se comportaba con tal seriedad que se preguntó cómo sería cuando sonriera. Aquel día, mientras lo espiaba, oculta, empezó a desarrollar la idea de casarse con él.

Y ahora iba a conseguirlo. Había aceptado. No la había expulsado con indignación, ni la había tratado como a una niña tonta. Bien al contrario, la había besado.

La calesa se detuvo a una manzana de la casa de su tía, y Charity siguió a pie el resto del camino. Entró en la mansión por una puerta lateral y subió hasta su dormitorio. Por suerte, no se encontró con sus padres.

Serena estaba en la habitación que ambas compartían, sentada junto a la ventana y leyendo un libro. Cuando la vio entrar, levantó la mirada con sumo alivio.

—Ya estás aquí... ¿Dónde te has metido toda la mañana? Estaba asustada. He dado todo tipo de excusas a mamá, aunque no sabía si hacía bien.

—Has hecho muy bien. He ido a dar un paseo. ¿Qué pensabas?

—¿Un paseo tan largo? Me despertaste esta mañana cuando saliste. ¿Por qué te has marchado de un modo tan furtivo si sólo se trataba de un simple paseo? ¿Y a dónde has ido?

—Estuve en Hyde Park, aunque temo que pasé demasiado tiempo allí. Echo de menos el campo, y... —notó que su hermana no la creía—. Oh, bueno. Ya veo que me conoces demasiado bien. Fui a otro sitio, pero no puedo decirte dónde. Aún no. En primer lugar, he de asegurarme de que mi plan funcione. No quiero que concibas falsas esperanzas.

—¿Esperanzas? ¿Qué has estado haciendo? Será mejor que lo digas. ¿Te has metido en otro lío?

Serena era una joven bastante hermosa, de expresión agradable y sonrisa dulce, aunque entonces la miraba con el ceño fruncido.

—Por supuesto que no —contestó, indignada—. Hace mucho tiempo que no me meto en líos.

—Entonces, ¿qué has estado haciendo?

Charity no quería contárselo a su hermana. Seguramente se asustaría. A Serena nunca se le habría pasado por la cabeza la posibilidad de hacer algo tan escandaloso como visitar a un hombre en su propia casa; de saberlo no la habría perdonado, aunque se librara con ello del matrimonio. Por eso, había decidido no contar nada antes de actuar. Habría intentado impedirlo a toda costa, hasta el punto, tal vez, de llegar a ponerlo en conocimiento de sus padres.

Pero a pesar de todo, Charity no era el tipo de persona que evitara los conflictos. Suspiró, se irguió levemente y dijo la verdad.

—Fui a ver a Lord Dure para pedirle que no se casara contigo. Sugerí que en lugar de eso me tomara a mí como su esposa.

Serena la miró con asombro.

—¿Cómo? Oh, no, no lo repitas. Lo he entendido. Pero no puedo creerlo. ¿Has sido capaz de ir a su casa?

—En efecto.

Serena se ruborizó y se llevó una mano a la mejilla, como si quisiera reducir el calor que sentía.

—¿Pero qué pensará de ti, y de mí? ¿Cómo has podido hacer una cosa semejante?

Charity se mordió el labio inferior.

—Pensé que era lo mejor. ¿Estás enfadada conmigo?

—¿Qué dijo? ¿Qué hizo? ¿Se enfureció?

—No, reaccionó con bastante calma. De hecho, creo que se divirtió bastante conmigo. Sonrió y rió.

—Oh, no —gimió su hermana, con los ojos cerrados—. ¿Se rió de nosotros? ¿Va a contárselo a todo el mundo? ¿Vamos a ser el hazmerreír de todo Londres?

—En absoluto. ¿Es que has perdido la confianza en mí? Nunca esparciría tales rumores sobre su futura esposa —espetó—. Aceptó casarse conmigo en lugar de hacerlo contigo.

Serena la miró con grandes ojos abiertos.

—¿Qué? ¿Se mostró de acuerdo con esa farsa?

—¡No es tal cosa! —protestó—. Fue un ofrecimiento razonable, y como tal lo tomó. Dijo que no quería casarse con alguien que no quisiera comprometerse con él, y que sólo deseaba una esposa para tener descendencia, como dijiste.

—¿Eso dijo?

—Bueno, con otras palabras —admitió—. Pero estuvo de acuerdo. Dijo que se pondría en contacto con papá para pedir mi mano.

—No puedo creerlo.

—¿Es que piensas que ningún hombre querría casarse conmigo, aunque no pretenda hacerlo por amor?

—No, claro que no. Hay muchos hombres que serían felices casándose contigo —aseguró con calidez—. Eres la más hermosa de todas, y por si fuera poco, también dulce y generosa. Pero el conde de Dure, y después de haber actuado de forma tan impetuosa... No puedo creerlo. ¿Estás segura de que no ha jugado contigo, de que no ha intentado hacerte pagar tu atrevimiento?

Charity sintió miedo. Cabía la posibilidad de que su hermana tuviera razón. Imaginó lo que sucedería de ser cierto. El conde repudiaría a su hermana, contaría lo sucedido en todos los salones de Londres, y tanto ellas como su familia serían objeto de mofa y escarnio en toda la capital.

—No, claro que no. No es tan cruel, ni tan orgulloso.

—Yo lo encuentro bastante orgulloso. Y creo que podría llegar a ser muy cruel. Es un hombre duro.

Las dos hermanas se miraron.

—No, me niego a creerlo. Fue sincero. Tuvo sus dudas. Me dijo que era demasiado joven, pero al final lo convencí.

Al pensar en el beso que se habían dado se ruborizó. Por primera vez, se preguntó si habría disfrutado tanto como ella, y si en tal caso no habría sido el beso lo que lo había convencido para casarse. Serena no notó sus dudas. Estaba demasiado preocupada por la noticia, y la esperanza y el miedo luchaban en su interior.

—¿Podría ser cierto?

—Claro que sí. Creo en lo que dijo. No jugaría conmigo, ni me mentiría. No creo que sea un hombre así —declaró con cierta ansiedad—. Pero es posible que cambie de opinión cuando tenga tiempo para pensarlo. Puede que decida que mi actuación fue demasiado escandalosa para alguien que pretende ser su futura mujer.

Serena caminó hacia su hermana y la tomó por los hombros.

—Eres la mujer más dulce del mundo. Cualquier hombre estaría orgulloso de tenerte como esposa. No debí decir lo que he dicho. El miedo me ha empujado a dudar. Estaba preocupada por ti, y cuando dijiste que habías salido a verlo... Lo que has hecho no ha estado bien, y me gustaría que la próxima vez pensaras mejor las cosas. Pero si el conde decide que no eres apropiada para él, entonces será que no te merece. Y si escoge contárselo a todo el mundo, no será merecedor de ninguna de nosotras.

Charity sonrió y abrazó a su hermana.

—Gracias, Serena. Sin embargo, no pensemos en lo peor. Con un poco de suerte, resultará ser tal y como creo que es —dudó—. Serena, ¿he hecho mal? No estás enfadada conmigo, ¿verdad? No querías casarte con el conde, ¿no es cierto?

Serena la miró, demasiado asombrada durante unos segundos como para contestar.

—No. ¿Cómo puedes preguntar algo parecido? Sabes lo que siento por el reverendo Woodson. ¿Cómo podría casarme con otro hombre? No habría dado mi consentimiento a esa boda de no haber sido mi deber como hija.

—Lo sé. ¿Puedo preguntarte algo más?

—Por supuesto.

—¿Te ha besado el reverendo alguna vez?

Serena se ruborizó y bajó la mirada.

—Sé que hicimos mal y que nuestros padres no lo habrían aprobado, pero en cierta ocasión, cuando paseábamos por Lichfield Wash...

—¿Fue placentero?

—¡Charity! ¿Qué tipo de preguntas son esas? —sonrió—. Sí, fue placentero. Me sentí como si estuviera volando.

Charity se relajó.

—¿Y el conde? ¿Te besó alguna vez?

—¿Lord Dure? No, por supuesto que no. Apenas nos conocíamos.

—Pero ibas a casarte con él. ¿No lo pensaste? ¿No intentó nada?

—Bueno, ha besado mi mano varias veces, para despedirse.

—No me refiero a eso, y lo sabes.
—Sí, lo sé. Se comportó siempre como un caballero.

Charity sospechaba que con ella no había actuado de forma tan caballeresca, pero a pesar de todo estaba encantada.

Las dos hermanas estuvieron charlando durante varias horas. Cada vez que oían un carruaje se sobresaltaban, pero ninguno de ellos resultó ser el del conde. Nadie llamó a la puerta de la mansión.

Pasaron el rato cepillando el cabello de Charity. Con los años habían adquirido la costumbre de cuidarse el cabello entre ellas, porque no tenían dinero para contratar a una doncella. Con las prisas matinales, Charity apenas había podido recogerse el pelo. Pero ahora, su hermana Serena estaba haciéndole un precioso recogido, con unos cuantos mechones sueltos.

Charity se puso un vestido de color rosa pálido, que había pertenecido a Serena. Se miró en el espejo, contenta con su aspecto. Parecía mayor, más atractiva y más refinada.

Después, no tenía nada que hacer salvo esperar. Las dudas de su hermana la asaltaban, y cuando aparecieron Horatia y Belinda fue brusca con ellas, llevada por el nerviosismo. Belinda dijo algo inapropiado, y Charity reaccionó arrojándole un cojín. En cuestión de segundos, empezaron a pelearse como colegialas. Al final apareció Elspeth. Era la única que poseía una habitación para ella sola, porque padecía insomnio y la presencia de otra persona empeoraba su estado.

—Me habéis despertado —protestó en un susurro—. Acababa de acostarme... Me ha dolido la cabeza todo el día.

—Lo siento, Ellie —dijo Charity, aunque sus ojos azules brillaban con malicia.

En aquel momento apareció una de las criadas de su tía.

—Señorita Charity, la esperan en el salón. Y su padre ha dicho que quiere verla de inmediato.

Charity miró a Serena, que parecía tan emocionada como ella. El conde había llegado.

Corrió escaleras abajo, sosteniendo los faldones de su vestido. No sabía si Dure se encontraba en la mansión, pero no quería pensar en otra cosa; hasta cabía la posibilidad de que se hubiera quejado ante su padre por su comportamiento. En cualquier caso, sus dudas desaparecieron cuando entró en la sala y observó a los dos hombres, que se dieron la vuelta.

Su pelo estaba algo revuelto, después de la pelea con sus hermanas, y sus ojos brillaban. Simon la miró y sonrió. Lytton Emerson la observó con seriedad, con el mismo rostro pétreo que había mostrado desde que el conde de Dure le pidiera, sorpresivamente, la mano de su tercera hija.

—Ah, Charity, estás ahí —sonrió.

Lytton estaba inquieto. Serena era una buena hija, y nunca se habría negado a casarse con el duque. Pero no estaba seguro de la reacción que tendría Charity. No en vano, no sabía que se conocían ya.

—Hola, padre.

La joven miró al conde con fingida sorpresa, como si no lo hubiera visto en toda su vida.

—Charity, te presento a Lord Dure. Él... Ha tenido a bien pedir tu mano.

—¿Sí? —preguntó, con ojos muy abiertos, mirando al conde—. Pero señor, apenas me conoce. ¿Cómo querría casarse conmigo?

Simon hizo un esfuerzo para no sonreír. La miró con sus ojos oscuros, que brillaban divertidos.

—Nos hemos visto de lejos, señorita Emerson, y desde la primera ocasión mi afecto estuvo siempre con usted.

—Por lo que veo, es hombre de decisiones rápidas.

—En efecto —observó, caminando hacia ella—. De hecho, generalmente sé lo que quiero.

Se detuvo ante ella, demasiado cerca para lo que imponía el protocolo social.

—Y bien, ¿cuál es su respuesta, señorita Emerson?

—¿Cuál podría ser? Acepto.

—Acaba de hacerme un hombre feliz —declaró con formalidad.

Tomó su mano y se la llevó a los labios. Charity se estremeció al sentir el contacto. Era un gesto común, pero la calidez de sus labios bastó para desatar un sinfín de emociones.

No entendía que Serena hubiera experimentado situaciones similares sin sentir algo parecido. Pero de repente se alegró de que no lo hubiera hecho, y su alegría aumentó al recordar que nunca se habían besado.

Le extrañó sentir algo tan parecido a los celos. Charity siempre había sido una joven muy popular en todos los acontecimientos a los que había asistido, pero jamás había sentido celos de ninguno de sus acompañantes cuando bailaban o coqueteaban con otra. Sin embargo, ahora era consciente de que no quería compartir a aquel hombre con nadie más, ni siquiera con su querida hermana. Supuso que sólo se debía a que iba a ser su marido.

—Debo marcharme —dijo Simon—. Pero nos veremos pronto. ¿Le gustaría asistir al baile de Lady Rotterham, mañana por la noche?

—No lo sé —contestó ella.

—Por supuesto que asistirá —intervino su padre—. Estará allí.

—Muy bien. En tal caso, contaré los minutos hasta entonces.

Dure se despidió de padre e hija y salió de la habitación.

Cuando la puerta principal se cerró, Lytton se volvió hacia su hija y arqueó las cejas.

—¿Entiendes algo?

En aquel momento apareció su madre. Caroline Emerson quedó boquiabierta al descubrir que no era Serena, sino Charity, la que se encontraba con Lytton.

—¡Charity! ¿Dónde está tu hermana? ¿Qué ha sucedido? Pensé que el conde estaba aquí.

—Estuvo aquí —dijo su marido—. Acaba de pedir la mano de Charity.

Caroline tardó unos segundos en asumir lo sucedido.

—¿Qué es lo que has hecho, Charity? ¿Cómo has podido hacer algo así a tu propia hermana?

—¿De qué estás hablando? —preguntó Lytton, confuso.

—No he hecho nada, excepto salvarla de un matrimonio que no deseaba —se defendió la joven.

Charity quería mucho a su madre, pero Caroline era una mujer estricta de ideas conservadoras, y con frecuencia se enfrentaban.

—¿Cómo es posible que no desee casarse con el conde? —preguntó la mujer, asombrada—. ¡Sería condesa!

—Temo que no tenga interés en serlo.

—¡Tonterías! Sólo intentas encontrar una excusa para justificar lo que has hecho.

—No he hecho nada malo. Serena lo sabe, y lo aprueba.

—¿Qué sucede aquí? —preguntó Lytton—. No comprendo nada.

—Oh, Lytton. Es evidente —contestó su esposa—. De algún modo, Charity se las ha arreglado para robarle el novio a Serena.

—¡No se lo he robado! Me limité a pedir al conde que se casara conmigo, porque Serena no deseaba ser su esposa.

—¿Pero cómo...? —preguntó su padre—. No conocías a Lord Dure.

—Lytton, cállate —espetó Caroline—. Se conocían, aunque no sé cómo. De otro modo, ¿cómo habría podido organizar esta farsa? Pero ¿qué es eso de que Serena no quería casarse con el conde, Charity? No me dijo nada.

—No podía hacerlo. Sabía lo importante que resultaba este matrimonio para vosotros y para toda la familia. Estaba dispuesta a cumplir con su deber, tal y como siempre ha hecho. Pero bien a su pesar. Ambos lo sabeis, si es que habeis oído cómo llora por las noches.

—Pero ¿por qué razón había de ser infeliz? —preguntó Lytton, preocupado—. Iba a ser condesa. Dure no es viejo, ni feo, ni está loco. Su familia es excelente, y posee tierras y riquezas. Habría tenido todo lo que deseara.

—Excepto al hombre que ama.

En cuanto habló, sus padres comenzaron a asaltarla con todo tipo de preguntas. Caroline se dejó caer sobre la butaca más cercana, abanicándose con la mano y a punto de desmayarse.

—¿Qué está ocurriendo aquí? —preguntó una voz imperiosa.

La tía Ermintrude entró en la habitación, apoyándose en un bastón.

En realidad era la tía abuela de Charity, la tía de su padre, y la edad no la había tratado bien. Estaba muy avejentada y por si fuera poco tenía la costumbre de teñirse el pelo de un color rojizo nada natural. Caroline comentaba a menudo que era una reliquia de los tiempos en que las personas carecían de moral; deploraba la franqueza con la que hablaba. Ermintrude, por su parte, no tenía en mayor estima a la madre de Charity. Pero quería mucho a sus sobrinas, razón por la cual había invitado a toda la familia a pasar unos meses con ella, para poder presentar en sociedad a Serena y a Elspeth.

Miró a su alrededor con irritación y preguntó:

—¿Y bien? ¿Alguien piensa contestarme?

—Lord Dure ha pedido mi mano —contestó su sobrina.

—¡Tu mano! —exclamó, riendo—. Vaya, vaya. Has robado el novio a Serena, ¿eh?

—No he hecho tal cosa —protestó—. Bueno, tal vez sí, pero por una buena causa. Ella no quería casarse con él.

—¡Dice que está enamorada de otro! —intervino Caroline.

Miró a su hija como si todo fuera culpa suya.

—¿De quién? —preguntó la anciana, con gran interés.

—Del reverendo Woodson.

Por una vez, la madre de Charity pareció quedarse sin palabras. Tanto ella como su marido la miraron, boquiabiertos.

—Bah, un reverendo —dijo la tía Ermintrude—. ¿No podía encontrar a alguien interesante? No sé, un noble desheredado, un forajido o algo así.

—¿Un forajido? ¿Y cómo iba a conocer a un forajido? —preguntó Lytton.

—Por Dios, sólo está bromeando —intervino su esposa—. No es posible que Serena quiera casarse con ese Woodson. No tiene un penique.

—Y por si fuera poco es un reverendo —observó Lytton—. Llevará una vida muy aburrida.

Charity rió.

—Tienes razón, padre, pero es lo que Serena quiere. No aspira a la riqueza, ni a cierto nivel social. Pretende casarse con el reverendo Woodson porque lo ama.

—Pues tendrá que pensar en su familia —espetó Caroline—. No puede ser tan egoísta como para casarse con un pobre.

—¿Por qué no? —preguntó la joven—. He conseguido un buen partido. El conde de Dure será, de todas formas, tu yerno.

—Es cierto. Y nos ha ofrecido una generosa suma —observó su padre, que era un hombre sin demasiado carácter—. Dijo que no quería que tuviéramos que subsistir con el dinero de Charity.

—Por otra parte, podré hacerme cargo de mis hermanas pequeñas, tal y como Serena habría hecho —continuó Charity—. En cuanto a Elspeth, podrá pasar unos meses con nosotros el próximo año, si no encontrais pronto un marido para ella.

El rostro de Lytton se iluminó. Preferiría vivir en el campo, con sus cacerías y sus caballos.

—Una idea brillante. Podríamos quedarnos en Siddley on the Marsh y Charity se encargaría de todo. Suena perfecto, Caroline.

—Ya lo ves, madre. No hemos perdido nada, y no hay razón para que Serena no pueda casarse con el hombre que quiera. Ama al reverendo, y su amor es recíproco.

—No habrán estado cortejándose a nuestras espaldas... —dijo Caroline.

—No. Conoce muy bien a Serena. No han pasado de las palabras. Lo ama, y no creo que quieras hacerla tan desgraciada. No sería feliz casándose con otra persona; ahora que el conde va a casarse conmigo, se negará a comprometerse con otros pretendientes. Y si se opone al matrimonio, acabará soltera y amargada.

—Debió contármelo —insistió su madre con obstinación—. Hizo mal en ocultármelo.

—Ya —intervino la tía Ermintrude—. No la habrías escuchado. De hecho, no te diste cuenta porque apenas la prestas atención. Estabas demasiado ocupada con tus propios deseos, con lo que ibas a sacar de esa boda.

Caroline hizo ademán de contestar, pero Charity intervino.

—Serena sabe que queríais que se casara con un hombre rico, de modo que no protestó. Pero ahora ya no existe ningún impedimento. Por favor, madre, permite que se case con él.

Caroline suspiró.

—Muy bien, siempre y cuando se presente ante tu padre cuando regresemos y pida su mano como Dios manda. Aunque no comprendo los motivos que pueda tener Serena para querer vivir una vida sin alicientes y en la pobreza.

—Gracias, madre.

Charity se inclinó hacia delante y la besó en la mejilla.

—Al menos has tenido el buen sentido de aceptar la proposición de Dure —declaró su madre, mucho más alegre—. Veamos, ¿qué debemos hacer ahora? Habrá que anunciar el compromiso en los periódicos, claro está...

Su madre empezó a hacer todo tipo de planes para la gran boda. Y Charity se dio la vuelta y subió las escaleras con la intención de darle la buena noticia a Serena.

Simon se recostó en el asiento del carruaje mientras avanzaba por las calles de Londres. Pensó en Charity y en el aspecto que tenía aquella tarde, cuando pidió su mano. Mientras iba de camino hacia la casa no dejaba de preguntarse si no iba a cometer un terrible error. Pensaba que era demasiado joven, que apenas la conocía. Era una decisión demasiado impulsiva, y para complicar las cosas el deseo que sentía por aquella mujer lo incomodaba.

No tenía intención de involucrarse sentimentalmente en otro matrimonio. Había aprendido la lección la primera vez; dejar el corazón en manos de otra persona era la mejor manera de vivir un infierno. Desde entonces, había evitado la compañía de las damas y del amor que pudieran ofrecer. Prefería relacionarse con mujeres libres de la esclavitud de las inhibiciones. Por desgracia, había sentido tanto placer al besar a Charity que se había asustado.

Sin embargo, todas sus dudas desaparecieron cuando la vio entrar en la habitación.

No era precisamente la mujer que habría considerado ideal para aquel tipo de matrimonio; poseía demasiada vitalidad y era imprevisible. Con todo, después de conocerla le parecía imposible poder casarse con otra persona, incluyendo a su hermana Serena; comparadas con ella, todas las demás parecían aburridas e insustanciales, y sospechaba que la vida con Charity no sería ninguna de las dos cosas. Sería mucho más sencillo tener un heredero si hacer el amor resultaba un placer en lugar de una penosa obligación.

Por otra parte, no había riesgo alguno de que se enamorara de ella. Había aprendido a controlar sus emociones, y sabía que deseo y amor no eran la misma cosa. Sin amor, el deseo desaparecía con rapidez. Y cuando hubiera desaparecido al menos mantendría una relación de camaradería con su esposa para poder criar a sus hijos. Sonrió para sus adentros al pensar en un montón de niños sonrientes, con ojos azules. Por primera vez, empezaba a pensar que el matrimonio podría resultar una gran aventura.

La calesa se detuvo frente a una mansión. Simon salió del vehículo. No había ido en su propio carruaje, puesto que llevaba el escudo de la casa de Dure en las puertas; era un hombre discreto. Cruzó la calle y se dirigió hacia un edificio, pequeño pero bonito. Aquel barrio no era tan selecto como la zona de Londres donde se levantaba su mansión, en la calle Arlington, pero en cualquier caso resultaba agradable. Subió las escaleras, llamó a la puerta, y se preparó para la escena que seguramente iba a tener lugar.

Hacía tiempo que sabía que debía poner fin a aquella relación. Se había cansado de Theodora tiempo atrás; el deseo había desaparecido y sus excesos emocionales comenzaban a cansarlo. De hecho, lo habría hecho con anterioridad de no haber sido porque pretendía evitarse el espectáculo de sus protestas; protestas que no se deberían a ningún amor no correspondido, porque Theodora no lo amaba. Sin embargo, no le agradaría perder el dinero.

El conde de Dure no podía continuar aquella relación, estando a punto de casarse. Habría sido una afrenta para su futura esposa.

El mayordomo abrió la puerta y sonrió. Simon era el visitante mejor recibido en aquella casa.

—Me alegro de verlo, milord.
—Sommers... —lo saludó al entrar—. ¿Está la señora Graves en casa?
—Sí, milord.
Sommers lo llevó a la salita de espera y salió de la habitación para anunciar su llegada.
Minutos más tarde oyó pasos de mujer en la escalera. Theodora apareció en seguida.
—Simon, qué sorpresa.
—Theodora...
Simon cogió su mano derecha y se inclinó para besarla.
Theodora Graves era una mujer muy atractiva. De treinta años de edad, se trataba de una de esas mujeres cuya belleza se incrementaba con la edad. Su piel era muy clara, en contraste con su pelo negro y sus grandes ojos marrones. Se enorgullecía de ella, y siempre llevaba vestidos de escote pronunciado y manga corta. Siempre estaba más atractiva por la noche, porque la luz de las velas acentuaba el brillo de su piel y ocultaba cualquier posible arruga. Tenía por costumbre vestirse con colores cálidos: amarillos, verdes y rojos oscuros; y elegía vestidos que realzaran sus preciosos senos y su estrecha cintura, ceñida con los típicos corpiños. Más de un admirador había comentado que era tan deliciosa como el pecado.
Theodora no era en modo alguno una prostituta. No pertenecía a la alta sociedad; era la hija de un hombre de negocios, que había conseguido un marido de buena familia gracias a su belleza. El hombre, un oficial de caballería, había muerto en Etiopía años atrás. Frecuentaba los círculos militares a pesar de las habladurías de las mujeres más conservadoras, que la consideraban una perdida; en todo caso, sus amigos no dejaban de invitarla a todo tipo de acontecimientos sociales.
Simon la había conocido un año antes. Desde el princi-

pio, llamaron su atención su desmesurada belleza y su actitud; en esta última, reconocía a una mujer libre, que juzgaba con acierto que amor y matrimonio no eran la misma cosa, pero también a una mujer que deseaba ser mantenida a cambio de sus favores. En aquella época mantenía una relación con un joven caballero, pero poseía la suficiente inteligencia como para comprender que Simon era mucho mejor partido. En cuestión de semanas se había librado del joven, y hacía meses que vivía gracias al dinero del conde.

Theodora no apartó la mano cuando Simon se la besó. Bien al contrario, dio un paso hacia delante y lo besó en los labios. El conde permaneció inalterable, sin responder a su afecto. Acto seguido, miró hacia la puerta y dijo:

—Los criados pueden vernos.

—Oh, ¿a quién le importan los criados? No sabía que te preocuparan esas cosas, mi amor.

Simon la miró sin entender muy bien cómo no se había dado cuenta antes de lo falsa que era su sonrisa. En cambio, la sonrisa de Charity era real y hermosa como el brillo del sol, y dos hoyuelos iluminaban sus mejillas, sin artificio alguno. La comparación, en todo caso, fue más lejos. La belleza de Charity resultaba mucho más atrayente que la exuberancia desmesurada de Theodora.

Se apartó de ella, y su amante corrió a cerrar la puerta.

—Me alegro mucho de verte. Ha pasado mucho tiempo desde la última vez que nos vimos. Supongo que un corazón solitario hace que los días pasen mucho más despacio.

Theodora dejó de hablar cuando se dio la vuelta y vio que Simon se había sentado en una butaca, en lugar de ir al sofá donde siempre empezaban sus escenas de amor. Hizo un esfuerzo por sonreír y caminó hacia él. En el pasado, la habría abrazado con fuerza; pero el conde no se movió aquella vez. Theodora comprendió lo que sucedía y se sentó a su vez en el sofá.

—¿Quieres tomar el té? —preguntó.
—No. He venido a traerte esto.
Simon sacó una caja de su chaqueta. Los ojos de Theodora contemplaron con avidez el regalo, que abrió con una sonrisa. En el interior de la cajita había un precioso brazalete de zafiros y diamantes.
—¡Oh, Simon! —dijo, asombrada—. Es maravilloso. Gracias, muchísimas gracias.
Sacó el brazalete de la caja y extendió un brazo.
—Pónmelo, ¿quieres?
El conde obedeció. Theodora movió entonces el brazo, como para admirar el brillo de las joyas.
—Me has engañado —dijo ella—. Pensé que te había ofendido de algún modo.
—No, no me has ofendido. Pero tengo algo que decirte. Supongo que sabes que he decidido casarme.
Theodora contuvo la respiración y lo miró, esperanzada. Simon estaba demasiado concentrado en lo que tenía que decir como para darse cuenta de su reacción.
—Acabo de comprometerme esta tarde. Y por ello, hemos de poner fin a nuestra relación.
Esta vez la miró. Y cuando lo hizo tuvo ocasión de contemplar su palidez; lo miraba con grandes ojos abiertos, estupefactos.
—Lo siento —se apresuró a decir—. Ya veo que te ha sorprendido. No me había dado cuenta... Pensé que lo sabías. Medio Londres sabe que he estado buscando una esposa.
—¡Una esposa! Por supuesto que lo sabía —se levantó, furiosa—. Había pensado que... ¡Pero tú me amas!
Simon la miró y se levantó. La escena que tanto temía se estaba produciendo.
—No, nunca dije nada que te hiciera creer tal cosa. Estoy seguro de ello. Jamás expresé palabra alguna de amor, ni insinué que nuestra relación fuera más lejos del simple placer

entre un hombre y una mujer. Lo sabes muy bien. Eras plenamente consciente de ello.

—No puedes hacerme algo así —protestó, a punto de llorar—. Te amo. Me he entregado a ti, destrozando mi reputación, y todo por el amor que siento.

Simon apretó los labios.

—Tal vez olvides a William Pelling, y al capitán de húsares con los que estuviste antes de conocerme. Aunque es posible que la lista sea más larga e incluya nombres que no conozco.

—Me insultas —espetó, con ojos furiosos.

—Sólo digo la verdad. Los dos hemos recibido lo que queríamos. Nunca se habló de amor, ni de matrimonio, y lo sabes. Si has estado engañándote a ti misma, lo siento.

Theodora gritó de rabia, agarró un jarrón de cristal que se encontraba a mano y lo arrojó contra la pared.

—¡Cómo te atreves! ¡Ningún hombre se ha atrevido a abandonarme!

Entonces, empezó a llorar y se dejó caer en el sofá.

A pesar de la irritación que producía en él lo que no era sino una simple actuación, excesivamente histriónica, clavó una rodilla en el suelo e intentó animarla. A fin de cuentas habían sido amantes durante muchos meses, y al menos al principio había existido cierta tensión emocional entre ellos. No le agradaba hacerle daño. Era consciente de que mentía al decir que lo amaba, pero no deseaba herir su orgullo.

—Vamos, Thea, no es tan malo como crees. Hay otros muchos hombres en Londres que se alegrarán cuando sepan que ya no visito tu casa. Puedes elegir entre todos ellos. Nadie pensará que nuestra separación se deba a alguna carencia tuya. Saben que voy a casarme, y que insultaría a mi futura esposa si mantengo una amante.

—¡Una amante! —exclamó, roja de ira—. ¡Habría podido

ser tu esposa! Esa bruja me lo ha impedido. ¿Quién es, si se puede saber?

Simon se levantó, molesto.

—Theodora, nadie te ha quitado el puesto. No soy tuyo y no lo he sido nunca. No te he dado motivos para pensar que nuestra relación pudiera llegar más lejos. Y en todo caso, ha terminado.

—¡Entonces, márchate! ¡Sal de mi casa!

Simon hizo una reverencia y salió de la habitación. Theodora se levantó, con los puños apretados y respirando aceleradamente. Cogió un cojín del sofá y se lo arrojó, pero chocó contra la pared. Acto seguido hizo lo mismo con una cajita de madera, y con multitud de objetos que se encontraban a su alcance. Cuando se tranquilizó, se dejó caer en el suelo, temblando.

La idea de que pudiera abandonarla así como así la ultrajaba. Sobre todo, porque siempre había pensado que dominaba al conde de Dure con sus favores personales. Le asombraba pensar que una simple jovencita sin sangre en las venas pudiera ocupar su lugar, una señoritinga que seguramente no podría satisfacer sus necesidades sexuales.

Al pensar en lo apasionado e imaginativo que era en la cama, sonrió. Había conseguido satisfacerla mucho más que el resto de sus amantes. Al margen del título y del dinero que poseía, sus habilidades amatorias eran razón añadida para casarse con él. Estaba segura de que descubriría más tarde o más temprano que su esposa era una mujer aburrida; y cuando lo hiciera, se arrepentiría de haberla abandonado.

Satisfecha, empezó a sentirse esperanzada. Aún tenía tiempo. Suponía que su familia y amigos lo habían convencido para que se casara con alguna aristócrata a la que seguramente no deseaba. Pronto se aburriría de ella y echaría de menos la pasión que habían compartido.

Encantada con la idea, se levantó, secó las lágrimas de su rostro y se dejó llevar por los planes que iba concibiendo. Aquella misma noche, Lady Rotterham celebraba una de sus famosas fiestas. Supuso que Simon asistiría con su prometida. Theodora había sido invitada; durante los meses pasados, y gracias a que asociaban su nombre con el del conde, recibía multitud de invitaciones. Decidió, por tanto, que iría; de ese modo podría conocer a su enemiga. Se vestiría con sus mejores galas y pasaría más tiempo del normal arreglándose. Dejaría que Simon viera, con sus propios ojos, lo que se había perdido.

Belinda intentaba cerrar el corsé de Charity.
—Expulsa todo el aire —dijo con impaciencia—. Aún no es suficiente.
Charity gimió y alzó los ojos al cielo.
—¿Cómo que no es suficiente? ¡Apenas puedo respirar!
—No es suficiente porque tu cintura es mucho más ancha que la de Serena. No podrías ponerte su vestido sin el corsé.
Charity giró y miró a su hermana menor.
—¡No tengo ancha la cintura!
—Claro que no —intervino Serena—. Belinda, discúlpate con tu hermana. Tiene una figura maravillosa, y lo sabes. Es mucho mejor tener curvas que ser plana como un tablón, como yo.
—Lo siento —se disculpó Belinda, a regañadientes.
Serena puso las manos en el corsé y dijo:
—Muy bien, Charity. Ahora respira profundamente y exhala todo el aire.
Charity obedeció y Serena se apresuró a cerrar la prenda, mientras Belinda anudaba las cuerdecillas.
—¡Ya está! —dijo Belinda, triunfante—. Ya puedes ponerte el vestido de Serena.

—Sí, siempre y cuando no respire —gruñó Charity.

El estrechísimo corpiño apenas le dejaba respirar, y por si fuera poco elevaba bastante sus senos, incomodándola. Pero no podía hacer otra cosa. Debía asistir al baile de Lady Rotterham, y no tenía más remedio que utilizar uno de los vestidos de Serena.

Por desgracia, su hermana era más baja y delgada que ella, pero Caroline había decidido que se pusiera su corsé, y zapatos planos para que le quedara bien el vestido. En realidad, el resultado se asemejaba bastante a un instrumento de tortura.

Sus hermanas cogieron el vestido blanco de encaje que habían dejado sobre la cama y se lo pusieron. Serena arregló las faldas mientras Belinda abrochaba la multitud de pequeños botones que tenía en la espalda. Horatia, la más joven de las hermanas, descansaba sobre la cama, con las piernas cruzadas en una actitud que su madre habría considerado poco digna de una dama.

Cuando Charity se miró en el espejo, pensó que el dolor merecía la pena.

—Oh, Dios mío.

El blanco satén brillaba bajo la luz, y el efecto de los encajes mejoraba con mucho su imagen. El escote era bajo y redondo, y sus brazos aparecían desnudos. Sus senos, empujados hacia arriba por el corpiño, amenazaban con salirse al menor movimiento; su cintura se había reducido hasta parecer inexistente; y la falda caía como una cascada.

Serena se había encargado de su cabello. Le había hecho un recogido, decorado con falsas gardenias, y había dejado unos cuantos rizos en la parte delantera, para que suavizaran su rostro.

Los ojos de Charity brillaron al contemplar su reflejo. Parecía mayor de lo que en realidad era, y mucho más hermosa. Modesta, pensó que el éxito se debía a la habilidad de Serena y a su vestido más que a su propia belleza. El vestido resultaba muy incómodo; el corpiño la estrujaba, la estructura interior de la falda pesaba muchísimo, y le avergonzaba mostrar desnudos sus hombros y la parte superior de sus senos; pero a pesar de todo lo llevaría con gran alegría. No en vano iba a asistir a su primer baile, y su aspecto resultaba bello y refinado.

—Pareces una princesa de cuento de hadas —declaró Horatia.

Charity sonrió.

Belinda frunció el ceño y se sentó junto a su hermana.

—Oh, Horatia, eres tan niña...

—No, es cierto —protestó Serena, sonriendo—. Está muy bien. Es cierto. Parece salida de un cuento.

Elspeth comentó, en tono lúgubre:

—Con ese vestido vas a agarrarte una pulmonía, y no vivirás para ver el día de tu boda.

—No digas tonterías —dijo Charity—. Sabes que no he estado enferma en toda mi vida.

—Lo sé.

Elspeth lo dijo sin placer alguno. Era de la opinión de que una salud excesiva era signo de baja alcurnia.

—Nadie enferma tanto como tú —declaró Belinda, indiferente.

Elspeth arqueó las cejas.

—Digamos que algunas somos más sensibles y delicadas que otras.

—Calláos ya —ordenó Serena.

—Sienten envidia de la belleza de Charity —explicó Horatia.

—¡Ja! —rió Belinda.

Elspeth se estremeció de forma ostentosa.

—Que se case con él si quiere. A mí me asusta.

Charity miró con irritación a su hermana y dijo:

—No hay nada que temer en él.

—¿No? —preguntó Belinda, a la que le encantaban los cotilleos—. He oído que es un hombre terrible.

—Tiene reputación de mujeriego, es cierto —admitió Serena—. Pero muchos hombres la tienen. Y eso no quiere decir que no pueda sentar la cabeza y comportarse como un marido ejemplar.

—No lo creo.

—He oído que mató a su esposa.

—Sí, y que su hermano también murió de forma misteriosa, y que obtuvo la herencia gracias a su muerte.

—Oh, basta —protestó Charity—. Nuestro padre me lo ha contado todo. Me ha dicho que la primera esposa del conde murió al dar a luz, y que su hermano murió al caerse de su caballo. No creo que exista misterio alguno en ello.

—Sí, claro, pero ¿qué hizo que el caballo lo tirara? —preguntó Belinda, en tono sepulcral.

Los ojos de Charity brillaron con ira.

—Un agujero en el suelo, sin duda. O algo igualmente inocente. En serio, Belinda, te excedes al prestar oídos a las habladurías. Sólo son cotilleos de personas que no tienen nada mejor que hacer. Y que el conde no quiera rebajarse a contestar tales infamias no quiere decir que sea culpable.

—Sus ojos son fríos —dijo Elspeth—. Y estoy segura de que su corazón también lo es.

Charity pensó en el fuego que había contemplado en los ojos del conde.

—¡Tonterías! No sabéis de qué estáis hablando. No lo conocéis en absoluto.

—¿Y tú sí? —preguntó Belinda.

—Mejor que tú. Al menos he hablado con él. No me extraña que te mire con frialdad, Elspeth. No dudo que, de encontrarte a su lado, te comportarías como si fuera a matarte. Eso bastaría para irritar a cualquiera.

—No sé por qué lo defiendes —espetó Elspeth con petulancia—. A fin de cuentas no os casaréis por amor.

—¡Va a ser mi marido! —exclamó, enfadada—, y no pienso permitir que lo juzguéis de ese modo, como no permitiría que hicieran nada semejante con ninguna de vosotras.

—Oh, vaya, parece que Charity acaba de encontrar otra buena causa para luchar —rió Belinda.

—Al menos es amable —dijo Horatia.

En aquel momento apareció su madre, que las miró con frialdad.

—¡Niñas, por favor! Basta de escándalo. Se os puede oír desde abajo. Por favor, intentad recordar que sois señoritas, no verduleras.

Se volvió hacia Charity y asintió con aprobación.

—Estás muy bien, cariño. Pero quiero que recuerdes tu posición. No hagas nada inapropiado esta noche.

—Sí, madre —sonrió Charity.

Hasta los estrictos modales de Caroline se suavizaron ante la calidez de aquella sonrisa. Dio un paso adelante y la besó en la mejilla.

—Haz que esté orgullosa de ti. Imagínate. Tú, condesa.

Sus ojos brillaron con emoción durante un instante. Después, retrocedió y dijo:

—Vamos, chicas, ya es hora. Vuestro padre nos espera abajo.

Elspeth, Serena y Charity la siguieron, dejando atrás a Belinda y Horatia. Charity bajó junto a Serena, haciendo lo posible por mantener la compostura.

Cuando Lytton Emerson las vio, declaró:

—Un grupo de verdaderas bellezas. Seré la envidia de todos los hombres esta noche, en el baile.

La tía Ermintrude apareció en lo alto de las escaleras, y se mostró de acuerdo con el comentario. Llevaba un vestido de color morado, con una fortuna en diamantes alrededor del cuello y en las orejas.

—Cierto —dijo—. Los Emerson siempre han sido una familia de bellezas. Con excepción de la prima Daphne, que sacó la cara de caballo de su madre.

Caroline alzó los ojos al cielo, pero no dijo nada. Ermintrude bajó e inspeccionó a Charity.

—Estás muy bien, querida. Tienes el aspecto que debería tener toda futura condesa. El conde de Dure comerá de tu mano dentro de poco.

—¿Es necesario que utilices expresiones tan vulgares todo el tiempo? —preguntó Caroline, antes de mirar de nuevo a su hija—. No estoy muy segura de que sea apropiado ese escote que llevas. ¿No es demasiado atrevido para una jovencita?

—Tonterías. Es bueno que muestre su belleza —contestó la tía Ermintrude, asintiendo con aprobación—. Además, se ha comprometido con el conde y no tendrá que soportar moscardones.

Las jóvenes tuvieron que hacer un esfuerzo para no reír al escuchar el comentario de su tía. Su madre las miró.

—El vestido de Serena me queda bastante pequeño —adujo Charity, intentando evitar una batalla entre las dos mujeres.

Caroline se acercó a ella y tiró un poco del vestido para que cubriera un poco más sus senos.

—Tendrás que conformarte con él hasta que podamos hacerte más vestidos —suspiró—. Pero no te inclines hacia delante, Charity.

—De acuerdo, madre.

—Oh, venga, no es ni la mitad de atrevido que los vestidos que llevábamos cuando yo era joven —dijo Ermintrude—. Recuerdo cierta ocasión en la que Lady Derwentwater, es decir, Phoebe, no esa horrible criatura con la que se casó su hijo, se puso un vestido con escote tan bajo que casi se le podían ver...

—¡Tía Ermintrude! Por favor. Ten en cuenta que son unas niñas.

La tía Ermintrude rió.

—¡Como si no supieran lo que tienen en el pecho! Como decía, la pobre Phoebe cometió el error de inclinarse para recoger un abanico que había dejado caer, y uno de sus senos se salió del vestido, allí, delante de todo el mundo.

Las muchachas la miraron con ojos muy abiertos. Caroline gruñó y empezó a empujarlas hacia la puerta delantera.

—Creo que ya has hablado demasiado, tía Ermintrude.

—¿Y qué hizo entonces? —preguntó Charity con curiosidad.

—Bueno, Phoebe era fría como el hielo en cualquier circunstancia. Se levantó y resolvió el problema como si nada hubiera ocurrido. Pero aquella anécdota apenas fue un detalle sin importancia en comparación con la noche en que se desataron los nudos del corpiño de Mariana Vivier y...

Caroline la interrumpió, sacó a sus hijas de la casa y bajó las escaleras en dirección al carruaje de la tía Ermintrude, que estaba esperando. El coche estaba algo anticuado, y las mujeres apenas cabían en su interior con sus prominentes vestidos.

—¿Por qué no vamos andando? —preguntó Charity con inocencia—. Sólo son dos manzanas.

Caroline y Ermintrude la miraron al unísono, escandalizadas.

—¡Una dama debe llegar en carruaje! —exclamó la tía Ermintrude.

—Simplemente, es algo que no se hace nunca —explicó Caroline.

Charity se encogió de hombros y permaneció en silencio. El carruaje avanzó por la calle y se unió a la larga línea de calesas que esperaban en el exterior de la mansión de

Lady Rotterham. Permanecieron sentadas veinte minutos antes de que el vehículo las dejara ante la puerta principal, tiempo que Charity ocupó en contemplar los vestidos y joyas de las mujeres que iban entrando, y que brillaban bajo la luz de las lámparas.

Cuando por fin bajaron del carruaje y pudieron entrar, tuvieron que esperar de nuevo en lo alto de la enorme escalinata, mientras los anfitriones saludaban, uno a uno, a los recién llegados. Por fin pudieron entrar a la sala donde iba a desarrollarse el baile, no sin antes dejar atrás una sala más pequeña donde charlaban animadamente unas cuantas damas y caballeros. El salón de baile, espacioso e iluminado por tres grandes lámparas de araña, estaba lleno de personas que bailaban en el centro de la habitación o hablaban en sus extremos. Charity contuvo la respiración al contemplar la belleza de la escena. Era tal y como lo había soñado.

Siguió a su madre y a su tía Ermintrude para sentarse en unas butacas vacías, imitando el rostro serio de su hermana Serena. Pero sus ojos no dejaban de contemplar a los ocupantes del salón. No pudo ver al conde de Dure. Tal vez estuviera en la salita amarilla, donde se podía charlar en un ambiente más tranquilo, o tomando algún refrigerio en el piso inferior. Podía estar en cualquier sitio, pero no podía dejar a su madre para salir a buscarlo.

Entonces, algo hizo que girara la cabeza hacia la puerta. Tal vez fuera el pequeño murmullo que recorrió la multitud, o la sensación de que alguien la estaba mirando. De inmediato, se quedó sin respiración y su corazón empezó a latir acelerado. Lord Dure había entrado y se dirigía hacia ella.

4

Simon llevaba camisa blanca, traje negro y los obligados guantes blancos de tales ocasiones. A Charity le pareció que estaba muy atractivo. Había algo fuerte y vital en él, algo físico y profundo que lo distinguía del resto de los hombres que se encontraban en la mansión. Sonrió, con rostro luminoso. Ni siquiera se había dado cuenta de que todas las miradas convergían sobre ellos, incluyendo las de muchas personas que estaban bailando el vals.

Simon la observó. Charity pudo contemplar el brillo de sus ojos grises verdosos. En cualquier caso, habló primero con su madre, siguiendo el protocolo, y besó su mano. Después, debía saludar a Ermintrude, a Serena y a Elspeth, antes de dirigirse a su prometida.

—Señorita Emerson...

—Lord Dure...

—Está radiante esta noche.

Los ojos del conde la observaron de arriba abajo, con una intensidad seguramente impropia, pero que la encantó.

—Gracias, milord —sonrió—. Usted también lo está. Muy atractivo, sin duda —dudó—. ¿O no debería decirlo?

—No se preocupe, no me ofenderé por ello —sonrió Simon.

En cuanto la vio en el salón, quedó asombrado. No parecía en absoluto la ingeniosa joven que había conocido, sino una mujer refinada y hermosa. Y su sonrisa le había conferido, de algún modo, una especie de madurez que con anterioridad no había notado.

No pudo evitar contemplar sus senos y excitarse, algo no demasiado apropiado en tales circunstancias. Se preguntó si su prometida tendría idea de lo atractiva que resultaba, con aquel vestido blanco, virginal, con su boca dulce y sus senos redondeados. Deseó permanecer allí, contemplándola, y de repente se sorprendió pensando que tal vez habría sido mejor que llevara algo más recatado, para defenderla de las miradas de los hombres.

—¿Quiere bailar? —preguntó con formalidad.

El vals había terminado y las parejas se preparaban para la siguiente pieza.

—Me encantaría —contestó con candidez.

De forma instintiva miró a su madre como para obtener permiso, y Caroline asintió. Charity aceptó el brazo del conde y caminaron hacia el centro de la habitación.

La música comenzó. El conde hizo una ligera reverencia que Charity devolvió. Acto seguido le puso una mano en la cintura, cogió la mano izquierda de su prometida, y comenzaron a bailar el vals.

Charity ya había bailado muchas veces, en fiestas menos importantes, pero aquel vals fue algo muy especial. Simon era un magnífico bailarín, a diferencia de los hombres con los que había bailado, y entre sus brazos se sentía como volando. La sensación resultaba maravillosa; todo lo demás había desaparecido de repente, como si sólo existieran ellos.

Charity se sobresaltó cuando terminó la pieza y se detuvieron. Una vez más, ambos hicieron una leve reverencia.

—Ha sido maravilloso —observó ella.

Simon sonrió, con ojos brillantes.

—¿En serio? Me alegro.

—Oh, sí. Siempre soñé con algo parecido.

—Cuidado. Alaba demasiado mi orgullo.
—Como si no supiera lo buen bailarín que es —rió.
—Confieso que me agrada oírlo. En cualquier caso, bailar con usted es muy fácil.

Deseó besarla, pero no eran ni el lugar ni el momento más apropiados.

Charity rió.

—Ya veo que también sabe decir cumplidos —declaró, mirando a su alrededor—. ¿A dónde vamos?

—Es tradicional dar media vuelta a la sala, al menos, después de un baile. Dejar a una dama de inmediato sería tomado como un insulto, como si no fuera merecedora de atención.

—Oh. Creo que tendré que aprender muchas cosas. Pero me enseñará, ¿no es cierto?

Lo miró con incertidumbre. Lord Dure no parecía un hombre paciente que pudiera tomarse la molestia de enseñar las normas de cortesía a nadie.

Pero algo brilló en sus oscuros ojos.

—Por supuesto. Me encantará enseñarle... muchas cosas.

Charity se estremeció, aunque no supo muy bien por qué.

—Gracias.

Una vez más se quedó sin aliento. Le habría gustado poder deshacerse del corsé.

—Ah, acabo de ver a alguien que me gustaría que conociera. Venetia...

Simon se dirigió hacia una encantadora mujer, alta y atractiva, que se encontraba con un hombre aún más alto que ella, e igualmente rubio.

La pareja se dio la vuelta al oír la voz del conde y ambos sonrieron. Venetia se acercó a Lord Dure y cogió sus manos antes de besar su mejilla.

—¿Qué tal estás, querido?

—Muy bien —contestó—. No necesito preguntarte lo mismo. Estás preciosa.

El hombre rubio se unió a ellos y los saludó. Simon continuó hablando.

—Venetia, Ashford, me gustaría presentaros a mi prometida, la señorita Charity Emerson. Charity, te presento a Venetia, Lady Ashford, y a su marido, Lord Ashford.

Venetia los miró con asombro.

—¿Bromeas? Simon, no me habías dicho que... Mi querida señorita Emerson, bienvenida a nuestra familia. Por favor, perdone mi sorpresa. Mi hermano llevaba tanto tiempo solo que pensé que no volvería a casarse.

—Encantado de conocerla —intervino Lord Ashford, sonriendo—. Bienvenida a la familia.

Lord Ashford era un hombre atractivo, de aspecto tranquilo, cuyo rostro denotaba una placidez sorprendente. Se volvió hacia su cuñado y dijo:

—Felicidades, viejo amigo.

Charity sonrió. Le gustaban la sonrisa y los cálidos ojos de Lady Ashford. Temía que los familiares del conde pudieran ser tan estirados y estrictos como su madre, o aún más, pero en cuanto vio a la hermana de Simon supo que era de su aprobación.

Venetia se acercó a ella y sugirió que se sentaran para charlar.

—Me gustaría conocerte mejor —la tuteó—. Estoy segura de que debes ser muy especial, si te ha elegido mi hermano.

—Gracias.

Caminaron hacia un balcón abierto donde había dos sillas vacías. Venetia era una mujer tranquila, incluso algo tímida, y la conversación tardó en surgir. Charity se encontraba algo tensa, pero en cuanto se relajó y olvidó la necesidad inicial de causar una buena impresión empezó a comentar todo tipo de cosas, como solía hacer. En poco tiempo se encontraron hablando como viejas amigas. Hablaron sobre sus hermanas e incluso quedaron en verse para ir de compras aquella misma semana. Charity confesó que se había visto obligada a ponerse el vestido de su hermana aquella noche, y Venetia rió cuando describió la escena del corsé.

La hermana del conde se inclinó sobre ella y cogió su mano con calidez.

—Me alegro de que vayas a casarte con Simon. Merece ser feliz, y creo que lo será contigo.

Charity supuso que Venetia creía que se casaban por amor.

—Haré lo que pueda para ser una buena esposa.

—Lo sé. Simon es un buen hombre, y también será un buen marido. Por desgracia la vida ha sido dura con él, y sé que a veces parece algo distante. Pero no dejes que eso te preocupe. Tiene un buen corazón.

—Lo sé.

—Bien —sonrió—. Esperaba que lo supieras.

Las dos mujeres se levantaron. No vieron a Simon, de modo que se dirigieron hacia el lugar donde se encontraba Caroline Emerson, que estaba charlando con otra mujer de su edad. Mientras se acercaban, Charity tuvo la impresión de que alguien la observaba con intensidad. Miró a su alrededor y sus ojos se detuvieron en una mujer que se encontraba junto a uno de los balcones, charlando con un hombre alto, de barba y ojos marrones. Aquélla era la persona que la observaba. Y no apartó la vista al ser descubierta.

Charity la observó con igual curiosidad. Era una mujer preciosa, de impresionante figura, piel pálida y un aire misterioso. Su pelo era casi negro. Llevaba un vestido de satén marrón que dejaba ver una generosa porción de sus senos, e iba cubierta de magníficas joyas.

—Venetia, ¿quién es esa mujer?
—¿Cuál? ¿Dónde? —preguntó, siguiendo su mirada—. Oh... nadie. No la conozco —mintió.

Charity miró a Lady Ashford con sorpresa. Resultaba evidente que la había reconocido. Sin comprender su mentira, miró de nuevo a la mujer antes de llegar a la altura de su madre.

Charity bailó con unos cuantos jóvenes, hasta que apareció Simon. Bailaron un par de piezas y acto seguido su prometido la escoltó escaleras abajo para tomar un tentempié. Pero Charity estaba demasiado emocionada como para tener hambre.

—Ya veo que te gusta el baile —dijo él, sonriendo.
—Oh, sí. ¿Y a ti?
—Gracias a mi título soy siempre bienvenido. Pero no me gustan las habladurías de este tipo de actos.
—Oh.
—No has preguntado sobre esas habladurías.
—No, porque ya las he oído.
—¿Y a pesar de todo quieres casarte conmigo?
—No creo lo que dicen.
—¿De verdad?

Charity se encogió de hombros.

—Mi padre me contó lo que realmente había sucedido, y mi padre nunca me ha mentido.
—Puede que tu padre no conozca la verdad.
—Cierto, pero en cualquier caso no habría creído lo que dicen de ti. En cuanto te vi supe que no eras un asesino.
—Gracias, querida.
—¿Por qué no dices la verdad, para acabar con las dudas?

El conde sonrió con sarcasmo.

—¿Qué puedo hacer? ¿Entrar en una fiesta y decir que no soy un asesino? ¿Gritar que al perder a mi hermano perdí parte de mi propio ser?

—Lo siento mucho —dijo ella—. Hablo demasiado, es uno de mis peores defectos. Obviamente, no puedes defenderte de acusaciones que no son directas. Luchar contra un rumor resulta prácticamente imposible. Pero ¿por qué te persiguen?

La expresión de Simon se endureció.

—Tengo enemigos. Además, parte de los rumores son ciertos. He jugado y bebido mucho.

—Y también se dice que eres muy mujeriego.

Simon sonrió.

—No deberías saberlo —bromeó.

—¿Cómo podría no saberlo? Lo he oído en todas partes, desde que empezaste a cortejar a Serena. ¿Es verdad que eres un libertino?

Dure rió.

—Creo que la conversación está derivando hacia temas algo impropios en una dama.

—No lo dudo, pero ¿es cierto?

Simon la miró y se preguntó si sería consciente del efecto que su belleza causaba en él. Al mirar su cuerpo, deseó acariciar sus brazos y su cuello e introducir las manos por la parte superior del vestido, para poder sentir la suavidad de su piel.

—Digamos que siempre he contado con el favor de las mujeres.

—Me alegro. No me habría gustado casarme con un hombre sin experiencia.

—He tenido muchas amantes, y he evitado en lo posible la compañía de las «buenas» damas.

—¿Porque te aburrían?

—A veces —rió—. Pero no puedo decir lo mismo de la mujer con la que voy a casarme.

Charity sonrió.

—Bien. Estaré encantada de divertirte.

Simon se sorprendía cada vez más a sí mismo. Deseaba tenerla bajo su propio techo. Deseaba contemplar aquella brillante sonrisa al otro lado de la mesa, cuando desayunaran; quería oír su risa en los corredores de su casa; quería tenerla en su cama, clara y dulce bajo su contacto. Se preguntó si la chispa de pasión que habían compartido se extendería también a los aspectos más íntimos de su relación, a diferencia de Sybilla, que siempre permanecía fría y tensa bajo sus brazos. En sus amantes había notado muchas veces un apasionamiento falso, y esperaba que el suyo fuera sincero.

Apartó la mirada, sobresaltado por el deseo que sentía. Pasar tanto tiempo con ella resultaba peligroso. Cuando pensó en casarse, pensó que su noviazgo duraría al menos un año; no tenía prisa por ir al altar. Pero ahora, la idea le encantaba. Necesitaba casarse de inmediato con ella si no quería sufrir un verdadero infierno.

Charity se inclinó hacia delante y tocó su brazo, preocupada.

—¿He dicho algo incorrecto? Mi madre dice que poseo una lamentable tendencia a dejarme llevar por frivolidades. No debí preguntar...

—No —contestó él, con ojos brillantes e intensos—. No pierdas nunca tu sentido de la frivolidad. No hay nada malo en ti.

—Hay quien estaría en desacuerdo —sonrió.

—Puede ser. Pero recuerda que ya no tienes que hacer nada para complacerlos.

—Sólo ante mi marido.

—En efecto.

Charity lo observó y una extraña calidez invadió su cuerpo. Se quedó sin aliento. Deseó que la besara de nuevo, tal y como había hecho en su casa. Sabía que tal pensamiento tal vez resultara escandaloso en una dama, pero no pudo evitarlo. Quería probar su boca de nuevo, sentir su duro cuerpo. Se preguntó si el conde se sorprendería al saberlo.

Al final, Simon apartó la mirada y dijo:
—Creo que debería llevarte con tu madre.
Era el último lugar donde Charity quería encontrarse. Le habría gustado salir al jardín con su prometido y pedirle que la besara en algún rincón oscuro de la propiedad de Lady Rotterham. Sin embargo, no se atrevió.
—Muy bien.
Se levantó y subieron las escaleras de nuevo.
Cuando se inclinó a recoger el abanico que había dejado sobre una mesita, descubrió que bajo él había una pequeña nota. Sorprendida, abrió el sobre, sacó el papel y lo leyó. Decía así: «No se case con Dure, o se arrepentirá».
Se quedó helada. Durante un momento no comprendió las palabras, pero cuando lo hizo una intensa irritación la dominó. Alguien intentaba enfrentarla a Lord Dure, insinuando, sin duda, que la mataría. Primero se quedó pálida. Y luego se ruborizó tanto por la ira que se sobresaltó.
—¿Charity? ¿Ocurre algo?
—¿Qué? Oh.
Charity miró a Dure y recordó dónde se encontraba. Cerró la palma sobre el papel y lo tiró en la copa que había utilizado. No pensaba inquietar a su prometido con el contenido de aquella misiva, después de la conversación que habían mantenido sobre los rumores que se oían.
—No era nada, sólo un pedazo de papel.
—Pero parecías...
—Me he levantado demasiado deprisa —mintió—, y he sentido un ligero mareo. O puede que haya sido el ponche. Estaba demasiado cargado para mí.
Entonces, sonrió con alegría y lo cogió del brazo.

Cuando su prometido la dejó en compañía de su madre, Charity cayó en un silencio muy poco común en ella. Dos jóvenes le pidieron que bailara con ellos, cosa que hizo, pero su mente se encontraba en otra parte. No podía dejar de pensar en la nota que había encontrado. Cualquiera podía haberla escrito mientras se encontraban en el piso inferior, pero no sospechaba quién quería advertirla sobre su futuro marido.

Podía tratarse de alguien que creyera en los rumores y que estuviera sinceramente preocupado por su futuro. Sin embargo, no lo creía así. Había algo malicioso en todo aquello, algo dirigido contra Dure. A fin de cuentas ella no conocía a nadie en aquel lugar, a nadie que pudiera desearle ningún mal; luego obviamente debía tratarse de un ataque contra el conde. Todo aquello la enfurecía tanto que le habría gustado que la persona responsable se enfrentara a ella cara a cara.

—Charity...

Charity se sobresaltó y miró a su madre.

—Dios mío, niña, ¿en qué estabas pensando?

—Lo siento, madre. ¿Querías algo?

—Sólo presentarte al señor Faraday Reed —dijo, haciendo un gesto hacia un elegante y alto hombre—. Señor Reed, le presento a mi hija, Charity.

—Señorita Emerson, es un placer conocerla.

Charity sonrió. Faraday Reed era un hombre alto y delgado, de pelo castaño, ojos inteligentes y barba y bigote muy cuidados. Era atractivo, pero no podía compararse con el conde. Entonces recordó que se trataba del hombre que acompañaba a la mujer que la había estado observando.

Su curiosidad creció. Quería conocer el nombre de aquella mujer; había cierto misterio alrededor de su belleza, y sospechaba que existía alguna razón en el interés que demostraba hacia ella. La reacción de Venetia, ciertamente extraña, había incrementado su curiosidad.

En cualquier caso, no podía encontrar una forma de preguntarle al respecto mientras se encontraran con su madre.

—El señor Reed está casado con Lady Frances Reed. La conocí en casa de los Atherton. Supongo que recordarás a Lady Atherton, cariño. Es mi prima segunda.

—Sí, madre —murmuró.

—Esperaba que me hiciera el honor de bailar conmigo, señorita Emerson —dijo el individuo—. Ya he pedido permiso a su madre.

—Por supuesto, señor Reed.

Charity encontró que la ocasión era perfecta para alejarse de Caroline y descubrir lo que pretendía, de modo que dejó que la llevara a la zona donde estaban bailando.

Faraday Reed resultó ser tan buen bailarín como Lord Dure, aunque no sentía en modo alguno las mismas emociones en sus brazos.

—No había tenido el placer de verla con anterioridad —declaró él, con ojos cálidos—. No puedo creer que su belleza me haya pasado desapercibida.

Charity arqueó una ceja ante el cumplido, intentando encontrar una buena respuesta. Al fin y al cabo, su madre había dicho que se trataba de un hombre casado. Le parecía extraño que coqueteara con ella, pero no conocía las costumbres de Londres, y cabía la posibilidad de que fuera algo normal.

—Ésta es mi primera fiesta —admitió.

—¿Son ciertos los rumores que he oído? ¿Va a casarse con Lord Dure?

—Es cierto. Pidió mi mano y yo acepté. Si eso es lo que dicen los rumores, es cierto.

Reed la miró con tristeza.

—En tal caso, habrá muchos corazones rotos en la ciudad cuando se sepa.

Charity sonrió.

—Pero imagino que no el suyo, señor Reed. Según creo, está casado.

—Cierto, señorita Emerson. Sin embargo, una belleza tan notable no puede pasar desapercibida ante ningún hombre —sonrió.

Charity rió. Estaba segura de que aquellos trucos resultaban muy útiles para ganarse el afecto de otras mujeres, pero con ella no servían; le parecía, como mucho, algo cómico. Abandonó el tema de conversación y sacó a colación la pregunta que tanto la inquietaba.

—Hace poco lo vi con una mujer muy hermosa. Tenía el pelo negro, y la piel muy clara.

—Ah —dijo, con una sonrisa—. Supongo que debía ser la señora Graves.

—Tuve la sensación de que me estaba observando.

—Imagino que habrá sentido lo mismo muchas veces, esta noche. Es encantadora, joven, y desconocida. Es lógico que la miren.

Charity quiso decir algo, pero al mirar hacia el fondo observó que Lord Dure se abría paso hacia ellos con rostro enfadado y tenso. El conde llegó a su altura en cuestión de segundos. Cuando lo hizo, la apartó de Reed. Charity miró a su prometido con asombro. Sus ojos brillaban con furia.

—¿Qué diablos estás haciendo? —preguntó a Charity, antes de dirigirse al otro hombre—. Deje en paz a la señorita Emerson.

Dure se dio la vuelta y se llevó a su prometida. Charity lo siguió, demasiado asombrada como para poder reaccionar; pero cuando se alejaron unos pasos consiguió hacerlo.

—¿Cómo te has atrevido a hacer algo así? —preguntó, irritada.

Todo el mundo los miraba.

—No vuelvas a bailar con ese hombre. Ni a hablar con él. A partir de ahora, evítalo.
—¿Cómo? ¿Por qué?
—No deberías conocerlo —espetó—. Vamos, te llevaré con tu madre.

Charity levantó la barbilla, orgullosa.

—No. Suéltame de inmediato. Puede que ese hombre no te guste, pero yo no soy tu criada. No puedes darme órdenes como si lo fuera.

Se dio la vuelta y se alejó hacia la multitud, que observaba la escena con interés. El conde la siguió y la alcanzó cuando había llegado a la puerta del salón. La cogió del brazo con fuerza, para que no pudiera escapar, y la apartó del resto de los invitados. Charity lo siguió. No quería hacer una escena en público, por indignada que estuviera.

Al final, el conde encontró un lugar tranquilo en la biblioteca, donde no había nadie. Entraron y cerró la puerta a sus espaldas. De inmediato encendió una luz y su prometida se apartó de él. Caminó hacia el centro de la estancia y lo miró.

—¡Cómo te atreves!
—Soy tu marido.
—¡Aún no! Y no lo serás si tu comportamiento de esta noche es habitual en ti. Estás loco.

El conde la miró con expresión pétrea.

—En absoluto. Tengo buenas razones para advertirte que no te relaciones con Faraday Reed.
—¿Y para humillarme ante todo el mundo?
—Te has humillado tú misma al dejar que bailara contigo, al reír con él y al dejarte engatusar por sus trucos como una simple doncella.
—¿Cómo?
—Ya me has oído. A partir de ahora, no volverás a verlo.
—Lo haré si así lo quiero.

—No —dijo con voz implacable—. No admitiré tal desobediencia en mi futura esposa.

—En tal caso, no me sorprende que no te hayas casado en todo este tiempo.

Charity empezó a caminar de un lado a otro, con los puños apretados. Quería gritar, golpearlo, hacer algo que redujese la indignación y el dolor que sentía.

—No soy tu esclava, ni lo seré si me caso contigo.

La posibilidad que insinuaba de que no llegaran a casarse despertó en él los mismos celos que había sentido al verla en compañía de Reed. En aquel instante había deseado darle un buen puñetazo, y tuvo que contenerse para limitar su furia y llevarse a su prometida. Sin embargo, ahora sentía algo muy diferente. La belleza de Charity lo confundía.

—Te has comprometido conmigo.

—Los compromisos pueden romperse.

Charity se dio la vuelta y caminó con rapidez hacia él. Sus mejillas habían adquirido una tonalidad rojiza por la rabia, y sus ojos brillaban.

—No pienso dejar que me trates como a un perro —continuó—. No soy tu perro, aunque empiezo a dudar que pudieras tratar mejor a un animal que a tu propia esposa.

—Te aseguro que trataré a mi esposa con la cortesía adecuada —dijo entre dientes.

Charity se detuvo. Había una expresión extraña en su rostro; no se trataba exactamente de furia, sino de algo más profundo. Los músculos de su mandíbula se habían suavizado, y contemplaba sus senos con calor. De repente, sintió un raro mareo.

Simon se acercó a ella y la atrajo hacia sí, rodeándola con sus brazos. Después, se inclinó y la besó.

Fue un beso apasionado y exigente. Charity dejó escapar un gemido, aunque no supo muy bien si de protesta o de placer. Los brazos del conde se cerraron con más fuerza sobre su cuerpo, apretándola contra su duro pecho, mientras la devoraba con la boca. Casi no tenía aliento.

Presa del pánico, quiso apartarse. Pero sus esfuerzos no sirvieron de nada contra la fuerza de su deseo y de sus músculos. Y entonces, de repente, la oscuridad la rodeó.

Suspiró y se desmayó en sus brazos.

Durante un instante, Simon se limitó a mirarla con asombro. La sostuvo como pudo, mientras el temor lo atravesaba como un cuchillo de hielo.

—Oh, Dios mío. Charity... Dios mío, ¿qué he hecho?

La llevó hacia el sofá, donde la dejó. Apoyó su cabeza en unos cojines y se arrodilló junto a ella. Después empezó a acariciar sus muñecas con suavidad, sin dejar de contemplar su pálido rostro.

—Charity, por favor... —besó su mano, sintiéndose culpable—. Despierta. Lo siento. No quería hacerte daño. Créeme, por favor, nunca te haría daño. Estabas tan preciosa, enfrentándote a mí...no pude evitarlo. No lo pensé.

Charity abrió los ojos y lo miró. Simon suspiró aliviado.

—Gracias a Dios. Me puse furioso cuando vi que bailabas con él. Eres tan joven e inocente... No tienes idea de lo que alguien así puede hacerte. Pero no debí sacarte de allí de ese modo. Perdóname. En general, demuestro mucho más control sobre mis emociones. Te prometo que no volverá a suceder.

Charity rió con debilidad.

—¿No? —bromeó, sonriendo.

El conde la miró con asombro.

—¿No estás enfadada conmigo?

—Claro que sí —contestó, sin dejar de sonreír—. Te comportaste de forma grosera, como un tirano. No creo que me guste esa actitud en un marido.

—Ni yo estoy seguro de que me gustara ser ese tipo de marido. Actué sin pensar.

El conde acarició su frente. La piel de Charity era suave como pétalos de rosa.

—Siento haberte hecho daño. Normalmente no soy un amante tan inepto.

Charity sonrió, y los hoyuelos de costumbre se formaron en sus mejillas.

—No me desmayé porque te comportaras de forma inadecuada. Bueno, no exactamente.

—¿Qué quieres decir?

—Me desmayé porque no podía respirar. En parte porque me abrazabas con mucha fuerza, y en parte porque estuve bailando y me encontraba sin aliento. Después, y por si fuera poco, me enfadé tanto contigo que me desmayé.

—¿Te desmayaste porque estabas enfadada?

—No exactamente. Mi madre me mataría si oyera que te digo algo así, pero lo cierto es que no podía respirar porque mi corpiño está demasiado apretado.

—¿Cómo?

—El corsé. No tenía un vestido para asistir al baile, de modo que tuve que ponerme uno de Serena. Pero mi hermana es más delgada, y no habría podido utilizarlo sin apretar en exceso el corsé.

Simon contempló sus senos, impelidos hacia arriba por el corpiño.

—Ya veo.

El conde sintió una extraña sequedad en su boca. Su mirada se posó en su cintura, infinitamente pequeña, y pasó una mano sobre su estómago. Podía sentir la dura y tensa prenda.

—No me gusta que tortures tu cuerpo de ese modo —declaró, observándola con ojos encendidos—. Eres muy hermosa y no necesitas contener la respiración para reducir el tamaño de tu cintura. No vuelvas a ponerte ese corsé.

Acarició su abdomen con suavidad. El satén estaba frío y suave bajo su mano. Charity rió. Su contacto despertaba en ella emociones desconocidas hasta entonces; sabía que su prometido no debía tocarla de aquel modo, pero la sensación era demasiado maravillosa como para detenerla. Apenas notó que le había dado otra orden.

Inquieta, acertó a decir:

—Para ti es fácil decirlo, pero si no llevara corsé el vestido estallaría.

Simon contempló sus senos, una vez más.

—Yo diría que corres peligro de hacerlo estallar de todas formas.

La idea no le disgustó. Su voz sonaba cálida y sensual, y Charity cerró los ojos para dejarse llevar por el placer que sentía.

—Milord —dijo.

Simon la miró. Había cerrado los ojos y su boca aparecía húmeda y prometedora. Reconocía en su expresión los signos del amor, y se excitó. Casi de forma experimental acarició uno de sus senos, y como recompensa recibió un gemido de evidente satisfacción.

—Creo que ya que hemos empezado a tutearnos, deberías dejar de llamarme «milord».

—Simon...

Al escuchar su nombre sintió cierta tensión entre sus piernas. No pudo evitar inclinarse sobre ella y besarla. Charity no se resistió; de hecho, pasó los brazos alrededor de su cuello y devolvió el beso. Simon gimió, apasionado. Su lengua se introdujo en la boca de su prometida, hambrienta.

Era dulce como la miel, y el deseo lo dominó por completo. Casi esperó que Charity se apartara, tal vez indignada, pero no sólo no lo hizo, sino que la lengua de la joven también empezó a juguetear con la suya. El conde acarició entonces sus senos.

La respuesta de su prometida dio alas al deseo de Simon. La besó una y otra vez, apartándose sólo para poder besarla de nuevo. Charity se apretó contra él, emitiendo leves gemidos cada vez que sus manos despertaban en ella otra oleada de placer. No había imaginado que el amor pudiera ser algo tan maravilloso. Apretó las piernas con fuerza, consciente de la extraña sensación que la dominaba, y empezó a mover las caderas de forma inconsciente. Quería que la tocara allí, entre sus muslos, y la idea le pareció tan licenciosa que se asustó. Se preguntó qué habría pensado Simon de conocer sus pensamientos. Pero para entonces el conde había empezado a besar su cuello, bajando hacia sus senos, y regresó a la realidad.

—Simon...

Charity jugueteó con su cabello. Su respiración era acelerada, y no dejaba de mover las piernas, sin descanso. La pasión gobernaba todos los actos de la joven, pero era algo tan nuevo para ella que apenas podía identificar lo que sentía.

Simon, mucho más experto, desató su joven deseo. La deseaba tanto que temblaba bajo la fuerza de tanto anhelo. Murmuró su nombre, mientras besaba sus senos. Aquella suavidad exquisita era casi excesiva para él, y metió la cara entre ellos para capturar su olor.

—Charity, oh, Charity...

Se apartó de ella como empujado por un resorte, y Charity intentó impedírselo.

—No, espera, Simon...

La joven abrió los ojos y lo miró.

Simon gimió y se pasó las manos por el pelo, intentando tranquilizarse. Sabía que estaba a punto de deslizarse por una pendiente sin retorno.

—Oh, Dios mío, ¿qué estoy haciendo? —se preguntó.

El conde se levantó y empezó a caminar de un lado a otro, conteniéndose a duras penas. Charity se incorporó en el sofá y se sentó. Su corazón latía a toda velocidad, presa de emociones que no comprendía. Se dijo que había actuado mal al dejarse llevar de aquel modo, pero no se arrepentía. Todo su cuerpo deseaba a Simon.

Sin embargo, el conde se había apartado de ella. Presa de su inocencia, llegó a pensar que tal vez se hubiera excedido, comportándose como una mujer fácil. Su madre siempre decía que un hombre deseaba tener a una dama como esposa. Creyó entonces que había actuado de forma inapropiada. Se arregló un poco el vestido y observó a su prometido, que en seguida se dio la vuelta, pálido.

—Perdóname —dijo él—. No debía haber sucedido algo así.

Charity sintió que el mundo se le venía encima. El conde parecía un desconocido, que desaprobaba su comportamiento.

—Lo siento —dijo ella, apartando la mirada—. ¿Te he molestado? Sé que...

—No —dijo él.

Se sentó a su lado, en el sofá, y cogió una de sus manos. Charity pudo sentir su intenso calor. Lo miró de nuevo y vio que sus ojos brillaban con tanta intensidad como antes. De inmediato, experimentó un gran alivio; no lo había disgustado. Sonrió y contempló sus labios.

—No has hecho nada malo. Te aseguro que nada de lo que pudieras hacer me molestaría. He sido yo el que ha cometido un error. He actuado como un canalla, aprovechándome de tu inocencia. No debí traerte a esta habitación, ni intentar...

Su mirada se detuvo sobre sus senos. Sentía una atracción tan desgarradora que tuvo que levantarse de nuevo y aclararse la garganta para poder continuar.

—No debí dejarme llevar por mi deseo.

—Pero si vas a ser mi marido.

—Incluso así no tengo derecho a... Charity, si hubiera seguido unos minutos más no habría sido capaz de detenerme. He debido perder el sentido común. La puerta estaba abierta. Cualquiera podría haber entrado de improviso y habría arruinado tu reputación.

—Oh. Y entonces no habrías podido casarte conmigo.

El conde la miró, sorprendido.

—Por Dios, claro que sí. ¿Cómo puedes pensar algo así? Me habría casado contigo. No soy un villano.

—Pero si mi reputación estuviera arruinada, no podría ser la condesa de Dure.

—Me habría casado contigo en cualquier caso —dijo entre dientes—. Pero no creo que te hubiera agradado mucho que todo el mundo murmurara sobre ti.

—Es cierto. Tienes razón. Hemos cometido un error —sonrió—. Pero no ha pasado nada. No ha entrado nadie, y estamos a salvo. En el futuro, seremos más cuidadosos.

—No habrá futuro. Bueno, quiero decir que esto no se repetirá. He perdido el control, pero no volverá a suceder.

—Claro, milord —suspiró ella, decepcionada.

—¿Otra vez me llamas «milord»? —preguntó, sonriendo—. Había avanzado mucho al conseguir que me llamaras por mi nombre.

—Pensé que sonaría demasiado íntimo.

—Me gusta cómo lo dices.

Caminó hacia ella y la ayudó a levantarse. Después, cogió su cara entre las manos y la miró con intensidad.

—Espero con ansiedad el momento en que tengamos la

intimidad necesaria, querida. Cuando seas mi esposa repetiremos lo sucedido esta noche, y mucho más.

Los ojos de Charity se oscurecieron con sensualidad.

—Me alegro de oírlo.

Simon respiró profundamente y acarició su cuello.

—Desde luego, resultas muy tentadora. Sin embargo, me he prometido que no volveré a dejarme llevar. Regresa al salón. Tengo que marcharme.

Entonces, se dio la vuelta y caminó hacia la puerta. Pero antes de salir la miró y dijo:

—Cuando llegue nuestra noche de bodas, te prometo que será una experiencia larga y muy satisfactoria.

Segundos después de que desapareciera, Charity se dejó caer en el sofá. De repente, sus piernas se negaban a sostenerla.

Simon tenía intención de mantener una breve conversación con Faraday Reed antes de marcharse del baile; estaba dispuesto a enfrentarse a él. Pero cuando avanzaba por el pasillo vio que Reed se encontraba con Theodora Graves, charlando. La mujer sonreía, abanicándose con languidez, mientras el hombre contemplaba su profundo escote. Simon había notado la presencia de su antigua amante en cuanto llegó a la fiesta, y se alarmó. Temía que hubiera ido allí para acosar a su prometida. A Theodora le encantaban las escenas teatrales, y no dudaba que la presencia de público no impediría que diera uno de sus espectáculos. En lo tocante a él, poco le importaba; hacía tiempo que no le preocupaba lo que los demás pensaran. Pero cuando pensaba que aquella mujer podía humillar a Charity lo dominaba una ira profunda. Sospechando de sus intenciones, la observó con atención para salir en ayuda de su prometida llegado el caso.

Pero no fue necesario. Simon supuso que sólo se había presentado con la intención de ponerlo celoso, algo que en ningún caso podía conseguir. Con Reed había encontrado la horma de su zapato. Faraday seguramente se estaría preguntando por el valor del collar de diamantes que llevaba al cuello.

Al marcharse no miró hacia atrás, razón por la cual no pudo notar que Reed lo observaba con gesto de rencor. Pero su expresión se transformó enseguida, adoptando su habitual encanto, al volverse hacia la mujer que lo acompañaba. No le gustaba demasiado Theodora, aunque imaginaba que en poco tiempo tendría la oportunidad de gozar de sus favores. En cambio, le agradaba acostarse con una de las amantes de Simon. Ya lo había hecho con anterioridad, y siempre sintiendo una gran satisfacción. Satisfacción que se multiplicaría de poder acostarse con su prometida antes que el propio conde.

Estaba seguro de poder conseguirlo. Confiaba al máximo en su habilidad con las mujeres; y si sus estratagemas no surtían efecto, siempre podía forzarla. Sin embargo, aquello debería esperar. Por el momento deseaba una venganza inmediata, para librarse del mal sabor de boca que siempre sentía cuando veía a Simon.

Después de pensarlo unos segundos, tuvo una idea. Sería divertido, y útil. Se excusó ante Theodora y regresó al salón, hasta encontrar con la mirada a la persona que buscaba. Esperó unos minutos, hasta que se encontró a solas, y entonces salió en su búsqueda.

—¡Lady Ashford! —dijo con fingida sorpresa.

La hermana de Simon se detuvo.

—Señor Reed...

Venetia intentó continuar su camino, pero Reed se lo impidió.

—No intente evitarme tan deprisa —dijo—. Recuerdo que en cierta ocasión no lo hizo.

—Entonces era una joven incauta. Pero ya no lo soy.
—Me ofende. Recuerdo con gran cariño aquella experiencia. En realidad, guardo recuerdos de aquella época.
Venetia lo miró, pálida.
—¿A qué se refiere?
—A unos pocos objetos sin importancia. Unas cartas y un anillo. Estoy seguro de que lo recordará.
—¿Aún las tiene? —preguntó, ruborizada.
—Por supuesto —sonrió—. Soy un hombre sensible. Me siento mejor leyéndolas de vez en cuanto.
—¿Qué pretende?
—¿Yo? —preguntó, con fingida inocencia—. ¿Qué podría pretender de usted? A fin de cuentas es una mujer felizmente casada. No conozco a su marido, pero es posible que tenga el placer en el futuro. Tenemos muchas cosas en común, y estoy seguro de que podríamos hablar largo y tendido.
—Apártese de mi camino —dijo furiosa, en voz baja—. Y no vuelva a cruzarse en él.
—Por supuesto, milady.
Reed se apartó e hizo una exagerada reverencia.
Venetia siguió andando sin mirar atrás. Apretaba los puños con fuerza para que no se notara que estaba temblando. Faraday la observó en la distancia, con una sonrisa en los labios.

Faraday Reed se puso en contacto con los Emerson al día siguiente; había conseguido engañar a Caroline con sus encantos. Por desgracia ya estaba casado, pero eso carecía de importancia ahora que iba a casar a una de sus hijas. Lo encontraba encantador, atractivo y muy versado en todo tipo de asuntos sociales, de modo que en poco tiempo fue siempre bienvenido en la casa.

Charity prefirió no contar a su madre la reacción que había tenido el conde al verla en compañía de aquel hombre. Caroline habría impedido la entrada de Reed de inmediato, por mucho que le gustara, porque no podía permitirse el lujo de ofender al conde de Dure. Y Charity no quería obligarla a ello.

En realidad, no le interesaba demasiado el señor Reed. Era buen conversador, divertido, y muy amable, aunque en ocasiones se sobrepasaba con sus atenciones. Pero no podía compararse con Simon, mucho más atractivo y excitante, y cuya presencia desataba todo tipo de emociones en su interior. A su lado, Faraday Reed parecía aburrido. En cualquier caso, dejaba que Reed coqueteara con ella como una manera de demostrarse a sí misma que no obedecía las órdenes de su futuro esposo; se había disculpado ante ella por la manera que había tenido de sacarla del salón de baile, pero no había retirado ninguna de sus imposiciones. Charity no veía razón para obedecerlo, porque sentaría un peligroso precedente. De modo que no evitaba al señor Reed en sus visitas, ni se molestó en comentar a su madre lo sucedido.

Pocos días después de la fiesta, el señor Reed invitó a Charity a dar un paseo por Hyde Park. Obtuvo el permiso de su madre, que consideró que no habría problema alguno puesto que irían en un carruaje abierto, y acompañados por una de sus hermanas. No le gustó que Caroline asignara a Elspeth para la misión, pero no protestó; su hermana aún no había paseado por el parque, y había oído que era algo que estaba de moda entre la aristocracia. Además, necesitaba un poco de aire fresco. Acostumbrada al aire libre de Siddley on the Marsh, las calles de Londres resultaban algo agobiantes, sobre todo porque no podía pasear sin compañía. Y por otra parte, la compañía de Elspeth mitigaría el enfado del conde si llegara a enterarse.

Sonrió entonces, a pesar de la presencia de su hermana, y se puso un sombrero. Elspeth tardó un poco más en arreglarse; le preocupaba el frío que pudiera hacer, aunque estaban en mayo. Pero al final bajaron y el señor Reed las acompañó hacia un carruaje abierto y bajo, perfecto para dar una vuelta en un día soleado y para ver y ser vistas durante el trayecto.

Faraday Reed era un acompañante perfecto, siempre atento y enterado de todo tipo de habladurías. Charity no tomaba en serio sus cumplidos, pero le divertía coquetear con él un poco, como lo hacía con los amigos de su padre en el campo. No era tan viejo como ellos, aunque sí mucho mayor, y estaba casado, de modo que entraba en la misma categoría.

El carruaje avanzaba lentamente. De vez en cuando, saludaban con la mano a algún conocido. De vez en cuando, incluso se detenían a charlar. No tenían prisa alguna.

Al cabo de un rato observaron que dos mujeres y un hombre cabalgaban hacia ellos. Charity miró con interés al reconocer a una de las mujeres como la persona que la había estado observando en el baile de Lady Rotterham. Llevaba vestido de amazona, muy hermoso, y su bello cabello aparecía tocado con un sombrero con plumas. Era la viva imagen del refinamiento. Durante unos instantes deseó ser tan sensual como ella.

—¡Faraday! —exclamó la mujer, sorprendida—. Me alegro mucho de verte.

Reed se quitó el sombrero e hizo una ligera reverencia.
—Querida Theodora...

La recién llegada sonrió y miró a las dos acompañantes de Reed. Charity sonrió.

—Oh, perdónenme —dijo Faraday—. Theodora, te presento a las señoritas Charity y Elspeth Emerson.

—Me alegro mucho de conocerlas —dijo Theodora Graves, que de inmediato se dirigió a Charity—. Recuerdo que nos vimos en la fiesta de Lady Rotterham. Precisamente le pregunté a Faraday por usted, puesto que me llamó la atención su belleza, ¿no es cierto, Faraday? Ya veo que no has perdido el tiempo, querido.

—Temo que me conoces demasiado bien, Thea.

Estuvieron charlando un rato sobre cuestiones triviales. En aquel momento apareció otro carruaje. Reed apartó el coche del camino y se detuvo. La señorita Graves desmontó, y Charity y Faraday bajaron de la calesa. Elspeth prefirió quedarse en el interior, abanicándose.

—No vayas demasiado lejos —dijo Elspeth—. Se supone que debes estar conmigo.

—¿Se siente enferma su hermana? —preguntó Reed—. Tal vez sería mejor que la llevara a casa.

—Oh, no, Elspeth siempre es así —contestó Charity—. Pasa todo el tiempo en casa, sentada.

—Bueno, todo el mundo se daría cuenta de que usted está llena de vida —dijo Theodora, cogiéndola del brazo mientras caminaban—. Sabía que me gustaría. Pero dígame, ¿monta a caballo? Tal vez podríamos salir juntas una mañana.

—No, me temo que no. Nuestros caballos están en casa.

—¿Cómo? ¿Y Dure no le ha prestado uno de los suyos? —preguntó, con grandes ojos abiertos—. Es bien sabido que posee una excelente caballeriza.

—Imagino que los caballos de Lord Dure tendrán demasiado carácter para mí.

En su ingenuidad, Charity llegó a preguntarse si su prometido no estaría demostrando falta de interés por ella al no haberle prestado ninguno de sus caballos. Cabía la posibilidad de que se tratara de alguna norma social que desconocía.

—Bueno, Dure es muy particular en lo relativo a sus propiedades.
—¿Conoce a Lord Dure?
Theodora sonrió.
—Nos hemos conocido. Pero dudo que milord recuerde mi nombre.
—No puedo creer que ningún hombre pueda olvidar su belleza.
Theodora Graves rió sorprendida y apretó su brazo.
—Es usted encantadora. Algo me dice que seremos buenas amigas. Puede que le guste asistir a alguna de mis fiestas. No son grandes, claro está, pero espero no pecar de falta de modestia si digo que todo el mundo se divierte.
—Tus fiestas son maravillosas —intervino Reed.
—No asisten personajes importantes —continuó la mujer—. Sólo jóvenes, ya sabe. Baile, juegos y diversiones. Y no es necesario asistir con aburridos acompañantes.
—Suena perfecto —dijo Charity con sinceridad—. Pero dudo que mi madre quisiera asistir.
Charity encontraba demasiado estrictas las convenciones sociales, y le desagradaban las miradas de las viejas damas, que se comportaban como buitres, siempre juzgando.
—No me refería a su madre, sino a usted.
—¿Y cómo podría ir sin ella y sin mis hermanas?
Era nueva en Londres, pero sabía que una joven soltera nunca asistía sola a ese tipo de acontecimientos.
—Bueno, ahora está comprometida.
—Es cierto, en poco tiempo me habré casado con el conde de Dure —sonrió—. Claro. En tal caso estaré encantada de asistir.
Theodora sonrió ante la estupidez de la joven.
—En cualquier caso, espero que sea antes de su boda. Una mujer comprometida, con un acompañante adecuado, puede ir a donde quiera.

—¿De verdad lo cree? —preguntó—. Bueno, supongo que podría asistir si me acompañara Lord Dure.

—Sí, aunque es posible que el conde no quisiera asistir a fiestas tan poco importantes. En cambio, a Faraday no le importaría.

—Sería un placer —dijo Reed.

Charity sonrió, aunque sabía que al conde no le gustaría en absoluto que Faraday la acompañara a ninguna parte.

—Oh, temo haberla presionado. A fin de cuentas mis fiestas sólo son pequeños eventos, nada parecido a los acontecimientos a los que estará acostumbrada. Imagino que las encontraría muy aburridas.

—Oh, no —aseguró, puesto que no quería herir sus sentimientos—. De hecho, me encantaría ir. Estoy segura de que me divertiría.

—Parece una joven encantadora, y me gustaría ser su amiga. Pero siento haberla importunado.

—No, en serio, me gustaría mucho compartir su amistad. Por desgracia, mi madre es muy estricta. Y mi prometido no permitiría...

Charity prefirió no continuar.

—¿Dure? —preguntó Theodora, sonriendo—. No me diga que Dure es tan puritano. Todo el mundo sabe que... No importa.

—¿A qué se refería? —preguntó con ingenuidad.

—Oh, a nada. No me agrada que los hombres puedan asistir a las fiestas que quieran, mientras las mujeres sólo pueden hacerlo cuando un hombre lo considera aceptable.

Charity se preguntó si estaba hablando sobre el conde en particular o sobre los hombres en general. La malicia de Theodora, mucho más inteligente, empezaba a sembrar la duda en la joven. Se preguntó si el conde asistía a fiestas, y en tal caso, a qué tipo de fiestas. Pero no podía preguntar tal cosa, ni admitir que desconocía los pasos de su prometido.

Theodora sonrió y dijo:

—En fin, he de regresar con mis amigos. Me temo que he pasado demasiado tiempo hablando. Ha sido un placer.

—Muchas gracias. Yo también me he divertido. Espero que volvamos a vernos.

—Por supuesto. Me ha prometido que asistirá a una de mis fiestas.

—Me gustaría mucho, si mi madre lo permite.

—A veces las madres son demasiado estrictas —dijo con indulgencia—. Mi propia madre era igual. Tal vez fuera mejor que no se lo dijera.

—¿Sugiere que me escape de casa? —preguntó.

Charity llegó a pensar que la señora Graves sabía que se había escapado para hablar con el conde. Pero no era posible.

—Oh, vaya, temo haberla asustado —dijo la mujer, tocando su brazo—. Lo siento. He olvidado su juventud. No dudo que la idea de desobedecer a su madre la aterrorizará.

—No es eso, es solo que...

No podía explicar que estaba dispuesta a desobedecer a su madre, pero sólo por razones muy importantes, como había hecho la mañana en que fue a ver a Simon. Sin embargo, algo tan frívolo como una fiesta era asunto distinto. No podía arriesgarse a avergonzar a su familia, o a su prometido, por algo tan trivial.

—Lo siento. Sencillamente, no puede ser —dijo al fin.

—Lo comprendo —sonrió Theodora—. Buenos días, señorita Emerson. Faraday...

Theodora Graves se volvió y caminó hacia su montura. Charity se sintió culpable mientras la observaba. Theodora había apretado los puños, y la joven pensó que la mujer estaba haciendo un esfuerzo por controlar sus emociones. Estuvo a punto de correr tras ella para decirle que iría a su fiesta de todos modos.

—Ya veo que la he ofendido —murmuró—. Lo siento. No era mi intención.

—No te preocupes. Theodora está acostumbrada a llevarse reveses sociales.

—¿Cómo? ¿Cree que me he negado a asistir por considerarla socialmente inferior? No es así en absoluto. Por desgracia mi madre es muy estricta, y no quiero ofender a mis padres. Sé que no les gustaría que asistiera a una fiesta sin acompañante.

—No insinuaba nada parecido, señorita Emerson. Sólo quería decir que muchas damas se niegan a asistir a sus fiestas. Especialmente, las damas de edad. De modo que es seguro que su madre no la llevará. Tenga en cuenta que Theodora Graves no es una de nosotros. Su familia es muy respetable, pero no pertenece a la aristocracia. Thea se casó con Douglas Graves, un teniente de húsares. Nunca tuvieron mucho dinero. Él sólo era el hijo menor de un barón, a pesar de lo cual los aceptaban en todas las fiestas mientras estuvo vivo. Pero cuando murió, muchas personas dieron la espalda a Theodora.

—¿Por la muerte de su marido?

—Aceptaban a Theodora por la posición de su esposo. Sin él, sólo era alguien sin importancia.

—Pero eso es horrible —declaró, conmovida.

—Sin duda. Sin embargo, Londres es así. A pesar de todo, algunos son aún sus amigos.

—Como usted.

Charity pensó que Faraday era un hombre mucho más sensible y romántico de lo que parecía en principio.

—Douglas y Theodora eran mis amigos. No podía abandonar a su viuda, ¿no le parece?

—Por supuesto que no —contestó con una sonrisa—. Cualquier persona se sentiría honrada de tenerlo a usted como amigo.

Charity no comprendía en modo alguno la razón por la que aquel hombre desagradaba tanto a su prometido. Contenta, lo cogió del brazo y caminaron juntos hacia el carruaje.

Mientras caminaban hacia el carruaje, vieron que un chico corría hacia el coche. El niño habló con Elspeth, que se apartó de inmediato del pequeño y negó con la cabeza. El cochero se dirigió entonces al recién llegado e hizo un gesto hacia Charity y Faraday. Después, el chico se dirigió hacia ellos.

—¿Señorita Emerson? —preguntó, con fuerte acento londinense—. ¿La señorita Charity Emerson?

—Sí, soy yo.

—Tome.

Le dio un sobre blanco, que ella cogió.

—¿De qué se trata?

Reed sacó una moneda del bolsillo y se la dio al chico, que salió corriendo en seguida. Charity miró el sobre. Aparecía su nombre, pero no tenía remitente.

—Qué extraño —dijo—. ¿Por qué razón...?

En cuanto sacó el papel que había en su interior se quedó helada.

—¿Qué ocurre? Está pálida —dijo Reed.

El hombre le quitó la nota y la leyó en alto:

—«Pregúntele qué pasó con su esposa y con su hermano». ¿Qué quiere decir?

Charity se llevó una mano al estómago. Se sentía enferma.

—No lo sé. Habría preferido que no la leyera —espetó, recuperándola.

—¿Quién la envía? ¿Se refieren a Lord Dure?

—Sí, estoy segura. ¡Oh, me irrita tanto! Es algo bajo y canallesco. ¿Dónde está ese niño?

Miró a su alrededor, pero ya había desaparecido.

—Debí detenerlo para preguntarle quién lo había enviado —dijo con un gemido de frustración—. Pero me sorprendí tanto que no lo pensé. Ahora sigo sin saber quién...

—¿Ha recibido más notas similares?

—Sí —admitió—. Encontré una en el baile de Lady Rotterham. Alguien la dejó sobre mi mesa, pero no vi quién. Al principio no lo noté. Entonces, cuando nos marchábamos, levanté el abanico y la encontré. Decía que no me casara con el conde o me arrepentiría.

—¿Se lo ha dicho a Dure?

—No —contestó horrorizada—. No puedo enseñarle algo así.

—Pero querría saber que alguien está molestando a su prometida.

—No creo que sirviera de nada que supiera que hay personas que lo tienen en tan baja opinión como para querer evitar su matrimonio.

—Bueno, ¿se lo ha dicho entonces a su padre?

—Sólo serviría para preocuparlo, y no quiero que tal cosa suceda. Además, podrían sentir ciertas dudas sobre Lord Dure. En cualquier caso no se puede hacer nada, puesto que no vi a la persona que entregó la nota. La letra ha sido distorsionada para que no pueda reconocerse. Si hubiera parado al niño...

—No me extraña que no lo hiciera. Se sorprendió, como yo.

—¿Cómo es posible que me la hayan enviado aquí? ¿Quién podía saber que estaría en el parque?

—Extraño. Supongo que se trata de alguien que ha estado aquí y que la ha visto. Alguien en otro carruaje, tal vez. Sólo tenían que darle la nota al niño y describir mi calesa.

—¿Pero por qué razón querrían asustarme? —preguntó—. ¿Tanto me odian? ¿O es al conde al que odian?

—Nadie la odia a usted —sonrió—. Estoy seguro de que no tiene enemigos.

—Pero el conde sí.

Reed se encogió de hombros.

—Todos los hombres los tienen. Creo que debería decírselo a su prometido, o a su padre.

—No. Tampoco podrían hacer nada, y no quiero molestarlos. No quiero que Dure sepa lo mucho que lo odian.

Reed suspiró.

—Creo que se equivoca. Debería pedir su ayuda —declaró, cogiéndola de las manos—. Pero si no quiere hacerlo, entonces deje que yo la ayude. Seré su amigo.

Charity sonrió.

—Gracias, señor Reed. Al fin y al cabo parece que necesito un amigo.

Reed besó su mano.

—Confíe en mí.

Charity decidió que las notas debían ser una simple broma, o una especie de venganza contra Lord Dure. En realidad no habían hecho más daño que dejarle mensajes aquí y allá, en reuniones sociales. Al parecer pretendían que rompiera el compromiso con el conde para avergonzarlo en público. Y no estaba dispuesta a hacerlo.

Las notas la asustaban un poco, pero la sensación general era de inquietud hacia la persona que actuaba en la sombra. Nunca había albergado dudas sobre Simon, aunque no comprendía cómo era posible que confiara tanto en un hombre que apenas conocía. Sencillamente, sabía que Lord Dure no había matado ni a su esposa ni a su hermano.

De todos modos, no sabía si su familia reaccionaría con el mismo aplomo, de saberlo. A pesar de la fortuna del conde, su madre se opondría a la boda si sospechaba algo sobre su pasado. Y no quería dar la oportunidad a su madre para que se arrepintiera.

Tampoco mencionó las notas a sus hermanas. Serena se habría preocupado; Elspeth habría sufrido un ataque de histeria y Belinda le habría recordado que tenía al conde por hombre peligroso.

Estuvo a punto de decírselo a Dure varias veces, porque sabía que se sentiría mejor, pero no quería darle tal satisfacción a su enemigo, fuera quien fuese. Además, también podía crear la duda en él; podía empezar a pensar que daba crédito a los rumores, y no quería poner en peligro el matrimonio.

Por otra parte no veía demasiado a Simon, al menos a solas. Pasaban días y noches en fiestas y acontecimientos sociales, y apenas tenían tiempo para descansar. Siempre los rodeaba tal cantidad de personas que apenas podían hacer nada que no fuera bailar o charlar un poco. Le encantaba bailar con él, pero las conversaciones sociales la dejaban insatisfecha. En todo instante se encontraba acompañada, por su madre o por alguna de sus hermanas, y se empeñaban en mantener los temas en el terreno de lo puramente trivial.

Deseaba verlo a solas, como había tenido ocasión de hacer aquella noche en casa de Lady Rotterham. Simon parecía tan aburrido como ella, y aunque a veces notaba un brillo en sus ojos que aceleraba los latidos de su corazón, no tenía nunca la oportunidad de buscar un lugar más tranquilo. El tradicional noviazgo se estaba haciendo interminable.

Sin embargo, tenía otras diversiones. Venetia, fiel a su palabra, había salido con ella de compras. Era una mujer tranquila y cálida, y las dos se divirtieron mucho juntas. El presupuesto que Charity tenía era muy pequeño, pero hasta entonces no había tenido permiso de su madre para comprar lo que le viniera en gana, y le pareció una suma increíble. Charity rechazó la idea de Venetia, que le propuso que dejara que su hermano pagara las compras, y apenas se dio cuenta de que la otra mujer hablaba en voz baja con la dependienta de la tienda de modas. Le sorprendió que los precios fueran poco más altos que los de las boutiques del interior del país, de modo que pudo comprar varios vestidos de noche y de día.

Los vestidos de noche eran blancos, como se requería en una joven prometida, pero pudo persuadir a su acompañante y a la dependienta para comprar uno rosa y otro azul, ambos muy claros. También se compró un nuevo par de guantes y varias piezas de tela y encaje para arreglar algunos de sus viejos vestidos. Venetia, que no había economizado nada en toda su vida, lo encontró muy divertido. Aunque lo que más le gustó fueron las historias que Charity contó acerca de su familia.

Enviaron las compras a casa de Venetia, en su carruaje, y las dos mujeres se dirigieron hacia la casa de Ermintrude, charlando amigablemente. Venetia, inspirada por el afán economizador de su compañera, había comprado varias cosas sólo porque eran baratas.

—Has debido ahorrarte al menos cincuenta libras —bromeó Charity.

—Oh, sí —dio Venetia, sonriendo—. Y eso teniendo en cuenta que he gastado varios cientos.

Las dos mujeres empezaron a reír mientras caminaban calle abajo.

—Creo que debería dar una fiesta en mi casa para presentarte a la familia. A nuestro tío Ambrose y a su hijo, Evelyn.

Hasta que te cases con Simon, el tío Ambrose es su heredero; es algo estirado, pero Evelyn te gustará. Casi ha crecido con nosotros. También tendré que invitar a la tía Genevieve y a mi hermana, Elizabeth. Al menos la prima Louisa está fuera de la ciudad, de modo que nos libraremos de su cháchara acerca de sus hijos.

—Me gustaría mucho. Sé muy poco sobre Simon.

—No habla demasiado sobre sus cosas. Nos queremos mucho, pero es seis años mayor que yo. Elizabeth está entre los dos. Simon nunca ha hablado demasiado conmigo, pero sé que no ha sido feliz estos años.

—¿Desde que murió su esposa?

—Sí, y el hijo que esperaba. Murieron juntos, en el parto. Después, Simon se vino a vivir a Londres —continuó—. Si oyes rumores, por favor, no hagas caso.

Charity decidió no decirle que precisamente aquellos rumores eran motivo de preocupación constante para ella.

—Ciertamente frecuentó ambientes poco saludables, llevado por la desesperación. Ten en cuenta que cuando Sybilla murió mi hermano era muy joven; sólo tenía veintitrés años. Es un buen hombre, que siempre ha sido muy amable conmigo. Los que dicen que es duro, o cruel, no lo conocen.

—Debía quererla mucho —comentó.

Obviamente, la verdad era muy diferente de lo que sugerían las notas. Simon amaba a su esposa, hasta el punto de que se había entregado a la bebida y a otros vicios después de su muerte. Al pensar en Sybilla sintió una extraña angustia. Pensó en la insistencia que había demostrado en casarse sin amor, y se preguntó si no sería porque aún estaba enamorado de ella.

—Desde luego —contestó—. Se casaron por amor. Mi padre se oponía. Dijo que eran demasiado jóvenes, y supongo que era cierto. Simon sólo tenía veinte años, y Sybilla diecisiete. Él y mi padre mantuvieron una terrible discusión. Mi padre no lo desheredó, pero después de aquello mantuvieron siempre las distancias. Incluso después de que muriera Sybilla.

—¿Cómo era?

Charity no había pensado mucho en ella hasta entonces, pero de repente la curiosidad la devoraba por dentro.

—¿Sybilla? —frunció el ceño—. No estoy segura. Yo aún estaba en el colegio. Era tres años mayor que yo, y no llegué a conocerla demasiado. Después de su boda no los vi mucho, por la discusión que habían mantenido Simon y mi padre. Recuerdo que era muy bella. Tenía el pelo rubio, pero no como el tuyo, sino más claro. Era de ojos grises y piel muy pálida. Preciosa, sin duda.

Charity pensó en su aparente perfección y se estremeció. Pero no podía esperar que su prometido la amara. Ella misma había dejado bien claro que se contentaba con un matrimonio sin amor, aunque pensaba que una especie de amistad crecería entre ambos con el tiempo. Ahora, sin embargo, empezaba a dudarlo. Y no quería pasar el resto de su vida con un hombre que la compararía continuamente con otra mujer.

Venetia suspiró y se encogió de hombros.

—Nunca me llevé bien con Sybilla, ni ella conmigo. Yo era demasiado joven como para ser su amiga y sentía celos porque me había robado a mi hermano mayor —sonrió—. Siempre lo quise mucho, a pesar de que apenas se fijaba en mí. Estaba mucho más unido a Hal, nuestro hermano. Sólo los separaba un año, y habían crecido juntos como gemelos. Ya sabes, los chicos contra las chicas.

—Y Hal también murió. Debió ser algo trágico para Simon.

Una vez más, maldijo a las personas que habían esparcido rumores tan indignos e injustificados.

—Sí. Todos lo echamos de menos, pero Simon más aún. El suceso ocurrió un año después de que murieran su esposa y el hijo que esperaban. Y la gente fue tan cruel... Se empezó a decir que tanta mala suerte no era posible, y hubo quien insinuó que los había asesinado.

—¿Por qué? ¿Y quién? —preguntó Charity.

En aquel momento, tuvo la idea de que tal vez podía encontrar a la persona que estaba enviando las notas gracias a Venetia. Podía ser la misma que había esparcido los rumores.

—No lo sé. Nadie nos dijo nada directamente, claro está. Sólo eran alusiones y rumores que comentaban. Hasta que aparecíamos alguno de los dos. Pero a pesar de todo llegaron a nuestros oídos. Hasta Ashford los oyó —sonrió con tristeza, al pensar en su marido—. Pobre George. Es un hombre de lo más flemático, y estuvo a punto de pelearse una noche por ello. Siempre ha sido amigo de Simon.

—Hizo bien. Fuera quien fuese, merecía una lección.

—No creo que lo dijera con malicia. Sólo repetía lo que había oído en otras partes. No se trataba de nadie capaz de propagar rumores.

—¿Pero quién fue, entonces?

—No lo sé —contestó, casi entre lágrimas—. Fue horrible para Simon. Ésa es la razón por la que pasa tanto tiempo a solas, tan serio. Estoy segura de que debió sentirse muy herido. Pero intentó hacer caso omiso y adoptó esa posición de distanciamiento que ya conoces. Incluso ahora, la gente sigue hablando sobre aquello.

Los ojos de Charity brillaron.

—Será mejor que no se atrevan a comentarme nada parecido, o les daré una respuesta acorde con su atrevimiento.

Venetia rió.

—Estoy segura de ello.

—¿Pero por qué querrían herir a Simon de ese modo?

Venetia sonrió con ironía.

—A Simon le importa poco lo que piense la gente. Y temo que ha ofendido a algunas personas.

—Pero actuar de ese modo...

—Con el tiempo, las habladurías han empeorado. Pero Simon es demasiado orgulloso como para hacer o decir nada al respecto.

—Por supuesto —dijo.

Empezaba a conocerlo lo suficiente como para saber que era algo típico en él.

Estaban a punto de llegar a la casa de Charity cuando un hombre se aproximó a ellas. Llevaba un bastón con puño de oro. Al verlas, sonrió.

—Qué maravillosa sorpresa —dijo, haciendo una reverencia.

—Señor Reed —sonrió Charity.

Venetia lo saludó con un simple movimiento, pero no dijo nada.

—Acabo de estar en la casa de su encantadora madre, señorita Emerson, y me sentí desolado al no encontrarla. No podía saber que la fortuna me sonreiría al encontrarla, y en compañía de Lady Ashford —sonrió a Venetia—. No necesita presentarnos. Nos conocemos desde hace muchos años.

Los ojos de Reed brillaron de un modo que Charity estaba lejos de comprender. Se dio la vuelta y las acompañó hasta la casa. Charity notó que Venetia estaba muy tensa, y que se había apartado para que Faraday se encontrara al otro extremo. Le pareció extraño. Sabía que Simon no se llevaba bien con él, y parecía evidente que su hermana tampoco. Se preguntó qué habría sucedido que justificara tal actitud.

Reed las escoltó hasta la puerta. Al llegar, Venetia se excusó.

—Debo regresar a casa —dijo.

Charity la miró con curiosidad, pero se limitó a decir:

—Gracias por haber salido de compras conmigo.

—He pasado un rato maravilloso —aseguró.

Venetia se dirigió hacia su carruaje, y Reed se apresuró a acompañarla, cogiéndola del brazo.

—Deje que la ayude a subir, Lady Ashford.

Charity siguió subiendo las escaleras.

—¿Ha pensado en lo que dije la otra noche? —preguntó él.

—No. Y por favor, le ruego que no comente nada a George.

Reed sonrió con frialdad. Le abrió la puerta del carruaje e hizo una leve reverencia. Venetia sabía que para el resto del mundo podía parecer un verdadero caballero, cuando en realidad era un canalla.

—No se preocupe. No lo haré, siempre y cuando tenga a bien ayudarme. Creo que ciento cincuenta libras bastarán.

—¡Ciento cincuenta libras! No es posible.

Reed apretó una de sus manos con tal fuerza que Venetia tuvo que apretar los labios con fuerza para no gritar.

—Es increíble lo que un poco de presión puede conseguir. Le doy una semana, milady.

—No, por favor.

—Sí —ordenó.

Cerró la puerta de golpe. El carruaje se puso en marcha y Reed se apartó. Entonces sonrió a Charity, que esperaba en el último escalón, observándolo. Rápidamente, se dirigió hacia ella.

—Siento haberla hecho esperar.

—No se preocupe. Lady Ashford parecía algo... incómoda.

Reed suspiró.

—Sí, es una lástima. En el pasado fuimos amigos, pero... bueno, es una hermana leal.

—¿Quiere eso decir que no se lleva bien con Lord Dure? —preguntó de forma impulsiva—. No lo comprendo. Me ha demostrado que es usted un buen amigo. Incluso el otro día, al recibir la nota, no aprovechó para criticar en modo alguno al conde. Hasta se ofreció a ayudarme.

Reed se encogió de hombros.

—No, por favor —insistió ella—. Dígame la verdad. Debe existir alguna razón. Dure se niega a explicármelo, como si fuera una niña que no merece una explicación.

Reed la miró durante unos segundos, como considerando su petición.

—Demos un corto paseo y se lo explicaré.

Cuando se alejaron un poco, empezó con su historia.

—Nunca fuimos amigos; sólo simples conocidos. Yo conocía a Venetia, a Lady Ashford, mucho mejor. Pero después del problema que tuvimos, el conde se mostró incapaz de perdonarme. Extraño, si tenemos en cuenta que fue él quien ganó. Pero en lo relativo a los asuntos del corazón, no siempre es fácil ser racional.

El corazón de Charity empezó a latir apresurado. Sintió una furia inexplicable, y tuvo que hacer un esfuerzo para mantener la compostura al preguntar:

—¿Se peleo con Dure por una dama?

Reed sonrió.

—Bueno, no llegamos a retarnos en duelo, ni nada tan dramático. Además, la señorita en cuestión no era precisamente una dama... Sin embargo, competíamos por sus favores.

Charity creía que empezaba a comprender las razones que Lord Dure había tenido para no explicar nada. Le habría gustado poder echárselo en cara, pero se suponía que una dama no debía sacar a colación asuntos relacionados con tales temas, sobre todo teniendo en cuenta que había sucedido mucho antes de conocerlo. No era asunto suyo, y sería injusto que se enfadara por ello.

En realidad, le sorprendía haber reaccionado de aquel modo ante la historia que estaba contando Faraday. Sentía celos. No le molestaba tanto que hubiera salido con mujeres como que le importara tanto como para pelearse por una. Se preguntó si habría estado enamorado de ella. Después de lo que Venetia había dicho acerca del amor que sentía por su difunta esposa, aún era peor la posibilidad de que siguiera enamorado de una mujer viva. Eso explicaría que quisiera casarse por pura conveniencia. Tal vez pretendía mantener una amante a sus espaldas.

La idea hizo que se le saltaran las lágrimas.

—Gracias por decírmelo, señor Reed. Ha sido muy atento al sacarme de mi ignorancia. Pero creo que debería regresar a casa.

—Por supuesto —dijo él—. Espero no haberla molestado al contárselo.

Dieron la vuelta para regresar.

—No —dijo, con una sonrisa forzada.

En cualquier caso, llorar no tenía sentido. El suyo era un matrimonio de conveniencia, y los dos se habían mostrado de acuerdo. No amaba a Dure, y no podía esperar que la amara. Su inseguridad la empujaba a creer en un montón de suposiciones sin fundamento, pero no era consciente de ello. Una cosa era casarse con un hombre que no la amaba y otra bien distinta hacerlo con un hombre que amaba a otra mujer, o que podía encontrarse, en aquel preciso momento, pasando una feliz velada con su amante.

7

Pocos días más tarde, Charity se despertó por culpa de una disputa entre Horatia y Belinda. Encerradas en la capital, sin poder divertirse ni asistir a acontecimiento alguno, se habían vuelto irritables y tensas. La menor de las provocaciones bastaba para que iniciaran alguna trifulca. Aquélla había empezado por culpa de un cepillo de Belinda, que había prestado a Horatia; Horatia no se lo había devuelto, y la discusión fue subiendo de tono hasta que acabaron tirándose de los pelos.

Elspeth se quejaba de que el ruido le daba dolor de cabeza, mientras Serena y Charity corrían a intentar separarlas. No fue fácil. Serena tuvo que levantar la voz para que se atuvieran a razones.

—¡Basta! —exclamó—. ¡Basta ya, Belinda! ¡Y tú también, Horatia! ¿Qué os sucede? Vais a despertar a mamá.

Las dos jóvenes, que temían la reacción de su madre, se tranquilizaron de inmediato. Pero no dejaron de murmurar todo tipo de cosas.

—Ha sido culpa suya —dijo Belinda—. No devuelve nunca nada.

—Al menos no soy una niña egoísta como tú —espetó Horatia, beligerante.

—¡Chicas!

—Llevan demasiado tiempo encerradas —justificó Charity–. Y yo también. Desde que llegamos a Londres no hemos salido a dar un simple paseo.

–Al menos tú asistes a bailes, y a la ópera –dijo Belinda–. Pero yo estoy aquí con esta bruja, día y noche.

–No insultes a tu hermana –dijo Serena–. Charity, tienes razón. Creo que necesitamos un poco de aire fresco. ¿Por qué no damos un paseo por Hyde Park? Las chicas podrían correr, y a nosotras no nos vendría mal un poco de sol.

–Me parece muy bien –dijo Charity.

–Suena aburrido –intervino Elspeth.

–Oh, Elspeth, te sentirás mucho mejor –sonrió Serena–. Ya lo verás. La primavera se llevará tu dolor de cabeza.

La cogió del brazo y la llevó hacia su dormitorio.

–Bueno, supongo que si me pongo un chal para cuidarme del frío de la mañana...

–Hazlo entonces.

Serena lanzó una mirada de complicidad a su hermana Charity, que se burlaba en silencio de las manías de Elspeth.

Charity alzó los ojos al cielo, pero no dijo nada. Se puso uno de sus viejos vestidos. No estaba dispuesta a utilizar uno de los nuevos para dar un simple paseo por el parque. En cualquier caso, la hora era tan temprana que nadie las vería.

Treinta minutos más tarde, las cinco hermanas se encontraban en el parque. Serena había propuesto que las acompañara alguna de las criadas de su tía, pero Charity adujo que siendo tantas, y tan temprano, nadie comentaría nada malo.

Una vez allí, Elspeth se sentó en un banco con su chal mientras Serena escribía al reverendo Woodson. Charity estuvo jugando con Horatia y Belinda. No pasó mucho tiempo antes de que dejaran de hacerlo. Belinda empezó a correr por la hierba y Charity la siguió. Cayó varias veces, y unos cuantos mechones de su cabello escaparon de la tiranía de las horquillas.

En aquel instante apareció un perro, que las miró con interés. Corrió hacia ellas y se unió al juego, ladrando y saltando. Todas las hermanas rieron, encantadas.

—¡Qué perro más feo! —dijo Elspeth—. Echadlo de aquí. Está muy sucio.

—Oh, Elspeth, no seas aguafiestas. Es muy bonito.

—¿Bonito?

Charity miró al animal y rió. Era un perro grande, de patas largas y pelo crecido. Levantaba una sola oreja, detalle que le daba un aspecto cómico. Su color era claro pero indeterminado, en algún punto de la gama entre el gris del polvo y el marrón del barro que lo cubrían. Parecía sonreír con la lengua fuera. De haber estado limpio podría haber tenido un aspecto más decente, pero estaba bastante sucio y aquello lo afeaba.

Serena miró al animal, con ciertas dudas.

—Tened cuidado, chicas. Puede pegaros alguna enfermedad.

—Sólo quiere jugar —dijo Charity.

Miró a su alrededor en busca de un palo. Lo lanzó y el perro corrió a buscarlo. Al cabo de unos segundos regresó y lo dejó caer a los pies de Charity, mirándola con alegría.

—Eres un perro muy listo.

El perro se alzó sobre sus cuartos traseros y le plantó las patas sobre el vestido. La puso perdida de barro. Charity volvió a recoger el palo y a lanzarlo a lo lejos.

Horatia y Belinda se unieron a ella. Pasados unos minutos, Charity se tumbó junto a un árbol y dejó que sus dos hermanas pequeñas siguieran jugando por su cuenta. El tiempo fue pasando y las jóvenes tuvieron hambre, de modo que decidieron regresar a la casa.

—Además, si seguimos aquí es posible que alguien nos vea, y eso sería desastroso —adujo Serena, mirando a su alrededor.

Charity y las dos hermanas más jóvenes estaban llenas de barro.

Charity rió.

—¿Crees que no parezco una futura condesa?

—Yo diría que pareces una chiquilla callejera —espetó Elspeth—. Y por si fuera poco, has animado a las más pequeñas. Horatia empieza a parecerse a ti.

—Tonterías —se defendió—. Horatia es como ella misma.

—Pero me gustaría ser como tú —intervino la joven, sacando la lengua a Elspeth.

Elspeth se limitó a darse la vuelta y empezar a andar. El resto de las hermanas la siguieron, al igual que el perro.

—Oh, vaya, nos está siguiendo —dijo Serena—. ¿Qué vamos a hacer? Charity, échalo de aquí.

—Me gusta —protestó—. Podemos llevarlo a casa. En cuanto lo hayamos limpiado tendrá mejor aspecto.

—No podemos hacerlo. Ya sabes que a la tía Ermintrude no le gustan los perros.

—Es cierto. No dejaría que entrara en la casa.

—Desde luego que no. Aunque estuviera limpio.

—Vaya.

—Será mejor que lo dejemos aquí.

Serena empezó a hacer gestos al animal para que se marchara, pero el perro permaneció junto a Charity.

—Charity, haz algo —dijo Elspeth.

—¿Qué quieres que haga? Me niego a arrojarle algo para engañarlo. Y no tiene intención de alejarse.

Era cierto. El animal trotaba a su lado como si le perteneciera a ella.

—Tendremos que encontrarle un sitio —dijo Charity—. Tal vez podríamos dárselo a alguien o dejárselo hasta que nos vayamos de Londres. Nuestro padre dejaría que lo tuviéramos en el campo.

—¿Y qué pasará cuando te cases? —preguntó Elspeth—.

¿Crees de verdad que el conde permitirá que tengas un perro con ese aspecto?

—Por supuesto que sí. Vamos chicas, busquemos algo para atarlo. No podemos sacarlo del parque llevándolo suelto. Puede que cruce alguna calle sin mirar y sufra un accidente.

—Charity, ¿qué estás diciendo? —preguntó Serena, preocupada—. ¿Qué dirá Lord Dure?

—Nada. Se lo llevará a alguna de sus propiedades en el campo, y Lucky será mucho más feliz que aquí. Podrá cazar conejos.

—¿Lucky*?

—Sí, creo que lo llamaré así. Ha sido muy afortunado al encontrarnos.

—Más bien desgraciado —intervino Elspeth—. No creerás en serio que Lord Dure aceptará llevárselo a alguna de sus casas.

—En primer lugar, lo llevaremos con nosotras y lo lavaremos. La tía Ermintrude no tendrá nada en contra de ello. Después, lo llevaremos a la casa de Dure.

—¡No puedes llevarlo allí! —exclamó Elspeth—. ¿Estás loca? Arruinarías tu reputación aunque vayas a casarte con él.

—Tiene razón, Charity —dijo Serena.

—De acuerdo, en tal caso enviaré a algún criado y escribiré una nota para explicar a Lord Dure lo sucedido.

—Charity, no creo que el conde quiera a ese perro —dijo Serena.

—No seas tonta. Comprenderá que no puedo dejarlo en casa de la tía Ermintrude, y entenderá que es la mejor solución. Sé que le gustan los perros.

Serena miró al animal y suspiró. Su aspecto era tan exe-

---

* *Lucky:* «Afortunado» en inglés.

crable que no podía creer que el conde quisiera tenerlo, ni siquiera en una de sus propiedades en el campo. Y sobre todo, no podía creer que alguien tuviera el atrevimiento de pedírselo.

Horatia encontró una cinta en el suelo, que utilizaron para llevar al perro. Salieron de Hyde Park, y por sorprendente que pareciera, el perro se comportó perfectamente mientras avanzaban por las calles. No dejaba de mirarlo todo con sumo interés.

Al llegar a una esquina, observaron una escena que las horrorizó. Un caballo, que tiraba de un carro, se negaba a moverse. El dueño del animal no dejaba de fustigarlo una y otra vez para que continuara su camino, pero el animal, sin duda enfermo, permanecía en el sitio. Era un espectáculo tan terrible que Charity se sintió impelida a intervenir.

—¡No! ¡Basta ya!

—Lárguese de aquí —dijo el hombre—. No es asunto suyo.

El hombre se dio la vuelta y dio otro latigazo al caballo. Charity soltó al perro e impidió que el individuo siguiera torturándolo.

—¡Basta ya! —exclamó con furia—. Deje en paz a ese pobre animal. ¿Es que no ve que no se encuentra bien? Seguramente habrá trabajado para usted toda su vida, y se lo paga de ese modo.

—¡Charity!

Serena y Elspeth se acercaron, preocupadas. A su alrededor se había formado un pequeño grupo de personas que contemplaban la escena con interés.

—Márchese de aquí, señorita —espetó el hombre, irritado—. No es asunto suyo. Márchese o tendré que...

En aquel momento el perro decidió intervenir. Corrió hacia ellos y se puso a gruñir para defender a su nueva ama. Golpeó al individuo en el pecho, que trastabilló y cayó al suelo. Varias personas empezaron a reír.

El hombre se levantó, furioso, y cogió una piedra con intención de golpear al perro. Lucky se colocó entre él y Charity, que agarró el látigo y golpeó al individuo con tal fuerza que dejó caer su improvisada arma.

—¡Maldita bruja! —exclamó, frustrado—. Cuando la coja se arrepentirá de haberse cruzado en el camino de Dan Mc-Conningle.

Acto seguido, empezó a perjurar una y mil veces. Por fortuna, ni Charity ni sus hermanas conocían la mayor parte de las palabras que utilizó. Sin embargo, reconocían sin problemas la furia de su tono, y rodearon a su hermana con la intención de protegerla. Mientras tanto, los integrantes del pequeño grupo reunido las animaban o las insultaban.

Charity se enfrentó al hombre con el látigo. No sabía qué podía hacer, pero no estaba dispuesta a dejarse intimidar.

De repente apareció un hombre con uniforme azul, y sintió un intenso alivio.

—¿Qué está pasando aquí? —preguntó el guardia.

—Esta bruja me ha robado el látigo y me ha golpeado —contestó el hombre.

Charity lo miró.

—Es cierto, lo hice —dijo, soltando el látigo—. Este hombre es un bruto. Estaba golpeando a su caballo, cuando cualquiera se habría dado cuenta de que no podía continuar.

—¿Lo golpeó? —preguntó el policía—. Bueno, no creo que una joven así pueda hacerle mucho daño.

—No fue sólo ella —se ruborizó el individuo—. Su perro también me atacó. Está rabioso.

—¡Eso no es cierto! —protestó Charity—. Ni siquiera le ha mordido. Sólo quiso defenderme.

—¡Yo no la he tocado! Está loca. Me atacó sin razón, interfiriendo en mis asuntos y diciéndome lo que tenía y lo que no tenía que hacer. Está loca. Seguramente se habrá escapado de Bedlam.

—¿Cómo? —preguntó Charity, al reconocer el nombre del famoso manicomio—. ¿Cómo se atreve?

El policía miró a las jóvenes con desconfianza. Entonces, Charity se dio cuenta de que estaban en desventaja. Todas ellas llevaban ropas viejas y estaban muy sucias por el paseo y los juegos en el parque, sin contar con la presencia del perro, que en nada ayudaba a realzar la imagen.

—No pueden ir por ahí interfiriendo en los asuntos de los demás —dijo el policía—. Creo que será mejor que se marchen a casa.

—¿Quiere decir que no piensa hacer nada al respecto? —preguntó Charity.

El acusado se dirigió al policía. Se sentía mucho más confiado.

—No es a mí a quien deberían detenerme, sino a ella. Señor, me ha hecho perder un tiempo precioso, y me ha robado el látigo. En cuanto a su perro, me ha atacado. ¿Va a permitir que se marche?

—Nadie ha sufrido daño alguno —contestó el policía—. No creo que sea necesario detenerla.

—¡Por supuesto que no! —exclamó Charity.

El individuo del carro no dejaba de protestar, y varios hombres discutían acerca de quién tenía la razón. El agente de la ley parecía confuso. Si las cosas seguían de aquel modo, aquel tumulto podía derivar en algo peor.

—Muy bien, señorita —dijo al final—. ¿Por qué no coge a su perro y resolvemos este asunto en una instancia oficial?

Charity alzó la barbilla con orgullo e intentó adoptar la actitud más digna que pudo.

—¿Cree que puede ponerme una mano encima? ¿Pretende arrestar a la condesa de Dure?

El policía se quedó boquiabierto y todos los presentes quedaron en silencio. Hasta que alguien estalló en una carcajada.

—Sí, claro —dijo el hombre del carro—. Cualquiera notaría que es una condesa. Ya se lo he dicho, señor, seguro que se ha escapado de Bedlam.

—¡Soy una condesa! —protestó Charity—. O al menos lo seré pronto. Estoy comprometida con el conde de Dure.

El policía la observó de arriba abajo, contemplando su ropa vieja y sucia.

—Señorita, no empeore las cosas con más mentiras. Será mejor que la detenga y llame a su familia para que venga a buscarla.

Por primera vez, Charity sintió pánico. Imaginaba lo que sucedería si su familia se veía obligada a buscarla en las dependencias de Scotland Yard. En cuanto a Dure, sería el hazmerreír de todo el mundo.

—Sugiero que vayamos primero a casa de Lord Dure. Dudo que él, o mi tía, Lady Bankwell, se alegren al saber que pretende detenerme. Si estima en algo su puesto de trabajo, será mejor que compruebe mi historia antes de actuar.

El policía dudó. Había algo aristocrático en sus modales y en su voz, y sabía por experiencia que los integrantes de la clase alta podían ser muy extravagantes. Hasta cabía la posibilidad de que una futura condesa se diera una vuelta por la ciudad, vestida como una ciudadana cualquiera, por el simple placer de divertirse.

Miró a su alrededor y frunció el ceño.

—No podemos molestar a milord con algo así.

—Imagino que será preferible a que tenga que ir a buscarme a las dependencias de Scotland Yard.

Elspeth gimió, aterrorizada. Serena se acercó y declaró, con tranquilidad:

—Es cierto, está comprometida con el conde de Dure.

—Es verdad —intervino Horatia.

—Lléveme allí —dijo Charity—. Su casa no está lejos. Es en Arlington Street.

—De acuerdo, señorita. Pero no quiero más trucos —aceptó al fin.

El policía intentó cogerla del brazo, pero Charity se apartó. Sus hermanas y el hombre del carro los siguieron.

Charity caminó con el mayor aplomo posible en dirección a la residencia del conde, pero no dejaba de preguntarse lo que pensaría Lord Dure cuando lo supiera.

No tardaron mucho en llegar a la mansión.

—Ya estamos aquí.

El policía dudó al encontrarse ante un edificio tan imponente. No estaba seguro de cómo debía actuar. Hacer preguntas a un conde no era algo muy habitual en su trabajo. Le mortificaba pensar que el aristócrata pudiera echarlo de allí por molestarlo con tal estupidez. Miró a Charity con nerviosismo.

—¿Y bien? ¿No piensa llamar? —preguntó Charity.

—Sí, señorita.

El guardia lo hizo, y poco tiempo después el serio mayordomo abrió la puerta. Asombrado, miró al agente y al pequeño grupo que lo seguía.

—¿Sí? —preguntó con voz firme.

El policía se aclaró la garganta.

—Estoy aquí por un asunto que concierne al conde de Dure. Esta es su residencia, ¿verdad?

—Por supuesto —contestó el mayordomo, que lo miraba como si no estuviera en sus cabales.

—Pues bien, lo cierto es que hay una joven aquí que...

—Chaney —intervino Charity—, ¿podrías decirle a milord que queremos verlo?

Por primera vez, el mayordomo la miró. La observó durante unos segundos como si no la reconociera, pero entonces quedó boquiabierto. Miró al perro, al policía, y nuevamente a Charity.

—¡Señorita Emerson!

—Sí, Chaney, soy yo. Al parecer, el agente tiene algunas dudas sobre mi identidad. Mis hermanas y yo necesitamos la ayuda de Lord Dure.
—Por supuesto, señorita.
El mayordomo se apartó para que pudieran entrar.
Charity y sus hermanas entraron, y el policía hizo lo propio no sin antes indicar al hombre del carro que lo siguiera. Chaney estuvo a punto de cerrarle la puerta en las narices.
El mayordomo los miró, como si estuviera pensando en qué habitación podía esperar un grupo tan extravagante. La señorita Emerson debería aguardar en la salita de espera, a pesar de su deplorable aspecto, pero los demás no eran merecedores de tal dignidad. Consideró la posibilidad de separarlos, pero un simple vistazo al sucio vestido de su futura señora y al perro mugriento que iba a su lado hicieron que cambiara de opinión. De modo que se despidió con una ligera reverencia y fue a buscar al conde, decidido a dejar toda responsabilidad en sus manos.
Charity miró triunfante al carretero y al policía, que contemplaban el amplio recibidor y la hermosa escalera con tanta incomodidad como asombro.
Minutos más tarde Simon bajó por la escalinata. Llevaba una bonita bata de seda encima de los pantalones y de la camisa blanca, y resultaba evidente que lo habían molestado en mitad del desayuno o mientras se disponía a vestirse. Se detuvo al llegar al pie de la escalera y los observó con atención. El policía se ruborizó y pasó un dedo por el cuello de su camisa, nervioso.
Entonces, Lord Dure miró a su prometida.

—Charity —dijo al final—, me alegro mucho de verte. Debes perdonar mi sorpresa, pero siempre que te veo... me quedo sin aliento. Ya veo que has traído a tus hermanas. ¿Pero quiénes son estos caballeros? No creo que tenga el placer de conocerlos.

El conde hacía verdaderos esfuerzos para no reír.

—¡Dure! —dijo Charity, aliviada—. Debes decirle al agente quién soy. No creen que soy tu prometida. El carretero me acusó de haberme escapado de Bedlam, y el policía quería arrestarme. De modo que tuve que contarles que vamos a casarnos.

—Por supuesto —dijo el conde, mirando al perro—. ¿Quién es tu amigo?

—Es Lucky. Lo encontramos en el parque, y no podíamos dejarlo allí.

—Por supuesto que no —murmuró Simon, que observaba al animal con fascinación—. Podría haberse ensuciado.

Charity rió.

—Oh, basta. Esto es serio.

—Ya lo veo. Tan serio como para haber atraído la atención de un agente de la ley —declaró con ironía, mirando al guardia—. En fin, supongo que el perro tendrá algo que ver con la presencia en mi casa de estos dos caballeros.

El policía no sabía dónde meterse.

Charity procedió a contarle lo sucedido, y Dure lo escuchó todo muy divertido. Su prometida se quejó sobre la crueldad del carretero y le relató la valentía que había demostrado el perro al defenderla.

—Entonces —acabó, indignada—, quiso pegar a Lucky con una piedra. De modo que cogí su látigo y lo golpée.

—¿Lo golpeaste con el látigo? —preguntó, riendo—. Por Dios, me habría gustado contemplar la escena.

El carretero no encontraba nada divertida la situación.

—Y usted —dijo el conde con frialdad, dirigiéndose al individuo—, ¿tuvo que escudarse en un agente del orden para defenderse de una joven con un perro?

El hombre del carro adquirió una tonalidad rojiza, avergonzado.

—¡Interfirió en mi trabajo! Metió las narices en un asunto que no le concernía. ¿Qué se suponía que debía hacer? ¿Dejar que arruinara mi negocio? Es una dama, y no podía solucionar el problema por la fuerza.

—Una dama con un látigo y con un perro leal —corrigió el conde—. Puedo comprender sus dudas.

El carretero se cruzó de brazos y permaneció en silencio. Entonces intervino Serena.

—La habría pegado. La estaba amenazando. Cuando Lucky se enfrentó a él, la insultó con palabras que no puedo repetir.

—¿De verdad? —preguntó Lord Dure, mirando al agresor—. Y exactamente, caballero, ¿qué fue lo que dijo sobre mi prometida?

—Nada —respondió, sin mirarlo.

—¿Insinúa que la hermana de mi prometida es una mentirosa?

—No —murmuró.

Dure miró al guardia.

—Ya veo. Y usted, al ver que este caballero pretendía

agredir a una joven, con un perro que sólo intentaba defenderla, no encontró mejor solución que detenerla.

—No sabía quién era.

—Ya. De modo que si no hubiera sido la prometida de un conde, si tan solo se hubiera tratado de una ciudadana sin título ni riquezas, la habría llevado a Scotland Yard. ¿Y qué cargos habría presentado contra ella? ¿El cargo de ser valiente? ¿El cargo de sentir compasión?

El guardia estaba cada vez más pálido.

—Bueno, señor, el caballo era propiedad de este hombre, y la joven lo amenazaba con un látigo.

Dure observó a su prometida. Su vestido estaba lleno de barro; su pelo, revuelto; y su sombrero caído y sostenido sólo por una cinta. Una sonrisa se formó en sus labios.

—Ya veo. Sin embargo, señor, he de decir que encuentro bastante irregular la actitud de un hombre que prefiere detener a una joven a la que ataca un individuo dos veces más grande que ella; a una joven que sólo pretendía defender a un pobre animal torturado de forma inhumana. Personalmente, prefiero su actitud a la que habría mantenido cualquier otra dama, que se habría limitado a mirar hacia otro lado.

—Gracias —dijo Charity—. Sabía que solucionarías el problema.

—Siempre a tu disposición. Aunque espero que en el futuro, cuando seas mi esposa, pueda cuidar de ti con más diligencia —dijo, mirando al agente y al carretero—. No me gustaría pensar que te encuentras en manos en individuos como éstos.

El conde caminó hacia los dos hombres y se detuvo a escasos centímetros de ellos.

—Guardia, estoy seguro de que su superior querrá ser informado sobre la forma que tiene de defender a los ciudadanos de Londres, manteniéndolos a salvo de terribles criminales como una joven de dieciocho años y su perro.

—Dure, no seas muy duro con él —intervino Charity, al notar la angustia del agente—. No sabía cómo actuar. Cuando le dije que era tu prometida debió pensar que estaba loca.

—Siempre tan sensible —la miró el conde, sonriendo—. Sugiero, agente, que la próxima vez piense con más detenimiento antes de actuar.

El agente tomó sus palabras como un perdón y se apresuró a asentir, retrocediendo hacia la puerta.

—Lo haré, milord. Puede contar con ello.

Simon se dirigió entonces al carretero.

—En cuanto a usted, no estoy tan seguro. Creo que merecería sufrir una severa lección.

—No tengo nada contra usted —declaró el hombre, digno.

—Estoy seguro de que no le gustaría tener que enfrentarse a mí. No es más que un cobarde que ataca a mujeres y animales.

—No soy ningún cobarde, ni pretendía hacer daño alguno a su prometida.

—Ésa es la única razón por la que saldrá de aquí sin sufrir ningún mal. No deseo que este pequeño episodio cause daño a la reputación de la señorita. En cualquier caso, estoy dispuesto a pagar el valor de su caballo. Tráigalo a mis establos y le darán el dinero. Pero si alguna vez alguien llega a enterarse de lo sucedido, le prometo que saldré en su búsqueda. Y le aseguro que lo sentirá toda la vida.

—¿Pero qué ocurrirá si es otra la persona que habla? —preguntó el hombre—. Había más gente allí. El agente, y los que observaron la escena.

—En tal caso, sugiero que rece para que tal cosa no suceda.

—Pero milord, no es justo.

Simon arqueó las cejas con desdén.

—No sabía que le preocupara tanto el concepto de justicia. Aunque imagino que las cosas se ven de distinto modo cuando se es la víctima, no el verdugo. Salga ahora mismo de aquí.

El carretero dudó.

—¡Váyase ahora mismo! —exclamó el conde—. Antes de que cambie de idea.

El hombre se dio la vuelta y salió corriendo, siguiendo los pasos del guardia. Simon se volvió hacia las hermanas Emerson, que lo miraban con inquietud.

—Y ahora, señoritas, si tienen a bien subir les servirán un refrigerio.

—Oh, gracias —dijo Charity—. Has estado maravilloso. Sabía que lo arreglarías todo.

Charity lo cogió del brazo y sus hermanas los siguieron.

—Lord Dure, siento mucho lo sucedido —se disculpó Serena, mientras subían las escaleras—. Lamento la escena que ha tenido que soportar en su propia casa.

—No te preocupes, Serena —dijo su hermana—. ¿Quién mejor que él para solucionarlo? En cuanto el guardia se puso obstinado, supe que Simon lo arreglaría.

Serena miró con reproche a su hermana.

—Pero ha sido... desastroso. Milord ha debido encontrarlo muy irritante.

—Al contrario. Me ha parecido divertido.

—¡Ha sido maravilloso! —exclamó Horatia—. Y lo que más me ha gustado de todo ha sido cuando le ha exigido que se marchara de su casa.

Elspeth se llevó una mano a la frente, como si fuera a desmayarse, y dijo:

—Milord, temo que me siento muy débil.

—Elspeth, contente —dijo Serena—. No queremos más escenas dramáticas.

—Me duele la cabeza —gimió—. Todos esos ruidos, y la pelea, han sido demasiado para mis nervios.

—Sinceramente, Elspeth, tú no has hecho nada. Te limitaste a permanecer ahí, quejándote y gimiendo por lo humillante del asunto —observó Horatia.

Elspeth miró a su hermana pequeña con desagrado. Acto seguido, trastabilleó y cayó sobre Serena, que la sostuvo.

—¡Elspeth! —protestó Serena.

—Lo que faltaba —dijo Charity.

Dure se apresuró a encargarse de la joven desmayada. La cogió en sus brazos y la dejó sobre un sofá. Serena se apresuró a colocar un cojín bajo su cabeza y a abanicarla. Después, sacó un frasquito con sales que colocó bajo la nariz de su hermana, para que aspirara.

—Estoy seguro de que una taza de té ayudará a la señorita Emerson —comentó el conde con solemnidad, antes de llamar a Chaney.

Dure miró a Lucky, que se había separado de Charity para acercarse a él y observarlo con atención.

—¿Y qué pretendes hacer con este sucio animal?

—¡Sucio animal! —protestó Charity, indignada—. Estás bromeando, ¿verdad? Me lo quedaría si pudiera. Es un perro maravilloso. Me salvó la vida al protegerme de ese hombre odioso. No puedo abandonarlo después de lo sucedido. Además, cuando lo hayamos limpiado tendrá mejor aspecto. Por desgracia, la tía Ermintrude odia a los perros. Tiene dos gatos, dos enormes gatos persas que destrozan los muebles, y no quiere ningún perro en su casa. De modo que no puedo llevarlo allí. Lo dejaría en nuestra mansión, en Siddley on the Marsh, pero pasarán años antes de que mi padre regrese. De modo que...

—¿Qué? —arqueó una ceja con desconfianza—. ¿Qué tenías en mente?

—Es evidente. Dártelo. Tienes una enorme mansión, con muchas habitaciones, y estoy segura de que te gustan los perros.

—Algunos perros —admitió, mirando a Lucky.

El animal estaba restregando su mugrienta cabeza contra su rodilla.

—Además, imagino que te sentirás solo aquí y no te vendrá mal un acompañante.

—Me alegra saber que te preocupas por mí —murmuró con sarcasmo.

Charity rió.

—No será tan malo. Lucky es un buen perro, y al parecer le gustas. ¿No ves cómo se frota contra tu pierna?

Dure miró sus pantalones, manchados, y suspiró.

—Sí, lo veo.

—Puedes llevarlo a alguna de tus mansiones en el campo. Por favor, dime que te quedarás con él.

Charity lo miró de tal forma que el conde sonrió. Se preguntó si su prometida tenía idea del poder que irradiaban aquellos ojos azules. Por una mirada así, un hombre haría bastantes más cosas que quedarse con un perro hambriento.

—Sí, me quedaré con él.

En aquel momento entró el mayordomo, con el té y las pastas. Simon sonrió.

—Ah, Chaney, eres precisamente la persona que quería ver.

—¿Deseaba algo, milord? —preguntó Chaney, mientras dejaba la bandeja sobre una mesita.

—El héroe del día necesita que lo refresquen un poco. Lleva a Lucky a la cocina y dale de comer. Después, creo que no estaría de más que lo bañaras.

—Lucky, ¿milord?

—El perro. Se quedará con nosotros una temporada.

Chaney no tenía más remedio que obedecer, aunque resultaba evidente lo que pensaba de todo aquel asunto.

—Por supuesto, milord. ¿Ha dicho que lo bañe, milord?

—Sí. Como verás, está bastante sucio. No puede permanecer aquí en tales condiciones.
—Ciertamente, milord. Ven aquí, perro. Buen perro.
Después de mirarlo, el mayordomo sacó fuerzas de flaqueza, se inclinó sobre él e hizo un gesto con un dedo para que lo siguiera. El animal lo miró con curiosidad, pero no se movió.
—Creo que no tendrás más remedio que tocarlo, Chaney —dijo el conde, divertido.
—Ya veo, milord.
—No tomes el pelo a Chaney —intervino Charity—. Sabes que no quiere mancharse sus guantes blancos. Además, no estoy segura de que Lucky quiera seguirlo. Parece que ha desarrollado un cariño especial por mí. Yo lo llevaré a la cocina, Chaney. Enséñame el camino.
El mayordomo parecía horrorizado.
—Oh, no, señorita. Yo lo llevaré.
Lucky se sentó sobre sus cuartos traseros. Chaney intentó tirar de la improvisada correa, pero el animal bajó la cabeza y se negó a andar. El mayordomo tiró y consiguió arrastrar al perro hacia la puerta, resbalando sobre el suelo de mármol.
Simon y Charity se sentaron con el resto de las chicas a tomar el té. Serena demostraba sentirse incómoda, y Elspeth estaba demasiado ocupada languideciendo en su butaca y abanicándose como para prestar atención a la comida; pero las demás dieron buena cuenta de las pastas y los dulces, con entusiasmo juvenil, mientras charlaban con Simon. Horatia estaba explicando detalladamente los acontecimientos de la mañana cuando se oyeron un fuerte ruido y un grito, procedentes de algún lugar de la casa.
Simon y Charity se miraron, pensando lo mismo. Segundos más tarde se oía un chillido femenino seguido por una voz de hombre que exclamaba:

—¡Vuelve aquí, maldito chucho!

Pudieron oír que el perro corría, resbalando sobre el suelo de mármol. Acto seguido, Lucky apareció en la habitación a toda velocidad y derribó todo lo que se encontraba en su camino. Tras él llegó un criado, con la cara enrojecida por el esfuerzo y la ropa llena de barro. Intentó cogerlo, pero cayó al suelo al intentarlo. El perro decidió detenerse junto a Charity.

El criado se levantó, maldiciendo. Chaney entró, intentando arreglarse un poco el traje para aparentar dignidad, y excusándose con todo tipo de disculpas. Simon estalló en una carcajada.

—¡Lucky! Pobrecito —dijo Charity.

La joven lo acarició. El aspecto del animal era peor. Estaba empapado, pero no limpio, y el agua había dado una consistencia aún más repugnante a la mugre que lo cubría.

—¡Charity! —se quejó Serena—. ¡Vas a ponerte perdida!

—Lo sé, pero tiene miedo. Pobrecillo. Está en un lugar que no conoce, con personas desconocidas que intentan bañarlo. No me extraña que tenga miedo.

Acarició la cabeza del perro, que se puso tan contento que empezó a mover la cola y tiró un jarrón. Simon no dejaba de reír.

—Oh, deja ya de reír —protestó.

—No puedo evitarlo —dijo el conde.

Chaney cruzó la habitación e intentó apartar a Lucky de Charity, que se levantó.

—No te preocupes, Chaney, será mejor que lo bañe yo misma.

—Oh, no, señorita.

—No dejará que lo bañe ninguna otra persona —observó.

Se dirigió hacia la puerta y Lucky la siguió, obediente.

El mayordomo miró angustiado a Dure, que se encogió de hombros.

—Será mejor que hagas lo que dice, Chaney. Resulta evidente que la señorita Emerson mantiene una relación con el perro que el resto de nosotros no compartimos.

Después, se levantó y se dirigió a su prometida.

—Ven, querida, deja que te acompañe a la cocina.

Los dos salieron de la estancia, con el perro trotando alegremente a su lado. Chaney los siguió en silencio, sin salir de su asombro.

La cocina presentaba un aspecto lamentable, como si se hubiera producido una guerra a pequeña escala. Habían instalado una cubeta en mitad de la habitación, rellena hasta su mitad con agua sucia y jabón. El resto del agua se encontraba en el suelo. Un armarito estaba abierto, y todo su contenido esparcido. Dos sillas aparecían tumbadas, y podían verse los restos de una jarra. Una empapada criada intentaba limpiar los restos del desastre, mientras otra fregaba el suelo y un tercer criado se encargaba del contenido del armario. El cocinero se encontraba de pie, con los brazos cruzados, contemplando la escena.

Cuando Charity y Lord Dure entraron, todos los sirvientes se levantaron al unísono y los miraron con asombro.

Una mujer de cierta edad, que llevaba la vestimenta propia de las amas de llaves, hizo una reverencia y dijo:

—Milord...

Todos miraron con curiosidad a su acompañante femenina, pero nadie se atrevió a abrir la boca. Excepto el cocinero, que dio un paso adelante y dijo algo en francés.

—Lo sé, lo sé, Jean Louis —dijo Simon—. Te prometo que tu cocina estará en perfecto estado en pocos minutos.

Sus palabras no tranquilizaron al francés, que parecía muy irritado y no dejaba de exclamar todo tipo de cosas en voz alta. Charity sonrió, puso una mano en su brazo y dijo:

—Siento muchísimo lo sucedido. Temo que la responsabilidad de este desastre es íntegramente mía.

El hombre dejó de hablar y su enfado desapareció. La miró durante unos segundos y sonrió al fin. Después, empezó a hablar en inglés.

—En absoluto, *mademoiselle*. No debe preocuparse. No sabía que el animal fuera suyo.

Simon arqueó una ceja, y cuando el cocinero se retiró a sus labores, se inclinó sobre su prometida y susurró:

—De haber sabido que podías manejar a mi cocinero de ese modo, me habría casado contigo hace mucho tiempo.

Aprovechando la ocasión, la presentó a la servidumbre. Todos ellos la saludaron con una leve reverencia o un movimiento de cabeza, sin dejar de intercambiar miradas de curiosidad. Charity, a su vez, sonrió.

—Estoy encantada de conocerlos —aseguró—. Ahora, lavaré a Lucky y lo sacaré de aquí para que no los moleste en sus quehaceres.

—Señorita Emerson, no puede hacer tal cosa —protestó el ama de llaves—. Lo haremos nosotros.

—No se inquiete. Ya lo he hecho con anterioridad. Además, milord me ayudara. ¿No es cierto, Simon?

Los criados miraron a su señor. El conde se limitó a sonreír.

—Por supuesto, querida. Mis pantalones y mi chaqueta constituyen un pequeño precio a pagar a cambio de la limpieza de Lucky. Seguid con vuestros quehaceres. La señorita Emerson y yo nos encargaremos del perro.

Los criados se retiraron al extremo más alejado de la cocina. El conde se quitó la chaqueta, cogió al perro y lo introdujo en el agua. Más tarde, uno de los criados comentaría asombrado que no olvidaría nunca el día en que vio a Lord Dure, cuyo aspecto era siempre impecable, lavando a un perro como si lo hubiera hecho durante toda su vida. El ayuda de cámara del conde, que había oído todos los ruidos, cedió finalmente a su curiosidad y entró en la cocina. Cuando vio a Lord Dure bañando al perro, sucio y sin dejar de reír, tuvo que marcharse de nuevo.

Charity cogió el jabón y se encargó de frotarlo mientras Simon lo agarraba con fuerza para que no escapara. Lucky no dejaba de resistirse a pesar de todo, e intentaba salir de la cubeta una y otra vez, empapando al conde y a su prometida. Dos criadas les llevaron unos cubos de agua, que Charity arrojó por encima de la cabeza del perro. El animal se sacudió, esparciéndolo todo, y consiguió escapar. Simon vio tan mojada a la joven que no pudo evitar reír, pero enseguida volvió a meter a Lucky en su infierno particular. Dos cubos de agua más adelante, habían conseguido limpiarlo.

Simon no había dejado de contemplar a su prometida durante todo el proceso. Estaba empapada de los pies a la cabeza, y la ropa se le pegaba a la piel, remarcando aún más sus senos. Sintió una extraña sequedad en la garganta, y las risas desaparecieron para dar paso a un intenso deseo. Cada vez que se inclinaba podía notar el movimiento de sus pechos, y el fuego se inflamaba con más fuerza en su interior.

Uno de los criados llevó una toalla. Tanto Simon como Charity quisieron secarse, de tal manera que sus manos chocaron. Simon se estremeció al sentir el contacto. Después, envolvieron al perro con la toalla, y lo restregaron con fuerza. Obviamente, el movimiento incrementó el deseo del conde, que tuvo que apartar la vista para no mirar sus deliciosos senos.

Soltaron al perro. Lucky corrió desesperado y empezó a frotarse contra todo lo que encontrara cerca, en un intento por librarse de la humedad. El conde y la futura condesa lo observaron entre risas, aunque Simon estaba mucho más ocupado admirando su figura. Pasados unos segundos, le ofreció el brazo y salieron de la cocina. Lucky quiso seguirlos, pero uno de los criados consiguió agarrarlo y cerrar la puerta antes de que lo lograra.

Caminaron por el pasillo. Y entonces, de repente, Simon la llevó a una pequeña habitación que se encontraba bajo la escalera de servicio. Charity lo miró, sorprendida, y abrió la boca para preguntar qué estaba haciendo. Pero no pudo. El conde contestó a todas sus preguntas con un largo beso.

9

Charity no reaccionó al principio. Pero enseguida se dejó llevar. Pasó los brazos alrededor de su cuello y se puso de puntillas para besarlo mejor. Simon gimió de forma gutural y puso las manos en su talle. Su vestido estaba mojado, y tan pegado al cuerpo que parecía que no fuera vestida. Podía sentir sus senos contra el pecho, y la excitación lo dominó. Acarició el pelo de su prometida, quitando de paso las pocas horquillas que allí quedaban, y dejó que cayera como una cascada.

Simon se estremeció y empujó a Charity hacia la pared más alejada. La besaba apasionadamente, explorando su boca con la lengua. Su hambre no podía saciarse. Quería hundirse en su calidez, sentir la totalidad de su ser. Deseaba conocerla hasta los extremos más íntimos y abrazarla con fuerza.

Pero lo que más deseaba era tocarla, de modo que vaciló y acarició sus senos. Charity gimió al sentir el contacto y el deseo de Simon creció un poco más. Tuvo que contenerse para no hacerle el amor allí mismo, en el suelo.

–Oh, Dios mío –murmuró él, cubriendo de besos su rostro y su cuello–. Eres tan bonita.

Charity acarició su cabello, sorprendida por las sensaciones que la asaltaban. Notaba una especie de fuego interior, y su respiración se había acelerado. Mientras tocaba sus senos se apretó contra él, y entonces sintió la dureza de su sexo. Incluso en su inocencia, supo que era síntoma inequívoco del deseo que sentía por ella.

Simon empezó a desabrochar su vestido con una incompetencia poco habitual en él. Lo bajó y contempló durante unos segundos los desnudos senos de su prometida, apenas cubiertos por una camisa. La tela mojada parecía transparente. Sin embargo, su visión no bastaba, de modo que la retiró. Charity se apoyó en la pared y cerró los ojos mientras el conde la excitaba hábilmente, tocando y acariciando sus senos. Era la viva imagen de una mujer enfebrecida por el deseo.

Simon pensó en la posibilidad de quitarle el vestido y hacerla suya. Apretó los dientes mientras un fuego primario lo dominaba. Pero después, y contra su voluntad, volvió a ponerle la camisa y se apartó. No podía continuar. De lo contrario le haría el amor y se habría comportado como un canalla. Charity era virgen e inocente, y merecía perder su virginidad en una cama cálida y en una habitación oscura que tranquilizara su posible timidez. Iba a ser su esposa, y tomarla de aquel modo habría supuesto un insulto.

Charity abrió los ojos y lo miró con asombro.

—¿Milord? ¿Ocurre algo?

—Sí —espetó—. No puedo seguir. Si lo hiciera no podría detenerme, y no sería justo contigo.

Charity se ruborizó al darse cuenta del estado de su vestido. Rápidamente, se cubrió.

—Oh. Lo siento. No me había dado cuenta... Pensé que no era nada malo, teniendo en cuenta que vamos a casarnos.

—No has hecho nada malo en absoluto. Pero no puedo aprovecharme de ti de ese modo, tomándote en una habitación bajo la escalera de servicio. Puede que no sea un modelo de virtudes, pero soy un caballero. Esperaremos hasta el día de la boda.

Charity se ruborizó aún más ante su franqueza, pero no pudo evitar que su excitación creciera al escuchar aquellas palabras. Dure la deseaba, y tanto que apenas podía contenerse.

—Lo comprendo —dijo con suavidad.

Terminó de abrochar los botones. Sus ojos azules brillaban con suavidad e inocencia, y al mirarla Simon sintió un nudo en la garganta.

—No estoy seguro de que lo comprendas —dijo él—. Ojalá no tuviéramos que mantener un noviazgo tan largo.

—Imagino que tendremos que esperar un año, como es habitual. Supongo que es lo que espera mi madre.

—¡Malditas sean entonces todas las madres! No es ella la que tiene que mantenerse apartada de ti.

Charity rió.

—Espero que no, Simon.

El conde sonrió a duras penas y la besó.

—Eres una verdadera tentación. Creo que estaba loco cuando acepté casarme contigo.

—¿Te arrepientes? —bromeó.

Sin embargo, esperó con ansiedad su respuesta.

—No —sonrió con sensualidad—. No dudo que debería, pero no me arrepiento en absoluto.

Charity quiso abrazarlo y apoyar la cabeza sobre su hombro. Quiso besarlo de nuevo y sentir sus manos en los senos. Pero sabía que era imposible. Frustrada, se apartó y salió al pasillo.

—Supongo que debemos volver con mis hermanas.

—Sin duda.

Simon la siguió y le ofreció un brazo que Charity aceptó. Al recordar lo sucedido estuvo a punto de reír, pero adoptó una expresión seria y digna.

Con todo, mientras subían hacia la salita, Charity tuvo la impresión de que estaba volando.

Venetia ajustó el sombrero en su cabeza y se cubrió con el velo. Era su sombrero más hermoso. Se lo había regalado su tía Úrsula, y sólo lo había utilizado una vez, en un funeral. El velo era mucho más ancho de lo normal, justo lo que pretendía. Esperaba que nadie pudiera reconocerla cuando saliera a la calle.

Salió a hurtadillas por la puerta principal, no sin antes mirar atrás para asegurarse de que nadie la había visto. Había dado instrucciones a su doncella personal para que dijera al resto de la servidumbre que iba a descansar y que no deseaba que la molestaran. George se encontraba en su club, y no regresaría hasta la noche.

Suspiró aliviada y salió a la calle, con la cabeza baja, evitando las miradas de los transeúntes. Temía tanto que alguien pudiera reconocerla como la idea de caminar sola, sin acompañante. Cuando salía siempre utilizaba el carruaje de la casa de Ashford, pero en aquella ocasión no podía hacerlo.

Estaba tan preocupada que no se dio cuenta de que, algo más abajo, un hombre bajó de un carruaje, pagó al cochero y empezó a seguirla. Era un hombre de aspecto normal, cuyo traje marrón y sombrero denotaban su pertenencia a la clase media acomodada, y llevaba un periódico bajo el brazo. La clase de individuo con quien una persona podía cruzarse cientos de veces sin reparar en él.

Harding Crescent no se encontraba demasiado lejos, apenas a un par de manzanas. Venetia llegó pronto al pequeño parque. Los arbustos y árboles proporcionaban cierta intimidad, y había bancos para sentarse. Venetia miró a su alrededor y caminó hacia un banco que se encontraba en el extremo norte del parque, medio escondido. Por fortuna no había nadie. Deseó que Faraday Reed hubiera elegido otro lugar para encontrarse con ella. Conocía a Millicent Cardaway, que vivía allí, y sabía que era la mayor cotilla de todo Londres. Si llegaba a verla, sobre todo con un hombre, su reputación se hundiría. Pero Reed había insistido. Imaginaba que todo aquello debía resultar muy divertido para él.

Se sentó, con la cara cubierta con el velo. Reed llegaba tarde, y con cada minuto transcurrido crecía su inquietud.

En aquel momento, una voz la sobresaltó.

—¿Escondiéndose, querida? Parece algo alterada. Supongo que se debe a los secretos que guarda.

Faraday estaba tan impecable como siempre, con un traje inmaculado y pulcro. Venetia apenas podía mirarlo.

Sacó un sobre y se lo dio.

—Aquí lo tiene.

—No tan deprisa, querida Venetia. Deje que cuente el dinero.

—Le he dado lo que ha pedido. No tengo por costumbre mentir, ni engañar.

Faraday rió, sarcástico.

—Muy admirable por su parte. Es tan sincera que estoy seguro de que le habrá contado todo a su marido.

Venetia se ruborizó y se mordió el labio inferior. Faraday comprobó el contenido del sobre y lo guardó.

—Ah, veo que he acertado. Algunos somos más selectivos con nuestras mentiras. Encuentro mucho más apropiado ser un canalla todo el tiempo. De ese modo, no hay confusión posible.

—Muy astuto. Sin embargo, hace tiempo que perdí el interés por sus juegos de palabras. Debo marcharme.

Venetia se levantó con la intención de irse, pero las palabras de Reed la detuvieron.

—Pero, querida mía, no hemos llegado a un acuerdo sobre el lugar y el momento del siguiente pago.
—¿Cómo? —se dio la vuelta, asombrada—. ¿Qué es lo que ha dicho?
Venetia se levantó el velo para poder verlo mejor.
—Hablaba sobre su siguiente... regalo. Creo que dentro de un mes sería apropiado.
—No puede hablar en serio.
—Por supuesto que sí. Soy un hombre de grandes necesidades, y me temo que mi esposa no está siendo muy generosa últimamente.
—Estoy segura de que pagaría para que se marchara del país.
—Bueno, aún no se lo he propuesto. Puede que lo hiciera, pero francamente, prefiero permanecer en Londres. Tengo muchos amigos aquí, como sabe.
—¡No tiene ningún amigo!
Reed arqueó una ceja.
—Un comentario poco amable por su parte. Y por añadidura nada cierto. Por ejemplo, la señorita Emerson se tiene por buena amiga mía. Ya sabe, la nueva estrella en el firmamento de Londres.
—¡Deje en paz a Charity! Apenas es una niña. No permitiré que arruine su vida.
—Eso es algo que no está en sus manos. No puede evitar que una joven corra hacia su destrucción. Debería saberlo.
—Maldito canalla.
Reed sonrió de forma maligna, la cogió de los brazos y la atrajo hacia sí. La abrazó contra su voluntad, a pesar de que se resistía, y la besó en la boca con tal fuerza que Venetia se cortó el labio con un diente. Al cabo de unos segundos la soltó, y Lady Ashford lo miró, asqueada. Se llevó una mano al labio y el guante blanco se manchó de sangre. Una profunda amargura la embargaba.

—No vuelva a tocarme —espetó, con ojos brillantes por la furia—. Lo mataré si intenta hacerlo de nuevo. No comprendo cómo pude sentirme atraída por usted. Es un cerdo. Un villano.

—Tenga cuidado con lo que dice —dijo con tranquilidad, recobrándose de su momentánea sorpresa—. Recuerde que soy yo quien tiene las cartas en la mano.

—No pienso seguir pagando.

—En tal caso, debe estar preparada porque pienso contárselo todo a su marido.

—¡No! —rogó, asustada—. No puede hacerlo. Ya he pagado lo que pidió. No puede continuar con esto.

—¿Es que cree que hay normas en la extorsión? No lo sabía. ¿Y a quién piensa protestar? ¿A algún magistrado, tal vez?

—No puedo conseguir tanto dinero de nuevo. No lo comprende.

—¿De verdad quiere hacerme creer que su querido George no nada en la abundancia? Todo el mundo sabe que los Ashford poseen la mitad de Sussex.

—Es cierto, pero la mayor parte del dinero está invertido en tierras y propiedades. No se dedica a exprimir a la gente para ganar más, y no tengo modo alguno de poder satisfacer sus exigencias.

—Le dará una asignación, ¿no es cierto?

—Lo es, pero acabo de darle todo el dinero que tenía para comprar ropa y no poseo nada más.

—¿Qué hay del dinero de la casa? Podría tomarlo prestado.

—George se daría cuenta si redujera la partida destinada a la casa. Las comidas serían peores, tendría que dejar de dar fiestas y renunciar a algunos criados.

—Pues dígale que necesita dinero para pagar algo. Dígale que hizo una mala inversión. Se lo dará.

—¡No quiero mentir a mi marido!

—Ya lo ha hecho. Imagino que no sabe nada sobre esta cita.

—Por supuesto que no.

—Entonces, ¿qué mal puede hacer otra mentira? Estoy convencido de que encontrará una buena excusa. En todo caso, siempre puede echar mano de sus joyas. Le darían mucho dinero en una casa de empeño por los pendientes que lleva.

Venetia se llevó las manos a las orejas, como si creyera que Reed iba a robarle las esmeraldas.

—Son un regalo de mi marido. No podría...

—En ese caso, pídale dinero a su preciado hermano. Estaría encantado de ayudarla, como ya hizo con anterioridad.

—¿Por qué odia tanto a Simon? Se limitó a proteger a su hermana. Actúa como si le hubiera hecho algo.

—Destruyó mis planes. Tuve que casarme con esa bruja. Me vi obligado a simular que la amaba y que la deseaba, a obedecerla, a estar a su lado, a rogar cada moneda que obtenía. Ella no tiene fortuna. Es su padre quien la tiene. Y le da una asignación muy generosa, pero yo no puedo tocarla directamente. Es libre de hacer lo que quiera y yo vivo a su merced. Aunque muriera, no conseguiría nada. Ha invertido todo en fondos, y no podría quedarme con ello sin autorización previa por su parte. Si muriera, no obtendría nada.

—No dudo que tanto ella como su padre ya se habrán dado cuenta del tipo de hombre que es. Es una solución perfecta si se está casada con una rata.

—Piense y diga lo que quiera. Pero quiero veinte libras más el mes que viene.

—¡No puedo conseguirlas!

—Será mejor que regrese a casa y que piense en el modo

de obtenerlas. Esperaré mi dinero a principios del mes que viene.

—¿Cómo puede ser tan rastrero? ¿Cómo es posible que en cierta ocasión me creyera enamorada de usted?

Venetia salió corriendo con lágrimas en los ojos. Reed la observó a lo lejos. Conseguir su dinero estaba resultando muy agradable, pero no tanto como había imaginado. Por grande que fuera la venganza contra Lord Dure, nunca era tan satisfactoria como la que tuviera en mente. Siempre deseaba llegar más lejos.

Aquel día sucedió lo mismo. Esperaría con ansiedad la próxima entrega de Venetia. Sería divertido exprimirla al máximo, y ciertamente beneficioso, algo que merecía la pena considerarse. Pero apenas servía para satisfacer su odio, la necesidad de humillar a Dure tal y como él lo había humillado cuando entró en aquella posada y lo arrojó fuera después de descubrirlo con su hermana. La única cosa que podía saciar su sed de venganza era conseguir seducir a su prometida y ridiculizarlo en público.

La idea bastó para que sonriera. Pensó en su triunfo y salió del parque; no dudaba que la ingenua señorita Emerson caería pronto entre sus garras. Estaba tan concentrado en sus pensamientos que, al igual que Venetia, no reparó en un hombre de aspecto común, con traje marrón, que se encontraba escondido entre unos arbustos, al otro lado del parque. Ni siquiera se dio cuenta del instante en que el desconocido salió y lo siguió calle abajo.

—¿Milord?

El siempre correcto Holloway se detuvo ante Lord Ashford, que estaba cortando el extremo de un puro con unas pequeñas tijeras de oro.

Ashford levantó la mirada, intentando calmar su irritación. Holloway nunca lo interrumpía en el club a no ser que se tratara de algo muy importante. Arqueó las cejas y preguntó:

—¿Sí? ¿Qué sucede?

—Hay una persona que desea verlo, milord.

Por el tono de voz que utilizó para decir la palabra «persona», Lord Ashford supo de inmediato que no se trataba del tipo de caballero que frecuentaba clubes privados.

—¿Una persona?

—Sí, milord. Un hombre con traje marrón. Dice que es de suma importancia que hable con usted. Me ha dado esta tarjeta.

El criado se inclinó hacia delante, con una bandejita en la que llevaba una nota.

Ashford la cogió y la leyó. De inmediato, su expresión se hizo sombría.

—Muchas gracias, Holloway. Tiene razón, debo verlo. Pero lo recibiré fuera.

George Ashford se levantó y salió de la sala de fumadores. Sabía que Holloway se habría sentido horrorizado si le hubiera pedido que hiciera pasar al desconocido, aunque su proverbial templanza hubiera impedido que su expresión lo traicionara.

En cuanto salió del edificio pudo ver a un hombre que se encontraba de espaldas, mirando hacia la calle.

—¿Señor Weaver?

El hombre se dio la vuelta y sonrió con cierto nerviosismo. No hacía negocios todos los días con un barón y se encontraba algo incómodo, aunque Lord Ashford parecía una persona correcta y asequible. Sin embargo, era consciente de que probablemente no le gustaría oír lo que tenía que decir.

—Lo he descubierto, milord —se aclaró la garganta.

—¿Sí? ¿Qué le parece si damos un pequeño paseo?

Ashford pudo notar la ansiedad del hombre.

Caminaron por la acera, muy despacio. Cuando alguien se aproximaba dejaban de hablar, y sólo continuaban con su conversación tras estar seguros de que nadie los oía.

—Esta mañana salió de casa antes de lo normal, milord, y no tomó el carruaje. Se dirigió a Harding Crescent. Hay un pequeño parque, a pocas manzanas de su casa.

—Sí, lo conozco —dijo, intentando mantener un tono despreocupado—. ¿Y qué hizo allí?

—Era lo que usted pensaba, milord. Se encontró con un hombre. Estuvieron charlando unos minutos, de forma animada. Al final ella se dio la vuelta para marcharse, pero él la cogió y hablaron un poco más. Entonces... se besaron.

—¡Maldita sea!

—Tras otro cruce de palabras la señora se marchó del parque. Parecía muy enfadada. No vi razón para seguirla, de modo que preferí seguir al caballero.

—¿Al caballero? —preguntó con ironía.

—Sí, señor —contestó, sin notar el tono de sarcasmo—. Vestía como un caballero, y llevaba un bastón con puño de oro. Un hombre muy elegante.

—No me importa lo que llevara puesto. ¿Quién es?

El otro hombre sonrió con cierta timidez.

—Lo seguí hasta su casa, milord. Una bella mansión, en Mayfair. Conseguí entablar conversación con un cochero que esperaba a su señor al otro lado de la calle. Gracias a él pude saber el nombre del caballero. Faraday Reed.

Ashford apretó los dientes al oír el nombre de aquel individuo. No lo habría sospechado ni en la peor de sus pesadillas. Todo el mundo sabía que no se llevaba nada bien con Dure, aunque nadie sabía por qué. Parecía bastante extraño que su esposa se relacionara con un hombre que su hermano detestaba. De hecho, no había notado que Reed se acercara a su esposa en ninguna fiesta, excepto la noche en que Lord Dure presentó a su prometida.

Ashford lo recordó. En aquel instante no le dio importancia. Venetia y Reed hablaron brevemente, y aunque la notó algo pálida más tarde, supuso que se debería a alguna impertinencia del mequetrefe. Pero ahora comprendía que las implicaciones eran bien distintas.

Weaver lo miró.

—¿Quiere que continúe siguiendo a la señora, milord?

—¿Qué? Oh, no. Ya ha sido suficiente, señor Weaver. Más que suficiente.

Ashford pagó al hombre y regresó al club. Se sentía desconcertado. En circunstancias normales, jamás habría sospechado que su esposa le fuera infiel. Pero había empezado a pensar que pasaba algo extraño cuando notó que su comportamiento había cambiado. Unos días antes, la había descubierto llorando en su vestidor. Cuando quiso averiguar el motivo de su tristeza, ella se secó las lágrimas y dijo que no ocurría nada. Aquella falta de confianza lo hirió, pero la sensación empeoró al notar miedo en sus ojos.

Entonces, decidió contratar al señor Weaver. Winston Montague se había referido a él en una ocasión: Weaver había recuperado ciertas joyas perdidas de su esposa, y Montague lo cubría de halagos. De modo que lo había contratado con la esperanza de que no descubriera nada, de que su temor careciera de fundamento, con la esperanza de que no estuviera viendo a otro hombre. Pero ya no podía huir de la verdad. Venetia estaba enamorada de otra persona.

El odio hacia Faraday Reed y el dolor se entremezclaron en lo más profundo de su ser. Intentó convencerse de que su esposa no lo amaba. De haber estado junto a él en aquel instante, habría matado al canalla. Eso habría servido para tranquilizar su furia, pero no para curar la profunda herida de su corazón. Lamentó haber contratado a Weaver.

A duras penas, consiguió subir las escaleras y entrar en el club. No se molestó en regresar a la sala de fumadores. En lugar de eso caminó hacia una habitación vacía y se sentó en un cómodo sofá de cuero. Después apoyó la cabeza en el respaldo y cerró los ojos como si estuviera dormido, para que nadie lo molestara, para sufrir en soledad.

Mientras se cepillaba el cabello ante el espejo, Charity contuvo un bostezo.

Serena se encontraba en la cama, junto a ella, realizando idéntico proceso.

—¿Te aburres de esta vida?

—Estoy cansada, más bien. El baile de anoche duró demasiado.

—Jamás pensé que llegaría el día en que te oiría decir algo parecido.

—Ni yo.

De hecho, Charity estaba aburrida y se sentía sola. Sólo había visto a Simon en una ocasión desde el día que encontrara a Lucky, una semana antes. Había sido durante una cena, y se habían sentado a cierta distancia, de modo que no tuvieron ocasión de charlar. El tiempo pasaba, y su vida social apenas la entretenía sin Lord Dure. Le preocupaba la posibilidad de haberlo ofendido con el asunto del perro. Sin embargo, no parecía haberse molestado, de manera que pensó que se preocupaba en vano.

Como si hubiera leído sus pensamientos, Serena comentó:

—Imagino que te sentirás mejor esta noche, cuando vayamos al teatro con Lady Ashford.

Charity sonrió y su rostro se iluminó. Simon estaría presente.

—Cierto —dijo, mientras se miraba en el espejo—. Quiero estar especialmente guapa esta noche. ¿Crees que este estilo me hace parecer mayor?

Serena rió.

—La mayor parte de las mujeres quieren parecer más jóvenes, no mayores.

—Lo sé, pero no quiero que Simon... Que Lord Dure piense que soy una niña.

—Lo quieres mucho, ¿verdad?

—Por supuesto —contestó, sorprendida—. Voy a casarme con él.

—Pero el matrimonio y el amor no son la misma cosa.

Charity la miró.

—¿Crees que lo que siento por él es correspondido?

Serena rió.

—¿Cómo puedes dudarlo, después de haber conseguido que se quedara con aquel perro? Debe ser un gran hombre cuando no nos echó de su casa ni rompió vuestro compromiso.

Charity sonrió.

—Lo sé, pero no lo he visto mucho desde entonces. Y cuando hablo con él está muy serio.

—Ten en cuenta que la situación es muy difícil. Siempre está presente nuestra madre, Elspeth o yo misma.

—Cuando mamá y Elspeth se encuentran cerca es horrible. Si digo algo sin interés, Elspeth se queja y nuestra madre me mira con reprobación. Es insoportable. A veces pienso que me divertía más en el colegio.

—Creo recordar que también te aburrías allí.

—Cierto. Será mucho más divertido cuando nos hayamos casado, porque entonces podremos charlar sobre lo que queramos, cuando queramos. ¿No te parece maravilloso? ¿No deseas con ansiedad la llegada del día en que puedas vivir con tu reverendo, desayunando o charlando mientras preparas un baño?

—¡Charity! —se ruborizó—. ¿Cómo puedes decir esas cosas?
—Bueno, es cierto. A fin de cuentas compartiréis la misma cama.
—Charity, debes vigilar tu lengua. No puedes ir por ahí diciendo cosas como ésa —dijo, avergonzada.
—¿Por qué? Estoy hablando contigo, solas tú y yo. No es como si me encontrara ante una duquesa.
—Gracias a Dios. A veces, querida Charity, me pregunto a quién te parecerás.

Serena se levantó y la ayudó a colocarse las horquillas.
—Yo también. Imagino que debo descender de alguna oveja negra de la familia de nuestro padre. No me imagino a ningún Stanhope comportándose como yo.
—Desde luego. Ni a un Emerson.

Charity regresó al tema original.
—Pero Serena, ¿no esperas con ansiedad ese momento?
—Claro que sí. Deseo encontrarme con el señor Woodson y... poder gozar de un poco de intimidad.
—Gozar de un poco de intimidad —repitió, divertida.

Adoraba a su hermana, pero a veces no soportaba su talante eufemístico. En cambio, a ella no le importaba admitir que deseaba estar a solas con Simon, compartir su risa y sentir la pasión de sus ojos. Deseaba encontrarse con él, sin más personas alrededor. Quería ser libre para besarlo, para abrazarlo.

Charity intentó pensar en otra cosa. Temía que su naturaleza impulsiva demostrara en su gesto lo que sentía. Serena habría sufrido un ataque de haber conocido sus pensamientos.

—Al menos podré hablar con él en el teatro. Aunque estemos rodeados de gente, siempre será más divertido que sentarnos en la salita con mamá.

Se levantó y caminó hacia la cómoda, sobre la que había un jarrón con flores. Simon las había enviado aquella mañana, y una criada las había puesto en su recipiente. Charity se inclinó para olerlas, y al hacerlo notó que entre los tallos había una nota en la que no había reparado con antelación. Asustada, se preguntó si habría estado allí todo el tiempo.

No la había visto porque estaba muy escondida. Supuso que se trataría de un mensaje de Simon. Pero entonces recordó que la criada le había dado una nota de Simon cuando entregaron el ramo. Su corazón empezó a latir más deprisa. No cabía duda de que debía tratarse de otra de aquellas misivas.

Miró a Serena y se alegró al ver que no había notado su reacción. Se había sentado frente al espejo para cepillarse el pelo. Charity cogió la nota y la abrió.

«Serás la próxima víctima del monstruo», decía.

Sus dedos temblaban por la rabia. Arrugó el papel en el puño y lo tiró a la papelera. No comprendía que alguien pudiera odiar tanto a Simon. Deseó poner las manos encima del canalla que estuviera detrás de aquello, abofetear al cobarde que se escudaba en el secreto para no dar la cara.

Entonces comprendió algo que la asustó aún más. Esta vez, la nota se encontraba en su propio dormitorio, en el ramo que había enviado Lord Dure, oculta como una serpiente venenosa. Resultaba evidente que alguien de la casa la había colocado allí. Probablemente, habían entrado en su propia habitación para conseguirlo. Tanto Serena como ella misma habían salido varias veces, para desayunar y para charlar con sus hermanas. Por si fuera poco, Serena había estado con su madre y ella había pasado un buen rato en el dormitorio de Elspeth, para recobrar un pañuelo que le había prestado. Pensar que alguien podía entrar con tanta facilidad en sus aposentos hizo que se estremeciera.

Miró a su alrededor, nerviosa, como si fuera a descubrir a algún intruso. Serena se levantó y sonrió, después de dar los últimos toques a su peinado.

—¿Estás preparada?

Charity quería contárselo, pero no lo hizo. No quería permitir que conociera las acusaciones vertidas contra su prometido; le habría parecido una traición a Simon, aunque fuera inocente. De manera que sonrió y acompañó a su hermana al piso inferior.

Pudieron oír voces de hombres, que procedían de la salita de espera. Charity se detuvo, como si pudiera negarse a entrar. No podía ser educada con personas que no conocía, o que no eran de su agrado, estando tan preocupada por asuntos más serios.

Serena se detuvo en el umbral y la miró. Arqueó las cejas. Charity sabía que si no entraba tendría que dar explicaciones sobre sus actos, al menos a su hermana, y más tarde a su madre o a la tía Ermintrude, que querrían averiguar el motivo de tan extraño comportamiento. No tenía más remedio que disimular.

En el interior de la salita estaban tres hombres y Ermintrude. Charity sintió un intenso alivio al observar que Caroline no estaba presente. Su tía no era tan perceptiva con ella, y no imaginaría que sucedía algo malo. Los hombres se levantaron al ver a las jóvenes. Uno de ellos era Faraday Reed. De inmediato se sintió mucho más alegre, y en cuanto saludó a los presentes se sentó junto a la persona que tenía por amigo.

—Está encantadora, señorita Emerson —dijo.

—Debo hablar con usted —dijo ella, en voz baja.

—No habrá recibido otra nota, ¿verdad?

—Sí. Estaba en mi habitación.

—¿En su propio dormitorio? —preguntó asombrado—. Eso es monstruoso.

Charity asintió y contó lo sucedido. Se sentía mucho más aliviada al compartir sus sentimientos. Reed no había hablado con nadie sobre las notas; actitud que en su candidez interpretó como la demostración palpable de que era de confianza. Sin preocuparse en averiguar los motivos que tuviera su prometido, llegó a la conclusión de que era injusto con Reed. Que hubieran amado a la misma mujer no quería decir que Faraday fuera una mala persona. Bien al contrario, Reed no había dicho nada en contra del conde. Pensó que seguramente le habría gustado saber lo comprensivo y amable que era con ella.

—El mismo tipo de nota. Una advertencia contra un supuesto peligro —explicó—. Decía que Dure es un monstruo, y que yo sería la próxima víctima. ¿Cómo pueden propagar semejantes calumnias?

—Nadie que conociera su leal naturaleza se atrevería a hacerlo, señorita.

—¿Pero qué es lo que quieren? ¿Por qué pueden desear que mi compromiso se rompa?

—Tal vez sea algún pretendiente. Tenga en cuenta que usted es una joven muy bella, e imagino que habrá roto más de un corazón antes de comprometerse con Lord Dure.

—No puede hablar en serio. No asistí a ninguna fiesta en Londres hasta entonces.

—Pero estoy seguro de que debe haber alguien, en su ciudad natal.

Charity estuvo a punto de reír al recordar a los chicos del campo. Entre otros, a Will, que estaba más interesado en cazar con su padre que en un posible matrimonio con ella.

—No, no puede ser.

Reed permaneció en silencio unos segundos antes de preguntar:

—¿Ha pensado que tal vez no se trate de alguien con intención maliciosa?

—¿Qué quiere decir?

—Puede que se trate de alguien sinceramente preocupado por usted, con el que no mantenga una relación tan íntima como para que pudiera advertirla en persona. Puede que realmente crean que está en peligro.

—¿Cómo? Eso es absurdo. ¿Cómo puede pensar algo así?

—He oído rumores sobre la muerte de su esposa...

—El rumor y la verdad son cosas distintas. No me diga que también piensa esas estupideces sobre mi prometido.

—Por supuesto que no. Lord Dure y yo tuvimos nuestras diferencias, pero nunca creí en tales habladurías. Me limitaba a observar que puede tratarse de alguien sinceramente preocupado.

—En cualquier caso me gustaría que se mostrara de forma abierta para poder decir lo que pienso de él. Es una actitud cobarde. Si tuviera honor, actuaría directamente.

—He intentado averiguar su identidad, de forma discreta.

—Oh, no, no quiero que llegue a saberse nada.

—Sin embargo, no he encontrado a nadie que odie tanto a Lord Dure como para enviar esas notas. Es cierto que tiene algún enemigo, y que más de una persona opina que su vida ha sido licenciosa. Sus modales no siempre le ganan amigos. Pero no hay nadie que lo odie. Por consiguiente, pensé que tal vez podría tratarse de algún pretendiente.

Charity sonrió.

—Me halaga, señor Reed. Pero estoy segura de que... Un momento, ¡es posible!

—¿Se trata de un pretendiente?

—No, no, pero acabo de recordar. Tal vez se trate de alguna mujer que estuviera enamorada de Lord Dure. Sé que ha mantenido relaciones con muchas mujeres. Y no me extrañaría que alguna estuviera celosa.

—No creo que...

—Sé que no deberíamos hablar sobre ello, pero no hay tiempo para conversaciones triviales. Debo averiguar de dónde proceden —se mordió el labio, pensativa—. Estoy segura de que se trata de una mujer. Es algo bastante típico.

Me alegra que haya sacado el tema, porque sin usted no me habría dado cuenta.

—De hecho, no he dicho nada. Ha sido usted quien...

—Lo sé, pero me ha dado la idea —sonrió—. Me siento mucho mejor ahora. Si sólo se trata de una mujer celosa, creo que puedo ocuparme de ella. E investigaré por mi cuenta.

—Señorita Emerson —dijo alarmado—. No debe hacerlo. No sabe qué peligros podrían acecharla.

—Tonterías. ¿Peligros? ¿De una mujer celosa? —sonrió, benigna—. Puedo enfrentarme a ello. Será fácil. A todo el mundo le gusta contar historias a una futura esposa.

Reed la miró, dubitativo.

—No creo que a Lord Dure le agrade que su prometida vaya por ahí preguntando acerca de sus relaciones pasadas.

—No se preocupe. En primer lugar, no lo sabrá. Sospecho que no hay muchas personas que puedan contárselo. Por otra parte, el conde sabe que soy libre de hacer lo que me plazca.

—¿Sí? —preguntó con interés—. Es una mujer independiente, entonces.

—Desde luego.

De repente pensó en que su prometido no había reaccionado precisamente de forma civilizada al verla con Reed, pero intentó no pensar en ello.

—Puedo hacer más cosas para encontrar a la culpable. Mañana hablaré con las criadas. Al principio, cuando encontré la nota entre las flores, supuse que habrían entrado en mi dormitorio, pero no es posible. Habría corrido el riesgo de que la descubrieran. Ha debido servirse de una de las criadas de mi tía.

—Dudo que lo admitan.

—Lo admitirán. Es posible que no fueran conscientes de la gravedad del asunto. Tal vez pensaron que se trataba de una misiva de un admirador —sonrió con calidez, tocando su brazo—. Ha sido de gran ayuda para mí. Me siento mucho mejor. Y gracias por su discreción. Es usted un gran caballero y un buen amigo. Me gustaría que Simon comprendiera lo equivocado que está.

—Dudo que eso suceda —dijo con ironía—. Yo no intentaría convencerlo.

—Pero se equivoca —protestó—. Cuando sepa lo que ha hecho por mí, y por él...

—Lo hago por usted, señorita Emerson.

Reed cogió su mano y la miró con intensidad.

Charity estuvo a punto de reír. Su actitud le parecía muy graciosa, pero no podía hacer tal cosa después del favor que le había hecho. Se preguntó si no estaría intentando coquetear con ella. Le parecía extraño que un hombre casado se comportara de aquel modo con una mujer que estaba a punto de casarse. Sin embargo, había tenido ocasión de comprobar en numerosos acontecimientos sociales que el coqueteo estaba a la orden del día, y su propia madre había comentado que era algo aceptable. Con todo, no comprendía por qué coqueteaban si no pretendían nada. Pero prefirió no preguntárselo a su madre. Habría dicho que era una pregunta frívola, o impertinente.

Con discreción, intentó apartar la mano. Pero él se lo impidió.

—Sí, lo sé. Y lo aprecio, se lo aseguro.

En aquel momento, Charity notó que los demás habían dejado de hablar. Alzó la cabeza con curiosidad y vio que todo el mundo miraba hacia la puerta.

Simon estaba en el umbral, con los ojos clavados en ella.

Sintió una punzada en el corazón. En aquel momento comprendió que la conversación que mantenía con el señor Reed, en voz baja y con las manos unidas, podía ser interpretada como algo muy distinto a lo que creía que era.

Hablar de aquel modo con otro hombre no era nada apropiado en una joven prometida. Su madre se habría dado cuenta y habría actuado para evitarlo, pero Serena no poseía sus habilidades sociales y la tía Ermintrude ni siquiera lo había notado.

Cuando empezó a caminar hacia ella, murmuró:
—Oh, Dios mío.

Simon saludó a Ermintrude, a Serena y a los dos hombres que charlaban con ellas. Después se volvió hacia su prometida y hacia Reed, con mirada fría.

—Buenas tardes, Lord Dure —dijo Charity, dispuesta a no dejarse intimidar.

Creía que no había hecho nada malo.

—Ya veo que el señor Reed estaba entreteniéndola.

Reed se revolvió en su asiento, incómodo. Pero Charity se limitó a declarar:

—En efecto.

—El señor Reed siempre ha sido un hombre con mucho encanto —sonrió el conde—. Puede que con más encanto del que debería.

Charity arqueó las cejas con frialdad. Esperaba que Simon no montara una escena. La tía Ermintrude, y el resto de los presentes, los miraban con atención. Habían notado el evidente antagonismo de los dos hombres.

—Sin embargo, ahora que estoy aquí puedo aliviarlo de la obligación de entretener a mi prometida —continuó.

—Ha sido un placer —dijo Reed—. La señorita Emerson es una excelente conversadora.

—Desde luego, aunque imagino que tendrá otras obligaciones.

Reed se levantó de su asiento.

—Ha sido un placer, señorita Emerson —se despidió.
—Muchas gracias —dijo ella.

Reed se despidió de los demás y se marchó. Dure lo observó con atención. Después, se volvió hacia Charity y dijo:

—Tal vez podríamos dar un paseo por el jardín.

Charity estuvo a punto de decir que se encontraba muy bien allí, pero sospechaba que si no lo hacía sería capaz de repetir la escena de la fiesta. Prefería enfrentarse a él en privado.

—Por supuesto.

Se dirigió a su tía, que pareció decepcionada por perderse los fuegos artificiales. En cualquier caso, le dio permiso para salir.

Dure le ofreció el brazo y caminaron en silencio. Salieron de la salita y se dirigieron al jardín de la casa. Charity miró durante un segundo el perfil de su prometido, pétreo y duro. Una vez más, se dijo que estaba siendo muy injusto al comportarse con tal beligerancia con un hombre contra el que no tenía nada. Reed había demostrado ser su amigo en el asunto de las notas, y Charity lo agradecía.

Caminaron en silencio durante un buen rato. Resultaba evidente que Lord Dure intentaba mantener el control de sus emociones. Recordó lo que había sucedido en la fiesta de Lady Rotterham, cuando la besó de forma apasionada, y se ruborizó al pensar lo que podía suceder si perdía los estribos de nuevo.

Pero no lo hizo. Charity se sentó en un banco algo alejado y él permaneció de pie, con los brazos cruzados, como un profesor de colegio.

—¿Intentas desafiarme? —preguntó con extrema frialdad—. ¿O es que eres tan estúpida como para despreciar mis advertencias?

Charity lo miró.

—¿Desafiarte? Me he limitado a hacer las cosas a mi modo, como tú. Creía que había quedado claro en nuestro acuerdo de matrimonio.

—Aún no estamos casados.

—Yo diría que eso empeora tu actitud. Pretendes dominar mi vida.

Los ojos de Dure brillaron con irritación.

—No es cierto. No soy ningún bruto que quiera esclavizar a su esposa.

—¿De verdad? Entonces, ¿a qué viene esta actitud, obligándome a tomar asiento como si fuera una niña desobediente?

—Sólo intentaba ser educado. Si quieres, puedes levantarte.

Simon se inclinó para ayudarla, y al sentir el contacto de su cuerpo dejó caer los brazos y dio un paso atrás.

—No he conocido nunca a una mujer que me haga actuar de forma tan poco civilizada —se quejó.

Charity rió. No sabía si pensaba besarla o darle una bofetada.

—¿Tan molesta soy?

—Desde luego. Me sacas de mis casillas con suma facilidad. Cuando te vi con Reed, sonriendo y cogiéndolo de la mano, estuve a punto de pegarle un puñetazo allí mismo.

—¿Estabas celoso? —preguntó, arqueando las cejas.

No había considerado que aquélla pudiera ser la razón de su animadversión hacia Reed. Pensaba que le disgustaba y que se limitaba a intentar que actuara conforme a sus gustos. Teniendo en cuenta que pretendía casarse sin amor, encontraba muy interesante la posibilidad.

—Vas a ser mi esposa. Y no quiero que asocien tu nombre con el de un canalla.

—Un canalla...

Charity comprendió que le preocupaba el buen nombre de su familia, no el suyo.

—Sí, y te ocurrirán cosas peores si sigues viendo a un cerdo como Faraday Reed.

—El señor Reed es un hombre muy respetado.

—La aristocracia aceptaría a una serpiente, si hablara lo suficientemente bien y bailara como es debido.

—Pero tú lo conoces mejor, claro está —dijo con ironía.

—Sí, lo conozco. Sé que es un villano que te robaría tu virtud si tuviera la oportunidad.

—¿Crees que tengo tan poca moral como para permitir que cualquier hombre me seduzca?

—No es necesario que te seduzca para que arruine tu reputación. Reed puede arreglárselas para que parezca lo que no es. Y llegado el caso, hasta sería capaz de violarte.

Charity lo miró con profundo enfado.

—¿Cómo te atreves? Te equivocas. Nunca haría una cosa así. Ha sido muy amable conmigo. Incluso me ha ayudado a...

Charity no terminó la frase. Simon no conocía el asunto de las notas. No sabía qué hacer. Si se lo decía, se daría cuenta de que estaba siendo injusto con Reed. Pero quería proteger a su prometido contra el contenido de aquellas notas. No quería que recordara la triste muerte de su esposa e hijo. Habría sido indigno sacar a colación aquel asunto en mitad de una discusión.

—¿A qué te ha ayudado? —preguntó Simon, desconfiando.

—Me ha ayudado a... relacionarme mejor, ya sabes. Me dice quién es quién y qué relaciones los unen. Ese tipo de cosas.

—No necesitas su ayuda. Si quieres saber algo pregúntaselo a tu madre, o a Venetia. Pero no a Faraday Reed. Debo insistir en que dejes de verlo.

—A mi madre le gusta que venga. ¿Cómo podría evitarlo?

—Dile lo que te acabo de decir, y te aseguro que no permitirá que vuelva a entrar en su casa. Esperaba que lo hicieras cuando te lo advertí, en una ocasión anterior. Pero ya veo que no lo has hecho.

—No fuiste muy razonable. Y sigues sin serlo. Lo acusas de cosas vagas, pero no me explicas lo sucedido. ¿Qué ha hecho para que te disguste tanto? ¿Por qué crees que intenta arruinar mi reputación?

—Para vengarse de mí. Créeme, me odia tanto como yo a él. O más, teniendo en cuenta que no se salió con la suya.

Charity sintió un profundo enfado. Obviamente se estaba refiriendo a la mujer por cuyo afecto habían luchado. Y no parecía importarle sacar el tema en su presencia.

—¿Con la suya? ¿En qué?

—No puedo contártelo.

—Claro. Te limitas a dar órdenes y esperar que las cumpla. Y luego dices que no intentas dominar mi existencia.

—No puedo contártelo porque afecta a otra persona —dijo—. Afecta al honor de una dama.

Charity lo miró con gran irritación. Reed había comentado que se trataba de una mujer cualquiera, no de una dama. En su estupidez, pensó que su prometido mentía.

—Ya —rió—. Eso es lo que siempre dicen los hombres cuando creen que se trata de algo que podría herir la sensibilidad de una frágil mujer. O eso, o que no lo entendería.

—Es cierto. Es un asunto relacionado con una dama, y sería un mal caballero si anduviera por ahí contando lo sucedido.

—No te pido que propagues la historia a los cuatro vientos. Sólo te pido una buena razón para no ver a Faraday Reed.

—Maldita sea, ¿es que no basta que te lo pida?

—No lo pides, lo ordenas. Hay una diferencia. Soy tu prometida, no tu esclava, y no acepto órdenes. Si quieres tener a alguien a quien puedas manejar a tu antojo, sugiero que te busques otra esposa.

El conde la miró con firmeza, de tal modo que Charity temió que pudiera romper el compromiso. Pero en lugar de eso hizo un gesto con la cabeza y dijo, mirándola a los ojos:

—De acuerdo. No te lo ordeno. Te pido, como mi futura esposa, que me hagas ese favor. Y más aún, me gustaría que me creyeras; debes creer mi palabra de honor. No puedo contarte mis motivos, pero Reed es un canalla. Te estoy pidiendo que confíes en mí.

Cuando empezó a hablar, Charity sintió la satisfacción del triunfo. El orgulloso Lord Dure no hablaba con ella como si fuera una niña, sino con respeto. Sin embargo, pedía mucho más de lo que parecía en principio. Pedía algo profundo, un compromiso en cuerpo y alma. Ante ella se encontraba el hombre al que tanto habían herido las habladurías, un hombre conocido como «el diablo Dure». Charity sabía que todo aquello resultaba doloroso para él, a pesar de la aparente dureza que demostraba. Y también sabía lo mucho que le costaba rogar.

Charity lo cogió de la mano.

—De acuerdo —dijo, mirándolo—. Te creo. Evitaré al señor Reed en el futuro.

Simon alzó su mano, la besó y la acarició.

—Muchas gracias —dijo con voz sensual—. No tenía intención de darte órdenes. Cuando lo vi contigo me enfadé tanto que tuve miedo por lo que podría hacer contigo. Perdóname.

—Te perdono.

Charity dio un paso hacia él, embriagada por la emoción que demostraba su voz. Se puso de puntillas y lo besó en la mejilla.

Simon la rodeó con sus brazos, la atrajo hacia sí y la besó con apasionamiento. Charity se dejó llevar, excitada por sus caricias, y el conde se estremeció al sentir sus senos.

Segundos más tarde se apartó de ella, respirando de forma entrecortada. Sus ojos brillaban, al igual que sus labios. Apretó los puños, como intentando recordar el lugar donde se encontraban.

—No, no debemos hacer eso. Está visto que no puedo controlarme contigo. Debes pensar que soy una especie de salvaje, dispuesto a saltar sobre ti a la primera oportunidad.

—No —dijo con suavidad, sonriendo—. Me gusta que me beses.

—No digas eso —gimió—. O destrozarás mi voluntad.

—Lo siento —dio un paso atrás—. ¿Ha estado mal lo que he dicho? ¿Soy demasiado atrevida?

—No, no. Me gusta mucho que digas cosas así. Me encanta saber que disfrutas con mis besos. De hecho, me gusta demasiado. Quiero abrazarte y comenzar a besarte de nuevo. Pero me temo que no podría detenerme, y no debo deshonrarte.

—Oh.

Charity se quedó sin aliento. Se sentía un poco mareada. Sonrió y los ojos de su prometido brillaron como respuesta.

—Tengo que marcharme —dijo él.

—¿Cómo? ¿Tan pronto?

—Sí, o de lo contrario mi razón se nublará de forma definitiva. Vine para decirte que mañana me marcho de Londres, de modo que no podré ir al teatro esta noche. Estaré en el parque de Deerfield durante unas semanas.

—¿Por qué? —preguntó, frustrada.

—No me mires así. Tengo que irme. Si me quedara... Estar contigo y no poder tocarte es una verdadera tortura —la cogió por los hombros y la miró con intensidad—. Me resulta muy duro sentarme contigo, siempre acompañada por tu madre y hermanas, charlando amistosamente cuando en realidad desearía abrazarte y cubrirte de besos.

—Oh.

Charity sintió que sus piernas apenas la sostenían. El fuego que brillaba en los ojos de Simon empezaba a derretir sus huesos.

—Y cuando tengo la oportunidad de besarte, es aún peor. Mi deseo se desboca y quiero más, mucho más, pero sería un canalla si me sobrepasara.

—Pero pronto serás mi esposo.

—En efecto —dijo, con fiera posesividad—. Lo seré, y entonces te llevaré a mi cama y te haré mi esposa con todo el tiempo y la delicadeza que mereces. Sin prisas, sin escondernos tras los arbustos de un jardín.

—Y si te marchas unas semanas, ¿crees que no sucederá?

—Espero que al pasar unos días a solas sea capaz de recobrar el control de mis desbocadas pasiones. He hablado con tus padres, y se han mostrado de acuerdo en reducir el periodo de noviazgo a seis meses. Dicen que si fuera más corto la gente empezaría a hablar. Marchándome, conseguiré que la tentación sea más corta.

—Te echaré de menos.

—¿Lo harás? Todo Londres está encantado contigo. Eres la atracción del año.

Charity se encogió de hombros.

—Sólo porque voy a casarme contigo. De lo contrario, no se fijarían en mí.

—Lo dudo, querida. No pasarías desapercibida en ninguna situación.

Charity arqueó una ceja.

—¿Es eso un cumplido?

—Desde luego —besó su mano—. Ahora tengo que marcharme, o tu tía Ermintrude y toda su cohorte se presentará aquí para buscarnos. Un paseo demasiado largo por el jardín despertaría sus sospechas.

—Lo sé —suspiró—. En Londres hay demasiadas normas sociales; algo que no sucede en el campo.

—Confío en que serás capaz de evitar los problemas durante mi ausencia.

—Por supuesto —dijo con inocencia—. ¿Qué quieres decir?

—Que no te metas con carreteros, ni con agentes.

Charity rió.

—Y que no me dedique a dar consejos a quien no los quiere.

—Lo has comprendido. Y en eso queda incluído no recoger a todos los animales que te encuentres.

—Debo admitir que... Te gusta Lucky, ¿verdad?

Simon alzó la vista al cielo mientras avanzaban por el camino del jardín.

—Está destrozando mi casa. Los criados odian sacarlo a la calle, porque los arrastra literalmente. Y las criadas se quejan de que deja pelos por todas partes y de que se sube a las camas.

Charity rió de nuevo.

—Ya veo que te parece gracioso. Dudo que te lo pareciera si descubrieras tu periódico destrozado, o toda tu ropa babeada y mordida.

—¿De verdad?

—De verdad. Además, cree tener derecho a dormir a los pies de mi cama. El cocinero ha amenazado con marcharse si no me deshago de él. Por cierto, eso me recuerda que ésta sería una oportunidad perfecta para sacarlo de Londres.

—Oh, le encantará el campo.

—Y Londres será un lugar mucho más seguro sin él.

—Vamos, no me digas que no te gusta.

—Qué remedio —arqueó una ceja—. Pero es infernal.

—Bien al contrario, tengo entendido que lo quieres mucho.

—¿Quién te lo ha dicho? Sea quien sea, es un mentiroso.

—Dicen que te acompaña siempre cuando sales al parque.

—Me sigue y no quiere volver a casa.

—Y todo el mundo dice que has empezado una nueva moda en perros.

—¿Cómo? —rió Simon—. Ahora toda la aristocracia de Londres querrá tener chuchos callejeros. Confían tanto en la moda que están dispuestos a imitar a cualquiera.

El conde se detuvo al llegar a la puerta de la casa y la miró.

—Prométeme que tendrás cuidado durante mi ausencia.

—Lo prometo.

—Bien. No quiero que te suceda nada malo.

—¿Qué podría sucederme? —preguntó con suavidad.

—No lo sé. Nada —contestó, mientras besaba su frente—. La vida empieza a carecer de sentido sin ti, mi querida Charity.

Su prometida sonrió.

—A mí me ocurre lo mismo.

Sus labios se tocaron en un corto y tímido beso.

—Me gustaría abrazarte y besarte, pero me temo que si lo hiciera no me marcharía.

Simon se apartó de forma brusca, y Charity suspiró.

—Adiós, cariño mío.

—Adiós.

El conde abrió la puerta y la acompañó al interior de la casa. Se despidió de los presentes y se marchó. Charity pensó en las vacías semanas que la esperaban. No sabía cómo iba a sobrevivir sin su compañía.

12

Cuando entró en la casa de su hermana, Simon no estaba de muy buen humor. No le agradaban las emociones que sentía. Había decidido casarse sin amor para evitarse preocupaciones, y no le agradaba haber reaccionado de forma tan apasionada al ver a su prometida con Faraday Reed. Su actitud iba mucho más allá del enfado al observar que lo había desobedecido, y del temor a que perdiera su reputación. Debía admitir que aquella sensación tenía un nombre bien definido: celos. Sentía pánico al pensar que Charity podía caer bajo las garras de Reed. Había tenido que controlarse hasta un extremo increíble para no atacarlo allí mismo.

En realidad, no era la primera vez que le sucedía. También había estado a punto de perder el control días antes, cuando besó a su prometida bajo la escalera de servicio de su mansión. De no haber recobrado su buen juicio habría hecho el amor con ella en el suelo, como un animal, a pesar del riesgo de que los descubrieran.

Todo había cambiado desde que la conocía. Su mundo estaba boca abajo. Hasta entonces nunca había disfrutado de las fiestas; pero ahora asistía a todas esperando que se encontrara allí. Nunca había visitado a una mujer todos los días, ni se había visto obligado a marcharse al poco tiempo por razones sociales. Quería estar a solas con ella de una vez.

Muy a menudo, se sorprendía soñando despierto en su escritorio, en lugar de trabajar; recordaba su risa, la imagen de sus piernas cuando subía a un carruaje, o la alegría de sus ojos. Y por la noche se despertaba, sudoroso y excitado, después de haber imaginado que hacían el amor.

El periodo de noviazgo era toda una tortura. Deseaba tenerla allí mismo, en aquel mismo instante. Precisamente por ello había tenido la idea de marcharse al campo; pero cuanto más pensaba en las semanas de separación, más insoportables le parecían. Al dejarla en casa de su tía había sentido un intenso dolor en el pecho. Y eso era lo peor de todo. No quería echarla de menos. En muy poco tiempo se había convertido en una persona vital para él. No iba a ser el frío y conveniente matrimonio que había imaginado.

Por tanto, mientras se dirigía a la casa de su hermana Simon se encontraba a disgusto consigo mismo, con Charity y con el mundo en general. Tan enfadado estaba que cuando uno de los criados abrió la puerta y rogó que esperara, que iría a ver si la señora se encontraba en casa, Simon lo empujó y dijo:

—Por supuesto que está en casa. Si hubiera salido, ya lo habrías dicho.

—Pero Lord Dure... —dudó.

Simon se dirigió hacia la escalera, cruzando el espacioso recibidor.

—¿Donde está? ¿Arriba? —preguntó, haciendo caso omiso de sus protestas.

—No lo sé, milord. Deje que envíe una criada a buscarla.

—No te molestes. La encontraré yo mismo.

Dejó al criado en el recibidor y subió las escaleras. Cuando llegó al piso superior se dirigió a la salita que comunicaba con las habitaciones de su hermana. Estaba vacía, de modo que procedió a abrir la siguiente puerta.

—¿Venetia? —preguntó.

Las cortinas del dormitorio estaban echadas y la habitación permanecía en penumbra, pero a pesar de todo distinguió la silueta de su hermana, sentada en un sillón junto al lecho.

—¿Qué estás haciendo aquí? ¿Estás enferma?

—No, claro que no —contestó con voz débil—. ¿A qué has venido, Simon? ¿Por qué entras en mi habitación como si te persiguiera el diablo?

Venetia se levantó.

—Tengo la impresión de que me persigue realmente —contestó—. Al menos, en la forma de una joven dama rubia.

—Oh. ¿Se ha enfadado Charity contigo?

—Sí. No. Oh, olvídalo, Venetia. Ni siquiera sé a quién culpar. A mí. A nadie. No lo sé. ¿Por qué has corrido las cortinas?

Simon caminó hacia la ventana.

—Me dolía la cabeza —mintió—. Siéntate y cuéntame en qué otros líos se ha metido Charity. Espero que no haya encontrado a otro perro.

Venetia caminó hacia una butaca que se encontraba en el extremo opuesto de la habitación y se sentó.

—No, gracias a Dios no se ha metido en ningún lío. Es ese maldito Reed. La está persiguiendo. Le dije que no se relacionara con él, pero es tan obstinada como...

—¿Como tú? —sugirió.

El sentido del humor de Simon regresó a tiempo, en forma de risa.

—Sí, como yo. Dios nos ampare —dijo, mientras tomaba asiento—. Deja que ese canalla la visite. No le contó a su madre que yo no quería que lo viera. La señora Emerson piensa que es un caballero maravilloso, como todas las idiotas de esta ciudad. ¿Cómo es posible que no se den cuenta de su verdadero carácter?

—Estoy segura de que algunas personas son conscientes de ello. Puede que también hayan sufrido alguna amarga experiencia al respecto, o que al igual que nos sucedió a ti y a mí hace ocho años no quieran que todo el mundo se entere de sus secretos.

—Es posible. Pero dime, ¿qué puedo hacer con Charity? Me ha prometido que no volverá a verlo. Sin embargo, sólo lo ha dicho por complacerme. Ni siquiera cree que sea un canalla.

—Debiste contarle la verdad.

—¿Y revelar lo que te ocurrió? Sé razonable, Venetia. No puedo traicionarte, ni siquiera en favor de mi prometida. Ojalá pudiera limitarse a confiar en mí.

—Estoy segura de que lo hará —dijo—. Dale tiempo. A fin de cuentas estáis comprometidos desde hace muy poco. Aún no te conoce.

—El noviazgo está resultando un verdadero infierno. ¿Por qué tenemos que esperar tanto? Ni siquiera sirve para conocernos mejor, porque apenas estamos a solas unos minutos. La única manera de llegar a conocer a una mujer, en estas circunstancias, es casarse con ella.

—¿Es ése el problema? —sonrió—. ¿Que no la ves tanto como querrías?

—Maldita sea, es mi prometida. No voy a arruinar su reputación sólo porque nos veamos diez minutos a solas.

—Bueno, en realidad no es algo tan estricto —bromeó—. Has podido bailar con ella más de dos veces sin causar ningún escándalo; y te has sentado a su lado y hasta has echado a algún joven con la audacia suficiente como para pedir un baile.

Simon sonrió.

—Oh, sí, maravilloso —suspiró—. Lo siento, Venetia. No debí venir a molestarte con mis problemas. Aunque en realidad no estoy aquí por eso.

—¿Entonces?

Simon se levantó y caminó hacia ella.

—He venido porque eres una hermana maravillosa. Vamos, despídete de mí. Me voy al campo a pasar unas semanas.

—Ah, ya veo.

—¿A qué te refieres?

—Estás tan desesperado que has decidido retirarte al parque de Deerfield para tranquilizarte un poco.

—Cierto. La tardanza en la boda me está volviendo loco.

—Bueno, la espera terminará.

—He conseguido que Lytton la reduzca a seis meses.

—No te preocupes. Seis meses pasan enseguida.

—Lo dudo.

—Espera y verás. Ya ha pasado casi un mes, y para cuando regreses del campo quedará muy poco. Los preparativos harán que el tiempo transcurra más deprisa.

Venetia lo cogió del brazo y lo acompañó a la puerta.

—Me temo que yo no tengo mucho que decir en el asunto de los preparativos.

—Cierto. Entonces, en el plan para la luna de miel.

Simon sonrió y pensó en la perspectiva de hacer un largo viaje en compañía de su prometida. Se aseguraría de que fuera adecuadamente largo, tal vez a Italia. Imaginó la escena, atravesando Europa en tren en un compartimento, escuchando el traqueteo de las ruedas y descansando juntos en la misma cama.

Cuando salieron al pasillo, mejor iluminado, Simon se detuvo y miró a su hermana.

—Has estado llorando.

—¿Tanto se nota? —preguntó.

Venetia se llevó las manos a la cara.

—Lo suficiente. Además, aún pueden verse los restos de las lágrimas en tus mejillas. Y pensar que te he afligido más con mis problemas... ¿Qué sucede, Venny?

—Nada. Has llegado en mal momento. Estoy algo triste, pero sin razón alguna.

—¿Sin razón? Te encierras en tu dormitorio con las cortinas echadas y lloras en soledad. No creo que estés diciendo la verdad.

Simon se dio la vuelta y la llevó al dormitorio. Acto seguido, cerró la puerta a sus espaldas.

—Muy bien. Dime qué sucede. Hace semanas que no eres la misma. Incluso yo lo he notado. Estás pálida y distraída, y siempre insistes en que no pasa nada. Estoy seguro de que George también lo habrá notado. ¿Has hablado con él?

—¿Con George? —preguntó, horrorizada—. No, por Dios, no podría.

—¿No podrías hablar con tu propio marido? ¿Ni con tu hermano?

—No puedo decírselo a nadie —exclamó.

Venetia empezó a llorar de nuevo.

—Lo siento, hermana. No llores. No puede ser tan malo.

Simon no sabía qué hacer. No pretendía entristecerla más.

Como única respuesta a sus palabras, Venetia empezó a llorar con más desesperación. El conde sacó su pañuelo blanco y se lo dio. Ella lo cogió, sollozando, y se secó los ojos.

—Ahora tranquilízate y dime qué sucede.

—No... no puedo.

—Por supuesto que puedes. Puedes contármelo todo. Soy tu hermano. ¿Es que hay alguien además de Lord Ashford?

Venetia lo miró con asombro.

—¿Estás preguntando que si tengo una aventura? ¡Simon! ¿Cómo puedes pensar eso de mí?

—Sabes muy bien que mi opinión de ti no puede ser más positiva. Pero sé razonable. Te estás comportando de forma tan extraña...

—¡Es Reed! —confesó, llorando de nuevo—. Oh, Simon, ¡no sé qué puedo hacer!

—¿Faraday Reed? —preguntó, entrecerrando los ojos—. ¿Qué te ha hecho? ¿Te ha estado molestando? ¿Se ha atrevido a tal cosa?

—Ha hecho algo mucho peor que molestarme. Ha amenazado con contar lo sucedido a George. Me obliga a pagarle grandes sumas de dinero a cambio de su silencio. ¡Y ahora quiere más! No sé qué hacer. Le he dado todo lo que tenía. Tendré que vender mis joyas, y no puedo hacerlo. Son regalos de George y de mi madre. ¡No puedo venderlas!

—¿Está extorsionándote? —preguntó, furioso—. ¡Ese maldito canalla! ¡Lo mataré!

Simon se dio la vuelta y caminó hacia la puerta.

—¡Simon! ¡Espera! No, por favor, no lo mates.

—Muy bien, no lo haré —aceptó, impaciente—. No merece la pena. Pero te aseguro que resolveré este asunto.

—¿Cómo? Simon, no quiero un escándalo. George no debe enterarse. Y no quiero que salgas herido.

—No te preocupes por mí. Ese imbécil no podría hacerme daño. No tiene carácter. Aún recuerda lo que sucedió la última vez, y no querrá repetir la experiencia.

—¡Pero se lo dirá a George!

—No lo hará. No sacaría nada con ello. Si lo hiciera, no conseguiría tu dinero y George lo destrozaría.

—¡Pero George me odiaría si llegara a enterarse! No puedo correr el riesgo.

—Lo dudo. George esta muy enamorado de ti. Lo ha estado siempre.

—Pero no conoce la verdad. Si la conociera, me odiaría.

—Te estoy diciendo que George no sabrá nada. Reed no se arriesgaría a contárselo. Sabe que yo intervendría, y es demasiado cobarde para enfrentarse a mí de forma directa.

Además, si alguien llegara a enterarse de lo sucedido, no sólo arruinaría tu reputación, sino también la suya. Ninguna dama decente querría recibirlo en su casa de nuevo. No, tiene demasiado que perder. En cuanto sepa que sé lo que sucede, dejará de amenazarte. Deja que me encargue de ello.

—¡Oh, Simon! Tienes razón. Debí contártelo antes. Pero no podía pensar; tenía tanto miedo...

El rostro de Venetia se iluminó. Había pasado días terribles, pensando que su marido se enteraría, que la odiaría y que todo el mundo le daría la espalda. Pero Simon, una vez más, corría a rescatarla. Debía confiar en él. Ya la había salvado de Reed en una ocasión y podía hacerlo de nuevo.

—Por supuesto, pero deja de preocuparte. Yo me encargaré, esta misma noche. No volverá a molestarte. Y si lo hace, escríbeme a Deerfield y volveré.

De forma impulsiva, Venetia se abalanzó sobre su hermano y lo abrazó.

—Eres el mejor de los hermanos.

Simon sonrió y cogió su barbilla con dos dedos.

—En tal caso, podrías hablar en mi favor con Charity. Cree que soy una especie de tirano.

—No lo creo —protestó.

Simon negó con la cabeza y la besó en la frente.

—No te preocupes —insistió—. Al menos, ha prometido que seguirá mi consejo, algo que no hizo en el pasado.

En aquella promesa había algo que hacía que se sintiera mucho mejor, aunque no sabía qué. No se trataba de que hubiera accedido a sus deseos. No quería que fuera una de esas mujeres que no actuaban sin el permiso de sus maridos. Le gustaban su independencia y su carácter, y hasta los encontraba excitantes. Pero había confiado en él, algo muy importante. No quería dejar de ver a aquel canalla y a pesar de todo había confiado en él.

Sentía una irrefrenable furia contra Faraday Reed, pero durante el camino consiguió tranquilizarse un poco. De lo contrario, habría entrado en el club de Pall Mall y lo habría atacado sin más, pero no quería dar un espectáculo, por mucho que le apeteciera. En lugar de eso avanzó por las elegantes habitaciones, mirando a derecha e izquierda y haciendo caso omiso de las miradas de curiosidad.

Al final lo encontró en una de las habitaciones para fumadores, charlando con otro hombre. Reed pareció notar su presencia, porque se dio la vuelta. Al verlo se puso en tensión, nervioso. Pero la presencia de más personas lo tranquilizó lo suficiente como para enfrentarse a él. Se cruzó de brazos y sonrió.

—Lord Dure —saludó, con una reverencia sarcástica—. Me alegro de verlo de nuevo. Esta tarde no tuvimos ocasión de hablar con más tranquilidad.

Simon saludó a sus acompañantes.

—Herrington... Me temo que tendrá que disculpar al señor Reed. Debemos tratar ciertos asuntos en privado.

—Por supuesto —dijo el otro hombre—. Reed...

Cuando el hombre se marchó, Faraday miró al conde y arqueó una ceja.

—No se puede negar que tiene don de gentes. ¿Sus modales son también tan encantadores con su prometida? No me extraña que la pobre prefiera mi compañía.

—Mi prometida no es asunto suyo —espetó.

—Cualquier dama joven y aburrida lo es —sonrió.

—Será mejor que se mantenga alejado de ella.

Reed suspiró.

—¿Nadie le ha dicho nunca lo aburrido que puede llegar a ser?

Simon sonrió entre dientes.

—Seré algo peor que aburrido si insiste en ver a la señorita Emerson.

—Amigo mío, por nada del mundo interferiría en el matrimonio de otro hombre.

—Lo conozco muy bien. Sé que aprovecharía cualquier oportunidad para vengarse. Pero no importa. Soy perfectamente capaz de cuidar de mí. Sin embargo, no permitiré que haga daño a mi futura esposa.

—No tengo ninguna intención —sonrió con fingida inocencia—. ¿Cómo podría herir a tan delicada criatura?

—Creo que sería perfectamente capaz. En cualquier caso, confío en que su instinto de supervivencia evitará que se arriesgue a algo tan peligroso.

—¿Quiere decir que estaría dispuesto a batirse en duelo por su prometida? Tal escándalo no haría ningún bien a la joven.

—Jamás me batiría con un gusano. Unos latigazos en su espalda serían más apropiados.

Reed se ruborizó y apretó los puños ante el insulto. Simon esperó, dispuesto a detener el golpe y machacarlo. Pero Reed se relajó enseguida y sonrió de forma forzada.

—No. No pienso morder su anzuelo. Hay otras formas de vérselas con usted, Lord Dure.

—Sí, sé que sus instintos son más sinuosos y pérfidos. Precisamente estoy aquí por eso. Mi hermana me lo ha contado todo. Y no recibirá ni un penique más.

—¿De verdad? ¿Cree que estaría dispuesta a enfrentarse al escarnio social?

—No sucederá tal cosa. Sé que no lo hará. Arruinaría la reputación de mi hermana, pero también la suya. Ni una sola de esas damas a las que tanto gusta volvería a dirigirle la palabra. Además, puedo asegurarle que ni Lord Ashford ni yo permaneceríamos con los brazos cruzados. Puede que Lord Ashford parezca un hombre plácido, pero es muy bueno con las pistolas. Y si no acabara con usted, lo haría yo. Creo que ya tuvo ocasión de comprobarlo.

Reed palideció. La camisa no le llegaba al cuello. Sabía que las personas que se encontraban en la habitación los estaban mirando, y no podía permitir que nadie notara el pánico que sentía. A duras penas, se las arregló para decir:

—Ninguno de los dos estaría dispuesto a pagar el precio de ese escándalo.

—¿Qué escándalo? Si ya hubiera arruinado la reputación de Venetia, ¿qué perderíamos con ello? Si revela lo que sucedió hace ocho años, tendrá que asumir las consecuencias.

—Todo esto es absurdo. No he amenazado a su hermana —dijo en tono más suave—, ni tenía intención de sacarle dinero. Sencillamente, malinterpretó una broma.

—Por supuesto —sonrió con ironía—. Entonces, sugiero que tenga más cuidado con sus bromas en el futuro.

Simon se dio la vuelta, en dirección a la salida. Pero antes de llegar, se giró y añadió, con tono seco y frío:

—Recuerde lo que acabo de decir, si aprecia en algo su vida.

Dicho aquello, se marchó.

Charity recordó la promesa que había hecho a su prometido y evitó a Faraday Reed al día siguiente. Parecía algo cruel, teniendo en cuenta que no había hecho nada para merecer tal trato, y se sentía culpable por ello. Pero debía hacerlo.

Dos días más tarde Venetia llegó a la casa de su tía Ermintrude, a una hora bastante temprana, y pidió hablar con Charity.

Charity corrió escaleras abajo hacia la salita que utilizaban por las mañanas, un lugar que frecuentaban las mujeres de la casa cuando no había visitas.

—¡Venetia! Cuánto me alegro de verte.

Venetia sonrió de forma forzada.

—Eres muy amable. Sé que es muy pronto, y debo disculparme. Pero tenía que hablar contigo antes de que recibieras a ningún invitado. Es muy importante que hable contigo a solas.

—¿Ocurre algo? —preguntó, preocupada.

Venetia estaba muy pálida, y había una extraña luz en sus ojos, tan parecidos a los de Simon.

—Sí. Bueno, no. No sé por dónde empezar. Charity, ¿puedo hablar abiertamente en este lugar?

Charity parpadeó, sorprendida. Parecía bastante serio.

—No estoy segura. Puede que aparezcan mi madre o la

tía Ermintrude, sobre todo si saben que estás aquí. Vayamos a la biblioteca. Nadie la usa nunca, y podemos echar el pestillo.

Venetia sonrió con más naturalidad, aunque seguía pálida mientras caminaban hacia la biblioteca.

Enseguida comprendió el motivo de que no utilizaran aquella habitación. Era una sala oscura, con muebles incómodos. Pero a Venetia no le importaba en absoluto su aspecto. Se sentó en el sofá de cuero, volvió a levantarse y caminó con nerviosismo, de un lado a otro, sin dejar de frotar sus manos. Charity estaba asombrada con su comportamiento.

Echó el pestillo, como había prometido y preguntó:

—¿Qué sucede? Pareces muy alterada.

—Esto no me resulta fácil. No habría venido de no ser porque... Bueno, Simon ha hecho muchas cosas por mí, y le debo al menos esto. El otro día, cuando vimos a ese individuo, supe que debía decírtelo, pero no pude. Y temo que puedas odiarme por ello.

—Venetia, ¿de qué estás hablando? ¿Cómo podría odiarte? Eres una mujer maravillosa, y una buena amiga.

—No tan buena. Al principio, no sabía que conocieras a Faraday Reed.

—El señor Reed —dijo, arqueando las cejas—. Bueno, lo conocí en la fiesta de Lady Rotterham. ¿Te ha pedido el conde que me pidas que deje de verlo?

—No. Simon no sabe que he venido a verte. No habría querido que lo hiciera, ni que te revelara la verdad. Como decía, no supe que lo conocías hasta el día que fuimos de compras. Debí decírtelo entonces, pero no tuve valor, y esperaba que Simon consiguiera convencerte para que dejaras de verlo. Entonces, mi hermano me dijo que Reed estaba interesado por ti.

Charity rió.

—No seas tonta, Venetia. El señor Reed es un hombre casado. No intenta seducirme. Ha sido un buen amigo. Pero de todas formas, prometí a Simon que no volvería a verlo. No era necesario que te lo dijera.

Charity se sintió algo indignada al saber que su prometido había contado la discusión que habían mantenido a Lady Ashford, como si no confiara en que mantendría su promesa. Venetia supo lo que estaba pensando en cuanto la miró, de modo que prosiguió con su explicación.

—Simon no me ha pedido que viniera. Debo insistir en ello. Bien al contrario, dijo que habías prometido no volver a verlo. Pero en cualquier caso debí decirte la verdad hace mucho tiempo. Esta situación ha creado un problema entre vosotros, y mereces conocer la razón por la que Simon pretende que dejes de relacionarte con él —el rostro de Venetia se endureció antes de proseguir—. Faraday Reed está intentando ganarse tu afecto. Créeme, su estado civil no significa nada para él. Intenta vengarse de mi hermano.

—Debes estar equivocada —dudó, sin comprender qué tenía Venetia que ver en todo aquello—. Resulta evidente que Lord Dure detesta al señor Reed, pero el señor Reed no ha dicho una sola palabra en su contra.

—Porque no hay nada sincero en él. Está jugando contigo. No eres más que un peón en una turbia venganza. El objeto que ha elegido para herir a mi hermano.

Venetia caminaba de un lado a otra. Un segundo más tarde, dio la vuelta, muy tensa, y siguió hablando.

—Simon no quiso contarte la razón de su odio por Reed porque habría implicado a otra persona. Y nunca me traicionaría. No en vano, es un hombre de honor.

—¡Traicionarte!

Charity sintió que sus piernas apenas la sostenían. Sospechaba que se había comportado como una perfecta estúpida todo el tiempo.

—Sí, traicionarme. Debo admitir que en mi juventud era bastante tonta —se ruborizó—. Faraday Reed me cortejaba. A Simon no le agradaba en absoluto, y me advirtió que no confiara en ese hombre. Su sexto sentido le decía que era un canalla. Pero yo estaba demasiado enamorada como para darme cuenta. Reed quería casarse conmigo, con la oposición de mi abuelo. No tenía dinero, y tanto él como mi hermano pensaban que sólo iba detrás de nuestra fortuna. Tenían razón, pero no los creí. Estaba tan furiosa y tan confundida, que dije cosas horribles a Simon y a mi abuelo, cosas de las que siempre me arrepentiré.

—No es necesario que sigas. Te creo. No volveré a hablar con el señor Reed, y le diré a mi madre que no lo reciba nunca más.

—No —la miró con firmeza—. Debo contártelo todo. Es el único modo de que comprendas que es un miserable, el único modo de que no vuelvas a creer en ninguna de sus mentiras. Así entenderás el odio de Simon, y el motivo por el que Reed quiere vengarse.

Venetia respiró profundamente antes de seguir.

—Reed me convenció para que huyéramos juntos, con la intención de casarnos en secreto. Dijo que mi abuelo no tendría más remedio que aceptar nuestras nupcias. Sólo me di cuenta de la estupidez que había cometido cuando ya nos encontrábamos en el carruaje que había de llevarnos lejos de allí. Iba a atraer la desgracia sobre mi familia, y me arrepentí. Lo que me había parecido un acto romántico era, en realidad, algo sórdido. Le dije a Reed que quería regresar, y él intentó convencerme de lo contrario. Pero yo insistí. Entonces, dijo que nos detendríamos en la siguiente posada para cambiar de caballos antes de emprender el camino de vuelta. Cuando lo hicimos, pidió una habitación para que comiéramos en privado y...

Venetia bajó la voz y apartó la mirada.

—Intentó seducirme —continuó—. Pero al ver que no obtenía lo que deseaba, me... forzó.

—Oh, Venetia... —acertó a decir—. Lo siento tanto... Qué horror.

De forma impulsiva, se acercó a ella y la cogió de la mano. Venetia sonrió.

—Gracias. Eres una chica maravillosa. Imagino que muchas personas se habrían escandalizado por mi comportamiento y habrían dicho que me estaba bien empleado.

—No, por supuesto que no. ¿Cómo podías saberlo?

—No todo el mundo tiene tan buen corazón como tú. En cualquier caso, entonces comprendí que tanto mi abuelo como Simon tenían razón al advertirme que sólo pretendía mi fortuna. Después de violarme intentó llevarme a una iglesia para casarse conmigo. Me dijo que no tenía más remedio después de lo que había sucedido. No sé qué habría hecho. Pero Simon apareció de repente. Nos siguió y me rescató.

Charity la miró con ojos brillantes.

—Gracias a Dios que te encontró.

—Sí. Estaba furioso. Empezó a golpear a Reed. No sé qué habría pasado de no haberlos separado unos hombres. Simon le rompió la nariz y lo dejó malherido. Faraday tardó varios meses en dar señales de vida. Simon no quiso echarlo de Londres, porque la gente habría adivinado que sucedía algo extraño. Reed no es ningún caballero. A pesar de todo, mi hermano dejó bien claro que si se le ocurría contar lo acaecido se encargaría personalmente de que no volvieran a recibirlo en ningún sitio. Faraday Reed no tuvo más remedio que obedecer. De lo contrario, no habría conseguido casarse con ninguna dama.

Charity se ruborizó al pensar en lo estúpida, ingenua y pacata que había sido al confiar en tamaña serpiente.

—No me extraña que Simon se enfureciera al verme con

él. Esto es horrible. Debí creerlo en un principio. Pero fui una estúpida. He cometido un tremendo error. Debe estar muy enfadado conmigo, después de todas las cosas que he dicho. Y pensar que lo tenía por un tirano... ¿Crees que me perdonará alguna vez?

—Por supuesto —sonrió con calidez—. Te perdonaría muchas cosas, aún peores. Te quiere mucho.

—¿De verdad?

Charity recordó las frías y calculadoras razones que estaban en la base de su futuro matrimonio. Pero también recordó sus apasionados besos, besos en los que no había frialdad alguna. Cabía la posibilidad de que su hermana tuviera razón. Quería algo más que una esposa apropiada.

—Por supuesto, querida. De lo contrario no estaría aquí. Nadie sabe lo que sucedió, ni siquiera mi esposo, George. No podía permitir que Reed se interpusiera en vuestra felicidad. Pretendía ganarse tu confianza para herir a Simon.

—Has sido muy valiente al decírmelo. Siento que hayas tenido que sufrir al recordar hechos tan penosos.

—Bueno, es agua pasada. Nadie lo supo nunca. Cuando Reed desapareció, tuve la oportunidad de descubrir lo maravilloso que era Lord Ashford. Lo amo con todo mi ser.

—No lo comprendo. ¿Por qué odia Reed a Simon? Yo diría que el único que tiene razones para vengarse es mi prometido.

—Porque Faraday Reed es un monstruo que sólo piensa en sí mismo —espetó—. Yo nunca le importé. Sólo quería mi dinero, y lo habría obtenido de llegar a desposarse conmigo. Es un hombre muy vanidoso, y Simon lo humilló. Me perdió y tardó mucho tiempo en encontrar más ingenuas que confiaran en él. Todos esos rumores que han corrido sobre Simon... Estoy segura de que los propagó él. No puedo demostrarlo, pero es así. Es un canalla.

—¿Cómo puede ser tan miserable?

—No lo sé, ni me importa. No comprendo cómo dejé que me engañara. Pero te prometo que no ha cambiado en absoluto. Sé que intentaba seducirte para humillar a Simon en público y destruir tu reputación. Que esté casado o no, poco importa para él.

—¿Pero cómo podía creer que iba a traicionar a mi prometido?

Su asombro era tan sincero e ingenuo que Venetia rió.

—No te conoce, y no conoce a Simon. Cree que puede acostarse con cualquier mujer. Pero en cualquier caso, de no conseguirlo, te habría forzado.

Charity se quedó sin habla.

—Lo hizo conmigo —recordó Venetia.

—Nunca imaginé que... Se ha comportado como un buen amigo. Jamás dijo nada contra Simon, y sin embargo se las arregló para que pareciera que mi prometido era un hombre poco razonable. Me contó que había discutido con él a causa de una cualquiera. Y sin embargo, se trataba de ti...

De repente, Charity dejó de hablar. Acaba de caer en la cuenta de algo terrible.

—¡Las notas!

—¿Qué notas?

—¿Cómo es posible que no me haya dado cuenta antes? Las notas que he estado recibiendo debió enviarlas el señor Reed.

—¿De qué estás hablando? ¿Qué notas son esas?

Charity le contó todo lo relativo a las maliciosas misivas.

—Y cada vez que recibía una —prosiguió—, Faraday Reed estaba cerca. Primero fue en el baile de Rotterham. Después, a través de un niño, en el parque. No me extraña que aquel chico pudiera encontrarme. No dudo que fue Reed, en persona, quien se lo dijo. Y la última vez apareció poco después de que encontrara otra nota en unas flores. Pregunté a los criados, pero todos negaron tener algo que ver. No me extraña. Pensarían que era una carta de amor de Reed, un caballero, y no querrían tener problemas con él.

—¿Dónde están esas notas? ¿Se las has enseñado a Simon?

—Por supuesto que no. No quería inquietarlo con tal nimiedad. Y tampoco quería que lo supieran mis padres, por temor de que empezaran a tener dudas sobre Simon. Mis hermanas se habrían aterrorizado. Se lo habrían contado a todo el mundo.

Venetia sonrió.

—Has sido encantadora al intentar protegerlo, pero debiste decírselo. Habría calmado tus dudas.

—No he dudado nunca de Simon. Sencillamente, no quería molestarlo. Además, el señor Reed se las arregló para estar siempre presente. Yo creía que sólo intentaba ayudarme, escuchándome. Tenía intención de asustarme, pero cuando se dio cuenta de que no me asustaría con tanta facilidad decidió sembrar la duda en mí. Hasta llegó a insinuar que tal vez las enviara un antiguo admirador. Utilizó el asunto de las notas para ganarse mi confianza. Debió reírse a sus anchas cuando le pedí que me ayudara a descubrir al culpable. Oh, cómo deseo ponerle las manos encima y decirle todo lo que pienso. Debería denunciarlo por lo que ha hecho. ¡El mundo entero debe saber el tipo de hombre que es!

—No puedes hacer tal cosa —dijo alarmada—. Sería escandaloso. No tienes ninguna prueba.

—No, tienes razón. Y obviamente no puedo revelar lo que me has contado. Supongo que tendré que mantener silencio. Le diré a mi madre que no vuelva a recibirlo en casa. No te preocupes, no diré nada. Bastará con que diga que lo pide Lord Dure.

Venetia sonrió.

—Gracias.

—¿Gracias? ¿Por qué? Soy yo la que debo estar agradecida. Has sido capaz de revelarme algo tan personal sólo para ayudarme.
—Te doy las gracias por seguir siendo mi amiga a pesar de mi cobardía inicial.
—¿Cómo pudiste creer, siquiera por un instante, que dejaría de serlo?
—Hay muchas personas que se negarían a recibirme en su casa si lo supieran.
—En este asunto no hay más culpable que Faraday Reed. Ser ingenua no es ningún pecado. El mundo sería un lugar mucho mejor si hubiera más personas como tú.

Los ojos de Venetia se llenaron de lágrimas.
—Gracias. Me alegro mucho de que vayas a casarte con mi hermano. Sé que lo harás feliz.

De forma impulsiva, la abrazó.
—Eso espero. Quiero hacerlo feliz.
—Lo conseguirás. Lo sé —sonrió.

Pocos minutos más tarde, Venetia se marchó. Charity se sentó, intentando asumir todo lo que había escuchado. Al pensar en lo que Reed había hecho y en lo que pretendía hacer, sintió una furia intensa. Entonces, sonrió para sus adentros. Faraday Reed pensaba que no era más que una joven de provincias, pacata y estúpida, pero en poco tiempo descubriría que se equivocaba por completo.

Charity evitó la compañía de Reed después de aquello. Se alejaba cada vez que él se acercaba, y si aparecía cuando estaba hablando con otras personas, se excusaba y se marchaba del lugar. En cuanto dijo a su madre que Lord Dure no quería que lo viesen, Caroline dio órdenes a la servidumbre para que le impidieran la entrada.

Ahora, cada vez que lo veía en alguna fiesta, notaba que

su sonrisa era falsa, al igual que su aparente cortesía. Y cuando comparaba su actitud y su presencia con el carisma de Simon, encontraba ridículo que pretendiera seducirla y apartarla de su prometido.

En realidad, pasaba los días pensando en Simon. Reed sólo era una molestia que aparecía de vez en cuando, en acontecimientos sociales. Echaba mucho de menos a Lord Dure.

Sin él, nada tenía sentido. Fiestas, comidas y celebraciones resultaban actos frívolos y aburridos. Recibió una carta del conde, bastante fría e impersonal; pero se alegró de que lo fuera, porque su madre las leía todas. Charity devolvió la misiva con una nota igualmente parca en sentimientos. No podía decirle por escrito lo mucho que lo echaba de menos, ni esperar que él lo hiciera. La moral victoriana lo impedía, y por otra parte tenía miedo de que la considerara demasiado atrevida. Cuanto más lo conocía, más comprendía que no quería mantener una relación distante con él. Deseaba mucho más. Y a pesar de lo dicho por Venetia, temía que sus sentimientos no fueran recíprocos.

Dos semanas después de que Dure se marchara, Charity asistió a una ópera en compañía de la tía Ermintrude y uno de sus ancianos amigos. Tanto su madre como sus hermanas se encontraban en un baile. Charity había declinado acompañarlas porque sólo deseaba bailar con su prometido. En realidad encontraba muy aburrida la ópera, pero era mejor que sentirse sola en una fiesta. El amigo de su tía, un militar retirado de bigotes blancos, ocupaba toda la atención de Ermintrude; gracias ello, era libre de dejar volar sus pensamientos.

Hacía una hora que había comenzado el espectáculo cuando oyó un golpecito en la puerta del palco. Charity miró a su tía y al General Popham, pero ninguno de los dos se había dado cuenta. Ermintrude miraba hacia otro palco, utilizando sus pequeños impertinentes, mientras susurraba algo a su acompañante; el militar encontró perfecta la ocasión para acercarse y susurrar algo a su oído, y la anciana rió encantada. De vez en cuando lo golpeaba suavemente con su abanico, coqueta. El proceso se había repetido varias veces, y Charity sospechaba que su tía miraba hacia los palcos sólo para tener la oportunidad de cuchichear con el general.

Como ninguno de los dos había escuchado la llamada, Charity se levantó de su asiento y abrió la puerta. En el exterior se encontraba el conde de Dure.

Charity se sorprendió tanto que tuvo que llevarse una mano a la boca para no gritar. Sin pensarlo dos veces, se abalanzó sobre él. Dure la abrazó y bajó la cabeza para poder aspirar el aroma de su cabello, suave y delicioso.

—Simon —susurró—. Oh, Simon, has vuelto. Me alegro tanto...

—¿Me has echado de menos? —preguntó, con voz algo nerviosa.

—Oh, sí, sí. Han sido las dos peores semanas de toda mi vida.

Charity alzó la mirada, y Simon no pudo evitar besarla.

El contacto de sus labios fue algo maravilloso para la joven. Se apretó contra él, deseando probar su sabor una vez más. Simon la besó entonces en la cara y en el cuello; fueron besos cortos y rápidos, como si quisiera sentir todo su cuerpo.

Al final prevaleció el buen juicio. Simon se dio cuenta de que darían un espectáculo si alguien aparecía en el amplio corredor. Aquel abrazo, en un lugar público, resultaba bastante impropio; y en cuanto a un beso, sería tomado como algo escandaloso. A regañadientes la soltó y dio un paso atrás. Pero no soltó sus manos.

Durante unos minutos se miraron, sonriendo.

—¿Por qué has vuelto tan pronto?

—Descubrí que no me encontraba mejor allí. No dejaba de pensar en ti. Con la diferencia de que en el campo no tenía la oportunidad de verte, ni de oír tu voz. Decidí, por tanto, que sería mejor sufrir la tortura de la espera en tu compañía. Al menos, no me aburriré.

Fueron las palabras que Charity esperaba. Una sonrisa cruzó su rostro. Simon besó su mano con suavidad, aunque deseaba ir mucho más lejos. Las dos semanas transcurridas en soledad habían supuesto un infierno que no podía describir con palabras. Sin embargo, habían servido para que fuera consciente de lo mucho que la necesitaba. La lejanía, contrariamente a lo que había supuesto, había incrementado también el deseo que sentía por la joven.

A pesar de todo intentaba convencerse de que no estaba enamorado, sino simplemente encaprichado sexualmente por una mujer interesante a cuyo lado pasaría una existencia divertida. Su presencia bastaba para alejar las sombras de su triste pasado. Quería poseerla, desposarla y hacerle el amor. En ocasiones, el deseo era tan grande que apenas podía controlarlo. La espera lo desesperaba, pero no verla había sido peor.

Charity lo acompañó al interior del palco y se sentaron al fondo. Ni la tía Ermintrude ni su acompañante se dieron cuenta. Simon cogió de la mano a su prometida y hablaron en voz baja.

—¿Cuándo has regresado? —preguntó ella, aunque en realidad sólo le preocupaba el contacto de su cuerpo.

—Hace poco tiempo. Fui a tu casa en cuanto llegué, pero un criado me dijo que habías salido a la ópera.

Charity sonrió. Aquello demostraba lo mucho que deseaba verla.

—¿Y qué hay de Lucky? ¿Le ha gustado su nueva casa?

—Oh, sí. En el campo puede correr a sus anchas. Persigue a las vacas y a las ovejas, se mete en las albercas y luego llena de barro los suelos encerados de la señora Channing.

Charity rió.

—Me alegro de que sea feliz allí.

Simon se revolvió en su asiento y se aclaró la garganta.

—Bueno, de hecho no está en Deerfield. Lo he traído a Londres.

—¡Sabía que no lo abandonarías! —apretó su mano.

La mirada de Charity fue tan intensa y alegre que el pulso del conde se aceleró.

—Es ese caso, sabías más que yo. Tenía intención de dejarlo, hasta hoy mismo. Parecía saber que iba a marcharme y no se separó de mí. Cuando subí al carruaje nos siguió corriendo y ladrando. A pesar de mis protestas se empeñó en seguirnos, y al final tuve que acceder —suspiró—. Mi servidumbre en Londres sufrió una terrible decepción al verlo de vuelta. No pude encontrar más excusa a mi comportamiento que una súbita pérdida de mi buen juicio.

Charity rió.

—¿Y qué has hecho tú mientras yo me las veía con ese chucho de dudoso nombre?

—Bueno, yo diría que tiene un nombre muy bonito. No podría tener más fortuna. De perro callejero, a acompañante de un conde.

—Tal vez tenga suerte, pero no puede decirse lo mismo de su dueño.

Charity contestó su pregunta original.

—Bueno, no te quejes. Yo no he hecho nada interesante, salvo asistir a aburridas galas. Y no he vuelto a ver al señor Reed desde que te marchaste.

Simon la miró y sonrió.

—Gracias.

—Al principio, lo evité. Luego vino Venetia y habló conmigo sobre lo que ocurrió en el pasado.

Simon arqueó las cejas.

—¿Eso hizo?

—Sí. Le preocupaba que pudiera romper la promesa que te hice. No quería que tuviéramos problemas por su culpa. Y me hizo comprender muchas cosas. Yo... No he sido completamente sincera contigo en ciertos asuntos.

Dure entrecerró los ojos.

—¿Qué quieres decir?

—Por favor, no te enfades.

Charity le contó lo relativo a las notas y a la actitud de Reed, pretendiendo pasarse por su amigo. Después, añadió:

—Lo siento. Sé que me he comportado con una estupidez imperdonable. Para ti habría sido evidente la autoría de las notas.

—Esa rata... Debí hacer algo más que amenazarlo el otro día.

—¿Lo amenazaste?

—Sí. Intentaba extorsionar a mi hermana con lo que sucedió.

—¿Quieres decir que pretendía conseguir dinero a su costa después de forzarla? —preguntó, sin salir de su asombro—. ¡Qué canalla!

—Me gustaría darle una buena lección. Tal vez debería visitarlo de nuevo. Parece creer que puede hacer lo que quiera conmigo y con los míos.

—No, por favor, no lo hagas. No serviría para nada, y todo el mundo dudaría de tus actos. Venetia está preocupada. Teme que puedas perder el control.

—Lo sé. Precisamente para evitar el escándalo preferí no actuar. Las habladurías empezarían de nuevo. Por otra parte, es demasiado inteligente para actuar de forma abierta, y resulta difícil encontrar pruebas para incriminarlo. Pero algún día irá demasiado lejos, y entonces me libraré de él. ¿Por qué no me contaste lo de las notas?

—No quería herirte.

—¿Pretendes decir que intentabas protegerme?

—En efecto. ¿Qué tiene de extraño? No quería que te hirieran. Pensé que no te gustaría conocer las mentiras que propagan sobre ti.

—¿Estás segura de que son mentiras?

—Por supuesto que sí. No matarías a nadie, y mucho menos a tres personas. Si fueras ese tipo de hombre, ya habrías matado a Reed.

—Eres una gran persona, leal y valiente —sonrió él—. Creo que hasta ahora nadie había intentado protegerme. Desde luego, ninguna mujer. Me siento... honrado.

—¿Honrado?

—Sí. Honrado de que me hayas escogido a mí para casarte, de que hayas demostrado tanta lealtad y coraje por mí. No sé si lo merezco.

—Yo lo juzgaré —sonrió.

Simon deseó encontrarse en otro lugar para poder besarla de forma apropiada. Sin embargo, hasta una acompañante nada estricta como Ermintrude habría considerado un atrevimiento algo similar. De modo que tuvo que contentarse con besar su mano y sentir su piel en los labios. No sabía cómo iba a sobrevivir los cuatro meses que faltaban hasta que pudiera acostarse con ella.

Charity miró alrededor de la sala de baile. Dure no se encontraba en lugar alguno. Pensaba ir al baile de los Bannerfield, pero aún no había llegado. Sabía que no tenía por costumbre llegar pronto a aquellos acontecimientos, pero deseaba tanto verlo que tenía la impresión de que habían pasado días desde la noche de la ópera.

Los balcones del salón estaban abiertos, pero a pesar de ello el ambiente estaba cargado y caluroso en el interior. Para empeorar las cosas, los nuevos zapatos que se había comprado le hacían daño en los pies. Faraday Reed estaba presente, y no había dejado de mirarla desde que entraron. Había conseguido evitarlo una y otra vez, pero le preocupaba lo que pudiera hacer y la reacción de Simon si llegaban a encontrarse.

Suspiró y miró hacia la terraza. Le apetecía salir y sentir el aire fresco de la noche, alejarse de la multitud.

Miró a su madre. Caroline estaba enfrascada en una conversación con la señora Greenbridge. Su hija se había casado dos meses atrás, y Caroline había encontrado una verdadera mina de información en su madre. Estaban hablando sobre vestidos de bodas. Charity miró de nuevo a su alrededor y vio que nadie la observaba. Rápidamente, caminó hacia el exterior; y después de varios saludos se encontró en la terraza.

Al sentir el aire fresco suspiró y se alejó un poco de los balcones para no tener que oír el ruido. Había una pareja hablando junto a la balaustrada. Ni siquiera repararon en ella, de manera que se alejó hacia el jardín. Había luna llena y la luz bañaba los alrededores. Un poco más adelante había una fuente, rodeada por macizos de flores, y un banco de piedra junto al camino. Se sentó, cerró los ojos y dejó que el sonido del agua la tranquilizara. Entonces, intentó recordar la voz, los ojos y la fuerza de los brazos de Simon.

De repente oyó un ruido en el camino y se sobresaltó. Un hombre se dirigía hacia ella. Para su desgracia, se trataba de Faraday Reed.

Se levantó y miró hacia la dirección opuesta. De haberla tomado se habría alejado aún más de la casa, y no dudaba que Reed podía capturarla sin problemas. De modo que se volvió y caminó hacia él, con actitud digna. Al llegar a su altura pasó de largo, pero Faraday tenía otros planes. Se interpuso en su camino y la detuvo.

—Charity, debe hablar conmigo.

—Apártese de mi camino, señor Reed. Quiero volver a la casa.

—No hasta que haya hablado conmigo. Dígame qué sucede. Me ha estado evitando durante dos semanas. Pensaba que éramos amigos. Pensé que confiaba en mí.

—Por desgracia, lo hice. Me comporté como una idiota. Pero ahora, por favor, déjeme pasar.

—¡No! —rugió Reed, cogiéndola de los brazos—. No hasta que me haya contado la razón de su actitud. ¿Por qué me niega la entrada en su casa y evita mi compañía? ¿Es por Dure? ¿Le ha dicho algo sobre mí? ¿Ha mentido de algún modo para ponerla en mi contra?

—No, no lo ha hecho. Lord Dure no mentiría. No es un canalla como usted. No dijo nada, salvo advertirme. No podía traicionar el honor de una dama. Fue Venetia quien me contó la verdad. Me dijo lo que había hecho.

—Venetia...

La plácida expresión de Reed se transformó en una mueca de crueldad. De repente parecía mayor y mucho más maligno.

—Maldita sea —dijo—. Obviamente quería ponerla en mi contra.

—No lo creo. Dudo que pueda comprender lo mucho que le costó contarme algo tan desagradable para ella. Al venir a mí demostró una nobleza y una valentía notables. Pero también me contó lo mucho que odia a su hermano por haber evitado sus maquinaciones. Me dijo que era el responsable de las habladurías que corren sobre Lord Dure. Y ahora me doy cuenta de que probablemente era usted, señor, la persona que me enviaba las notas.

Reed la miró con sorpresa, y Charity rió con ironía.

—No fue difícil descubrirlo —continuó—. Intentaba quebrar mi confianza en Dure, y al ver que no lo conseguía decidió ganarse mi amistad. Esperaba conseguir que confiara en usted, y utilizar esa confianza en contra del conde. Pues bien, puedo asegurarle que no habría servido de nada. No lo habría traicionado nunca. Ni habría hecho nada que pudiera deshonrarlo.

Reed sonrió con ojos brillantes.

—¿Eso cree? Estaba a punto de caramelo. No habría pasado mucho tiempo antes de que cayera en mis brazos.

Charity rió, sinceramente asombrada por su estúpida petulancia.

—¿Cree que me habría enamorado de usted? ¿Cree que habría traicionado a Simon? Por Dios, puede que lo creyera mi amigo, pero eso no significaba que sintiera nada romántico. ¿Cómo podría interesarme algo así, cuando estoy comprometida con Simon?

Su risa y su espontaneidad enfurecieron aún más a Reed. La sangre le subió a la cabeza y sus ojos brillaron como dos teas. La agarró con fuerza y la atrajo hacia él, inmovilizándola con un brazo. Después, introdujo una mano por el escote de su vestido y la detuvo sobre sus senos.

—De modo que no lo deshonraría —dijo—. Ya lo veremos. Ya veremos si milord sigue queriéndola como esposa cuando sepa que ha dejado de ser virgen. Cuando sepa que ha sido mía.

Charity se sorprendió tanto que durante unos segundos no supo qué decir, ni qué hacer. Reed se inclinó y la besó, salvajemente. Pero la joven estaba decidida a impedírselo. El contacto de sus manos y de sus labios la hacía sentirse sucia. Intentó resistirse y comenzó a golpearlo en el pecho con los dos puños. Sin embargo, era demasiado fuerte para ella, y no consiguió nada, salvo que riera. Esperaba que se rindiera en seguida, presa del pánico. La mayor parte de las damas lo habrían hecho. A fin de cuentas, tenía experiencia en el asunto. Pero Charity no era persona que se dejara intimidar. En su infancia había jugado muy a menudo con los chicos, y había aprendido dónde y cómo debía golpearse a un hombre.

No gritó. Lo último que deseaba era que todo el mundo saliera y la encontrara en brazos de Faraday Reed. Sería escandaloso, aunque consiguiera demostrar su inocencia, y humillaría a su futuro esposo. De manera que sólo podía hacer una cosa. Atacar.

Le pegó un puñetazo en el estómago, con todas sus fuerzas. Reed se encogió de dolor y la soltó. Charity aprovecho la oportunidad para golpearlo con la rodilla entre las piernas. Por desgracia, sus faldones y enaguas impidieron que el impacto fuera tan fuerte como preveía, pero en cualquier caso bastó para hacerlo tambalear. Acto seguido, cerró el puño y le pegó un puñetazo en la nariz, que le empezó a sangrar. Reed retrocedió, como un animal herido. Charity se dio la vuelta, agarró los faldones del vestido y se dirigió de vuelta a la casa.

En la terraza había dos hombres fumando, y la miraron con curiosidad al ver que se aproximaba, levantando más de lo normal sus faldas.

—¿Qué ha sido ese ruido? —preguntó uno de ellos.

Charity hizo un gesto negativo con la cabeza y pasó de largo. Dejó caer los faldones. No quería que nadie sospechara nada a causa de su actitud inapropiada. Entró en el salón y buscó con la mirada a su madre o a sus hermanas. Pero en lugar de eso encontró a un hombre que se encontraba en el extremo opuesto de la habitación.

—¡Simon!

Charity sintió un intenso alivio, y se dirigió hacia él.

Los ojos de Dure brillaron, y los duros rasgos de su cara se suavizaron de inmediato. Caminó hacia ella y extendió las manos. Pero Charity no se contentó con tan poca cosa. Lo abrazó, sin más.

—¿Charity? —preguntó él, asombrado—. Cariño, ¿te encuentras bien? ¿Ocurre algo?

En aquel momento se oyó un murmullo. Simon levantó la cabeza esperando que todo el mundo los estuviera mirando, pero no fue así. Bien al contrario, los asistentes a la fiesta miraban con asombro hacia uno de los balcones. Faraday Reed entraba en aquel instante. Sus ropas estaban manchadas, tenía el pelo revuelto, y apretaba un pañuelo contra la nariz, manchado de sangre.

En aquel instante, Simon comprendió lo sucedido.

—¿Te ha atacado? —preguntó, furioso—. ¿Se ha atrevido a ponerte encima sus repugnantes garras?

—¿Qué? ¿Cómo lo sabes?

Charity dio un paso atrás, asombrada, y miró hacia el lugar donde se encontraba Faraday.

—Mataré a ese hijo de perra —gruñó.

—¡No! Simon, ¡espera! —rogó, agarrándolo del brazo—. Por favor, no hagas nada. No ha pasado nada. Estoy bien, de verdad. Por favor...

Pero Simon no prestó atención. Se libró y caminó hacia Faraday. Cuando Reed observó que se dirigía hacia él, abrió los ojos de golpe, alarmado. Dio la vuelta para salir corriendo de la casa, pero el conde fue demasiado rápido. Lo alcanzó, lo cogió del brazo, lo obligó a girar y le pegó un fuerte puñetazo en la mandíbula.

Reed cayó al suelo. Simon se inclinó, lo cogió por las solapas y lo levantó.

—¡Maldito seas! —exclamó, dispuesto a golpearlo de nuevo.

—¡No! —gritó Charity—. Simon, no lo hagas. ¡Estamos rodeados de gente!

Su prometida intentó impedir que continuara

—Déjame, Charity. Voy a destrozar a este canalla.

—No —rogó encarecidamente—. No importa. No ha pasado nada. Conseguí librarme de él.

Sin embargo, sus palabras sólo sirvieron para enfurecer más al conde. Sus ojos brillaron con rabia incontrolada, apartó a Charity de su lado y dijo:

—¡Te mataré!

Fueron necesarios tres hombres para evitar que cumpliera su promesa. Un cuarto se encargó de levantar a Reed, que estaba mareado por el golpe recibido. Varias mujeres gritaron ante la visión de la sangre y se abanicaron con histerismo. Incluso una fingió un desmayo aprovechando que un caballero iba a sostenerla en su caída. Pero Charity no prestó atención.

—Por favor, Simon, no ha pasado nada —insistió.

Nunca lo había visto tan enfadado. Su furia casi asustaba.

—Si vuelves a tocarla, te mataré —repitió Simon, que de

inmediato se dirigió a su prometida–. ¿Estás bien? ¿Te ha hecho daño?

–No, no, estoy bien, de verdad –intentó sonreír–. Por favor, Simon, ¿podrías llevarme a casa?

Simon respiró profundamente.

–Por supuesto. Lo siento.

Se arregló un poco la chaqueta y le ofreció un brazo.

–¿Nos vamos? –preguntó–. Encuentro bastante aburrida esta fiesta.

–Tienes razón –rió ella.

Charity lo cogió del brazo y juntos abandonaron la habitación. La multitud se apartaba a su paso y los miraba con curiosidad. Ambos sabían que al día siguiente se sabría lo sucedido en todo Londres. Los Bannerfield habían conseguido más notoriedad de la que esperaban.

Simon mantuvo su rostro pétreo hasta que salieron a la calle y subieron a su carruaje.

–¿Te encuentras bien? –preguntó él, preocupado–. Te aseguro que me encargaré de que ese perro no vuelva a molestarte.

–No, prométeme que no harás nada.

Charity lo cogió de la mano con ansiedad. Los duelos eran ilegales desde hacía años, y sabía que nadie se había batido en mucho tiempo. Pero Simon estaba tan alterado que era capaz de retar a su enemigo.

–¿Cómo? ¿Crees que puedo permanecer con los brazos cruzados?

–No, claro que no. Pero no quiero que acabes en la cárcel.

–Merecería la pena si me librara de él. De todas formas, no pensaba llegar tan lejos. Lo conozco. La posibilidad de un duelo haría que saliera corriendo del país a toda prisa.

–Oh.

–¿Qué ha pasado esta noche? ¿Qué te ha hecho?

—Me siguió al jardín —explicó con un suspiro—. Lo sé, no lo digas. Debí actuar con más inteligencia. Pero tenía calor y estaba cansada de intentar evitarlo. Pensé que si salía no podría encontrarme.

—Pero te encontró.

—Sí, y lo siento. Una vez más, me he comportado con notable estupidez.

Simon se inclinó sobre ella y apartó un mechón de pelo de su cara.

—Querida mía, no te culpo a ti, de modo que no son necesarias las disculpas. Sólo quiero saber qué hizo.

—En realidad, no mucho. Quería saber por qué lo evitaba, de modo que le conté la verdad y dije que de todas formas nunca me habría interesado por él. ¡Creía que podría seducirme! Entonces me agarró por sorpresa. No esperaba un ataque parecido. De lo contrario, me habría resistido con más ahínco. Pero me aferró y me besó.

—¡Cómo se atreve! Debí destrozarlo cuando tuve la oportunidad.

—No pasa nada. Ya me encargué de él. La sorpresa me inmovilizó durante unos segundos, pero reaccioné enseguida y le di un puñetazo en el estómago. Aquello sirvió para desorientarlo, de modo que aproveché para golpearlo con la rodilla en... bueno, en un lugar muy doloroso.

Simon la miró con asombro.

—Siempre te las arreglas para sorprenderme con una habilidad nueva —sonrió—. De modo que le diste una buena lección. Por Dios, me habría gustado verlo.

—Después, le pegué en la nariz.

—¿Cómo?

—En la nariz —contestó, haciendo un gesto con la mano—. Así. Creo que se la he roto. Sangraba mucho.

—¡Le has roto la nariz! —rió—. El cielo me ayude. Me voy a casar con una boxeadora —sin dejar de reír, la abrazó—.

Nunca dejas de asombrarme. ¡Le has roto la nariz! Si se llega a saber, Reed será el hazmerreír de Londres. Yo no lo habría hecho mejor. Ah, Charity, creo que mi vida nunca será aburrida contigo.

Le acarició el pelo. Charity dejó escapar un gemido mientras se apretaba contra él. Le encantaba sentir el calor de sus brazos y de su cuerpo.

—Me alegra que hayas regresado —murmuró ella.

—Yo también me alegro. Ojalá pudiéramos casarnos ahora mismo. Mañana mismo. No quiero esperar.

El conde acarició su rostro, su cuello y sus hombros. Después, bajó por sus brazos y volvió a subir.

—Ni yo —confesó ella.

Estaba encantada con sus caricias. Lo miró. Sus ojos brillaban y respiraba más deprisa de lo normal. Sin poder evitarlo, acarició su mejilla, caliente. Simon apartó su mano y la besó.

—No me tientes —murmuró.

Sin embargo, dejó caer una mano hasta la altura de sus senos, por el interior del vestido.

Charity respiró profundamente al sentir los dedos sobre su piel desnuda y cerró los ojos. Simon se inclinó y la besó donde pudo, una y otra vez, sin dejar de acariciarla; su tensión fue incrementándose, y la joven notó que estaba llegando a un punto en el que no podría contenerse. Entonces empujó hacia arriba, y con suavidad, uno de sus senos, librándolo del vestido. Acto seguido volvió a inclinarse y lo lamió con la lengua. Simon sonrió y comenzó a succionarlo con suprema delicadeza. Charity gimió, y su gemido excitó más a su acompañante, que le levantó las faldas para poder tocar sus piernas.

Al sentir su mano se sobresaltó, pero enseguida se relajó. Lentamente los dedos del conde ascendieron por sus muslos hasta llegar a sus caderas. Charity se estremeció, excitada e insegura. Nunca se había sentido de aquel modo, ni siquiera cuando se besaban. La asaltaban multitud de emociones salvajes y poderosas que desconocía, y la acariciaba de forma tan dulce e íntima que sus fuerzas la habían abandonado.

Los dedos de Simon no se detuvieron hasta llegar a su entrepierna. Charity dejó escapar un pequeño grito, pero no impidió que la acariciara. Parecía imposible que estuviera tocándola en aquel lugar, y sabía que debía sentirse avergonzada por ello. Sin embargo, no sentía vergüenza alguna, sino una extraña alegría y una irrefrenable necesidad de apretarse contra su mano.

—Charity —dijo él—. Te deseo... Pero debo detenerme.

—No, por favor...

Simon rió y apartó la mano.

—Tengo que hacerlo. Ya he ido demasiado lejos para ser un caballero. Eres tan hermosa... Lo siento.

—No te disculpes —sonrió—. Me gusta mucho lo que has hecho.

El conde la miró durante unos segundos y dijo:

—Eres divina.

Charity rió ante lo extravagante del cumplido. El carruaje se detuvo entonces. Simon suspiró y apartó un poco la cortina para ver lo que sucedía.

—Maldita sea. Ya hemos llegado a tu casa.

La joven suspiró, se arregló un poco el vestido e hizo lo propio con su cabello para parecer presentable al entrar en la mansión.

—Milord, hemos llegado a la casa de Lady Bankweell —dijo el cochero.

—Gracias, Botkins —dijo el conde, con más irritación de lo normal—. Ya lo sé.

Simon abrió la puerta y ayudó a Charity a bajar. Su prometida lo cogió del brazo y caminaron hacia la entrada de la casa con tanta formalidad como si el viaje hubiera sido normal y corriente. Pero Charity agradeció la oscuridad. Gracias a ella, nadie podía notar el rubor de su rostro, ni el brillo de sus ojos.

Cuando el criado abrió, Simon se despidió de ella con una ligera inclinación de cabeza sobre su mano, sin llegar a besarla.

—Buenas noches, querida señorita Emerson. Espero que duerma bien —dijo, adoptando nuevamente el tratamiento cortés.

—Buenas noches, milord. Le deseo una noche igualmente tranquila.

—Temo que no sea posible —declaró.

Charity rió. Comprendía demasiado bien el significado de sus palabras.

—Lo sé. A mí me sucederá algo parecido. Siempre sucede después de tantas... emociones.

Simon se alejó hacia el carruaje y su prometida lo observó antes de subir a su habitación. El resto de su familia no llegaría hasta más tarde, y se alegró de tener tiempo para estar a solas, tumbada en la cama y soñando con Simon.

Al día siguiente, Charity despertó de buen humor, feliz por los besos y caricias que habían compartido. El desayuno y la mañana transcurrieron en una ensoñación permanente; esperaba verlo de nuevo aquella noche, porque había prometido que las acompañaría a sus hermanas y a ella a la fiesta de Lady Symington.

Su madre insistió en que pasaran la tarde devolviendo varias visitas, de modo que la acompañó a una especie de pequeña gira por el barrio de Mayfair.

A última hora de la tarde llegaron a la elegante mansión de la prima de Caroline, Lady Atherton. Era la hija de un duque, y tan aristocrática que incluso su madre la encontraba aburrida, a pesar de lo cual la visitaba de vez en cuando. El tema de conversación preferido por Lady Atherton, y la mayor de sus preocupaciones, era la pureza de sangre. Podía hablar sobre ello durante horas. Conocía las genealogías de su familia directa y de la lejana, pero también las de los nobles importantes. E «importante» quería decir, para ella, que tuvieran un título heredado durante más de cinco generaciones.

Caroline y Charity estuvieron charlando con ella y con Marian Bellancamp, cuyo marido era diputado en el parlamento. También se encontraba presente una amiga de Lady Atherton, cuya única ocupación en la vida era mostrarse de acuerdo con ella en todo lo que dijera. Unos minutos más tarde apareció Araminta Bishop, que también quería verla, y que entró bastante acalorada. Cuando vio que Charity y su madre se encontraban presentes, las miró con asombro. Era una reconocida cotilla, y se alegraba de tener más audiencia de la que esperaba.

—Siéntate, Aramintia —invitó Lady Atherton—. ¿Qué tal estás?

—Muy bien. Eres muy amable al preocuparte por mi salud.

Lady Atherton asintió. La señora Bishop saludó a todas las presentes y se detuvo un instante, como si quisiera crear expectación.

—Bueno, Araminta, dinos. Parece evidente que quieres contar algo.

—Oh, acabo de enterarme de algo terrible. Es difícil de creer, pero Deidre Cardhingham acaba de contármelo, y nunca miente —se detuvo un momento antes de continuar—. Faraday Reed ha muerto —sentenció.

Todo el mundo la miró, sin saber qué decir. La señora Bishop asintió con vehemencia, como si alguien la hubiera contradicho.

—Es cierto. Su criado lo encontró esta mañana, en el suelo de su despacho.

—Pero si lo vi anoche mismo —dijo la señora Bellancamp—. Y tenía buen aspecto.

—No ha sido una muerte natural. Lo han asesinado.

—¡Asesinado! —exclamó Caroline, atónita.

Lady Atherton y las otras mujeres se miraron entre sí, incrédulas.

Charity palideció y sintió un extraño vacío en el estómago. Pensó en la furia a duras penas contenida de su prometido y se preguntó si habría sido capaz de hacer una cosa así.

—¿Cómo? ¿Qué ha sucedido? —se atrevió a preguntar.

—Un disparo. Entre los ojos.

—Dios mío —dijo Lady Atherton—. ¿Fue un ladrón?

—Nadie lo sabe, pero el señor Reed tenía muchos enemigos —señaló mirando a Charity con una expresión muy significativa.

—¿Estás insinuando que lo maté yo? —preguntó Charity, indignada.

—Oh, no, en absoluto. Yo...

Lady Atherton la interrumpió para decir:

—Por supuesto que no, Charity, no seas tonta. Eres una Stanhope.

—Cierto —dijo su acompañante y amiga—. Los Stanhope nunca harían...

—He oído que el señor Reed y Lord Dure se pelearon anoche —dijo la señora Bishop.

Charity la miró con irritación.

—Lord Dure estaba defendiendo mi honor. El señor Reed actuó de forma impropia en un caballero.

—Oh, Dios mío —dijo Caroline.

Su madre estaba cada vez más pálida.

—Dios mío —dijo Lady Atherton—. Sería un escándalo de la mayor magnitud.

—Desde luego —dijo su acompañante.
—Ningún Stanhope puede relacionarse con un...

Charity se levantó de golpe y se enfrentó a la prima de su madre.

—¡Simon es inocente!

—¡Charity! —exclamó su madre—. No es necesario que pierdas tus modales. Discúlpate ante Lady Atherton.

—Estaba insinuando que Lord Dure ha matado al señor Reed. Y no pienso permitirlo, sea quien sea.

—Lo siento, prima Beatriz —se disculpó Caroline—. Estoy segura de que Charity no pretendía ser grosera. La noticia la ha afectado.

—Todas estamos afectadas por lo sucedido —intervino Marian Bellancamp, en tono conciliador.

—Lord Dure no ha matado a nadie, ni siquiera al señor Reed, que sin duda lo merecía —insistió la joven—. Madre, estoy segura de que no puedes creer que lo ha hecho él.

—No, claro que no —dijo Caroline, sin convicción—. E igualmente, estoy segura de que Lady Atherton no pretendía insinuar nada parecido. A fin de cuentas los Westport son una buena familia. Si no me equivoco, su título data de la Guerra de las Rosas.

—Cierto —dijo Lady Atherton.

—En efecto —asintió su acompañante—. Una buena familia. Aunque no pueden compararse con los Stanhope, claro está.

—Oh, Evie, basta —se quejó Lady Atherton.

—Oh, lo siento. Tengo tendencia a...

La señora Bishop, ajena a cualquier sensibilidad, continuó hablando.

—Sin embargo, he oído que Lord Dure y el señor Reed mantuvieron una pelea muy subida de tono.

Charity entrecerró los ojos dispuesta a saltar, pero su madre le pegó una fuerte patada en la pierna para que no lo hiciera. Caroline sólo pretendía que no cayera en la trampa. Bishop era una cotilla, e intentaba que respondiera a sus acusaciones de algún modo para poder cotillear aún más. Por otra parte, el conde de Dure no necesitaba que nadie lo defendiera.

Caroline sonrió de forma condescendiente.

—Estoy segura de que lo sucedido nada tiene que ver con la muerte del señor Reed. No dudo que se tratará de algún ladrón, como ha sugerido Lady Atherton. Los condes no tienen por costumbre ir pegando tiros a la gente. Y estoy igualmente segura de que el señor Reed tenía muchos enemigos.

La madre de Charity recordó a propósito el título de Lord Dure, a sabiendas de que la familia Bishop carecía de él. Y consiguió su propósito, porque la mujer se ruborizó.

—¿Sí? —preguntó.

—Sí. He oído muchas cosas sobre él desde que llegué a Londres. Al principio lo recibí en mi casa, como si no supiera nada. Pero más tarde decidí que no era apropiado, teniendo en cuenta que todas mis hijas son jóvenes y solteras. Me imagino que también habrá oído muchas historias sobre el difunto señor Reed.

La señora Bishop no dijo nada. La mujer deseaba desesperadamente saber lo que Caroline había oído, pero no podía admitir en público que aun siendo una cotilla no conocía las escandalosas historias que se contaban sobre Reed.

Su orgullo salió victorioso, al fin.

—Por supuesto, por supuesto. Sin embargo, siempre era bien recibido en todas partes.

Caroline se encogió de hombros, como si no comprendiera a las personas que no vivían con un código moral tan estricto como el suyo.

—Debo admitir que soy muy cuidadosa en lo tocante a la reputación de mis hijas —declaró.

A pesar de su enfado, Charity estuvo a punto de reír ante el modo en que su madre había tratado a la señora Bishop.

Poco tiempo después, se marcharon de la casa de Lady Atherton. No hablaron mucho durante el camino de vuelta. Ambas estaban demasiado sorprendidas por las noticias. Charity encontraba difícil de creer que Reed hubiera muerto. Hasta entonces, no había tenido que enfrentarse a la muerte de alguien conocido, o al menos de alguien joven, de una persona con la que había bailado y charlado. Le parecía imposible. Apenas habían transcurrido unas horas, y sin embargo ya no existía. Por mucho que lo odiara, o por enfadada que estuviera con él, no le deseaba la muerte a nadie.

Obviamente, no tomó en consideración la posibilidad de que el causante de su muerte hubiera sido Simon. Era absurdo, ridículo. Nadie podía ser tan estúpido como para creer algo así.

Las noticias inquietaron mucho al resto de su familia. Elspeth se desmayó y Belinda y Horatia las acosaron con montones de preguntas, la mayor parte de las cuales no podían contestar. Incluso la apacible y tranquila Serena se alteró.

Cuando Simon llegó para acompañarlas a la fiesta, Charity corrió hacia las escaleras para encontrarse con él y dijo:

—Oh, Simon, ¿has oído lo del asesinato? ¿Sabes algo más?

Simon se encogió de hombros.

—Sólo sé lo que me ha dicho el agente de Scotland Yard.

—¡Scotland Yard!

Charity se estremeció al oírlo. Aquello significaba que la policía había hablado con él.

—¿Te han visitado? ¿Por qué? —preguntó.

—Supongo que para hacerme preguntas. Varias personas han sido muy amables al decir a la policía que anoche mantuve una disputa con él.

—No sospecharán de ti...
—Al parecer, sí —dijo con ironía.
—¡No es posible! Reed tenía enemigos. Era un canalla.
—En efecto —declaró—. Por desgracia, imagino que pocos de ellos poseerían un pañuelo con las iniciales de la casa de Dure bordadas.

Charity se quedó mirando a su prometido, incapaz de hablar.

—¿Qué quieres decir? —preguntó al fin.

—Han encontrado un pañuelo mío en el suelo, junto a su cuerpo.

—No puedes hablar en serio. Seguro que es una broma.

—Eso me gustaría.

Charity se llevó una mano a la frente. El mundo daba vueltas a su alrededor.

—Pero ¿cómo? ¿Cómo pudo llegar hasta allí un pañuelo tuyo?

—Ah, Charity, eres una joya. ¿De verdad confías tanto en mí?

—¿Quieres decir que podría sospechar que tú mataste a Faraday Reed? —lo miró con incredulidad—. Claro que no. Tú no matarías a nadie, ni siquiera a él. De hecho, si no lo mataste hace años por lo que hizo a tu hermana, no sé por qué podría darte por matarlo ahora.

—Anoche lo ataqué porque intentó violarte. Según varios de los presentes, también lo amenacé, aunque estaba tan furioso que supongo que pude decir cualquier cosa.

—No sé qué dirías, pero siempre se dicen esas cosas en los momentos de enfado. He deseado a Belinda las muertes más horribles, pero nunca lo dije en serio. Además, cualquiera que te conozca sabrá que si mataras a un hombre lo harías abiertamente, llevado por la furia, en vez de pegarle un tiro en su casa varias horas después. Además, no habrías sido tan estúpido como para dejarte un pañuelo.

Simon sonrió débilmente.

—Gracias, querida. Me gustaría que el policía de Scotland Yard confiara en mí tanto como tú. Él opina que estaba tan nervioso que probablemente me detuve a enjugarme el sudor de la frente y después dejé caer el pañuelo por accidente en vez de metérmelo en el bolsillo.

—Menuda estupidez. Me gustaría vérmelas con ese individuo. ¿Están seguros de que el pañuelo es tuyo?

—Es indudable. Me lo enseñaron, y no puede ser de otra persona.

—Entonces alguien lo puso ahí. Alguien intenta hacer que parezca que tú fuiste el asesino.

—Eso me temo.

—Pero ¿por qué? ¿Quien podría odiarte tanto?

—La única persona que se me ocurre es Faraday Reed —suspiró—. Es posible que el asesino no me odie. Puede que le dé igual, o que no le caiga muy bien. Su principal motivo podría ser echarme la culpa para que nadie sospechara de él. Todo el mundo sabe que mi enemistad con Reed era muy antigua, y después del altercado que tuvimos anoche... Sin duda le parecería la ocasión perfecta.

—Sí, pero ¿de dónde pudo sacar un pañuelo tuyo?

Simon negó con la cabeza y apartó la mirada. No podía dejar de pensar, tal y como le había pasado delante del detective, en el pañuelo que había prestado a Venetia un par de semanas atrás, cuando se puso a llorar al contarle que Reed la chantajeaba. Desechó la idea, sintiéndose culpable. Era imposible que Venetia pudiera matar a nadie, ni siquiera a Reed, y en caso de que lo llegar a hacer, jamás intentaría inculpar a otra persona; mucho menos a su propio hermano.

—Ése es el problema. Nadie podría tenerlo a no ser que lo hubiera robado de mi cómoda.

Charity meditó durante un momento.

—También es posible que hubieras visitado a una persona en su casa de campo, por ejemplo, y que te dejaras un pañuelo. También se te pudo caer del bolsillo en un baile, o en la ópera, o prácticamente en cualquier sitio.

Simon frunció el ceño.

—Es posible, pero no me parece muy probable. Me habría dado cuenta de que había perdido el pañuelo, que tampoco es algo muy fácil. Y mi ayuda de cámara es tan quisquilloso que dudo que se le hubiera olvidado recoger algo después de alojarnos en casa de alguien.

—Tal vez no, pero es posible. Si una persona estaba tan desesperada como para cometer un asesinato, el hecho de meterse en tu casa para robar un pañuelo le parecería una nimiedad. También es posible que sobornara a uno de tus criados.

—Ya los he interrogado a todos, y no saben nada.

—¿Qué crees? ¿Que te lo confesarían? Considerando lo que se ha hecho con el pañuelo, dudo mucho que el culpable pueda estar deseoso de confesar su culpa.

—En eso tienes razón —suspiró—. El caso es que no sé qué hacer para demostrar mi inocencia.

—¿Está convencido el detective de que fuiste tú?

—No estoy seguro. Tengo la impresión de que todavía no se atreve a acusarme abiertamente, porque considera que las pruebas no son definitivas.

—Pues no sé cómo va a conseguir más pruebas. Supongo que tardará poco en dejar tu pista. Debe haber personas más sospechosas que tú.

—Espero que tengas razón. Pero me temo que el escándalo es inevitable.

Charity se encogió de hombros.

—Supongo que durante una temporada. Pero no creo que nadie llegue a pensar en serio que mataste a Reed. Pronto se les olvidará, en cuanto aparezca el verdadero culpable.

Pero incluso el optimismo de Charity se vio nublado en la fiesta a la que asistieron aquella noche. Cuando entraron cogidos del brazo, seguidos por Serena, un murmullo recorrió la sala. Parecía que todo el mundo se volvía para mirarlos. Se hizo un prolongado silencio, y de repente todo el mundo se volvió a concentrar en sus acompañantes y el murmullo generalizado fue ensordecedor.

Charity tensó los dedos sobre el brazo de Simon, pero no dejó de sonreír mientras avanzaban. Saludó a toda la gente que conocía, y aunque nadie se mostró descortés con ella ni con su hermana, los asistentes rehuían a Simon. Nadie tuvo el valor suficiente para decirle nada a la cara, pero Charity oyó los susurros que se extendían a su alrededor a medida que avanzaban.

Al parecer, la gente la compadecía. Todos parecían estar convencidos de que Simon era el principal sospechoso, y se preguntaban cómo se habría atrevido a presentarse en público.

Charity se dio cuenta, con cierta sorpresa, de que la sociedad ya había juzgado y condenado a Simon por el asesinato de Reed. Se sintió furiosa por los cotilleos. No obstante, no podía hacer gran cosa por evitarlo, puesto que nadie se lo decía directamente. Simon se fue poniendo cada vez más tenso a medida que avanzaba la velada, y cuando las llevó a Serena y a ella de vuelta a casa, parecía francamente incómodo.

A lo largo de los días siguientes las habladurías se fueron incrementando. Charity esperaba que la gente se olvidase del tema, que se dieran cuenta de que Simon no podía haber cometido un asesinato. Pero casi todos sus visitantes y la gente que se encontraban en las reuniones parecían dispuestos a discutir el último cotilleo con Charity y su familia. Ella defendía a Simon, indignada, hasta el punto de que en una ocasión, tomando el té con Emma Scogill, se levantó furiosa cuando la otra mujer dijo que no pasaría mucho tiempo antes de que Lord Dure fuera detenido, acusado de asesinato.

—No tiene ni idea de cuál es la verdad —gritó Charity, con los ojos centelleantes—. Repite lo que oye, adornándolo con invenciones de su propia cosecha. Cualquiera que la oyese pensaría que Faraday Reed era un santo y el conde de Dure un monstruo. Pero el monstruo era Faraday Reed, y Lord Dure no lo mató.

Dicho aquello, salió de allí y volvió a su casa tan rápido como pudo, dejando a su madre boquiabierta.

Después, su madre la reprendió por su falta de cortesía, de modo que Charity se obligó a quedarse sentada, sin hablar, mientras recibían visitas al día siguiente. Se sintió aliviada cuando un criado entró para decirle que su padre quería verla. Fue rápidamente al estudio, preguntándose si su padre sabría lo oportuna que había sido su intervención. Llamó a la puerta y entró. Sonrió encantada al ver que el conde de Dure estaba con él.

—Qué sorpresa más agradable.

Los dos hombres estaban sentados. Simon tenía la vista clavada en el suelo y su padre parecía concentrado en un cuadro. Los dos se pusieron en pie y se volvieron para recibirla. Al ver sus expresiones tensas se dio cuenta de que el ambiente no era el mejor posible.

Flaqueó al pasar la vista del rostro grave de su padre al semblante inexpresivo de Simon. Cerró la puerta y se quedó mirándolos, con las manos entrelazadas.

—¿Qué ocurre? —preguntó.

—Charity, querida, siéntate, por favor —dijo Lytton, con una voz seria muy poco propia de él.

Charity se acercó al sillón más cercano y se sentó en el borde, sin dejar de mirar incómoda a los dos hombres. Su padre volvió a tomar asiento tras su escritorio, pero Simon permaneció de pie.

—Lord Dure ha venido a verme por un tema bastante importante, que por supuesto tiene que ver contigo, y por eso te he mandado llamar. Dígaselo, Dure.

El rostro de Simon seguía inexpresivo, aunque sus ojos brillaban y su cuerpo estaba tenso. Tenía las manos entrelazadas en la espalda.

—He dicho a su padre que la libero de la obligación que contrajo conmigo.

Charity se quedó mirándolo, incapaz de comprender lo que decía.

—¿Qué obligación?

—No le pediré que cumpla su promesa.

—¿La de casarme contigo? —lo miró con los ojos muy abiertos, palideciendo—. ¿Quieres decir que estás rompiendo nuestro compromiso?

—No es eso. Te doy la oportunidad de que tú lo hagas. No te pediré que cumplas tu promesa.

—Pero yo no quiero romper el compromiso —dijo perpleja—. ¿Qué ocurre? ¿Qué significa esto?

—Lord Dure se comporta como un caballero —le dijo su padre con tristeza—. Ahora su nombre está unido al escándalo, y es justo que te permita romper el compromiso.

—¿Por lo del asesinato? ¿Quiere decir que rompe nuestro compromiso porque la gente rumorea que mató a Faraday Reed?

El padre de Charity asintió.

—¡Qué tontería! —se levantó indignada—. Sé que él no

mató a ese... a ese... cerdo. Estoy segura de que tú tampoco crees eso, papá.

—No —contestó Lytton rápidamente—. Pero Lord Dure tiene razón. Ahora está mancillado por los rumores. Si te casaras con él serías presa del escándalo. Él no desea que eso ocurra, y yo tampoco.

—No querrás decir que has aceptado su oferta. ¿Le has permitido...?

Lytton asintió.

—Tenía que pensar en tu bien, querida. No sería bueno para ti ser el blanco de las habladurías al comienzo de tu matrimonio. Tu buen nombre se vería arrastrado por el barro.

—Pero descubrirán al culpable. Todo el mundo se dará cuenta de que se equivocaba, de que Simon no lo hizo.

Simon negó con la cabeza.

—Es probable que nunca lleguen a descubrirlo. Tienen pruebas contra mí, de modo que no creo que sigan investigando. Ya te dije que el inspector de Scotland Yard cree que fui yo.

—Pero el pañuelo no es una prueba. ¿Cómo pueden demostrar que fuiste tú? No pueden detenerte.

—Tal vez no. Pero el hecho de que no me detengan no parará los cotilleos, los murmullos. ¿Quieres enfrentarte siempre a lo que ocurrió en la recepción del otro día? ¿Quieres que todo el mundo se calle y te mire cuando entres en una habitación? Y por añadidura, siempre saldrá algún alma caritativa que te informe sobre las injusticias que dicen sobre ti.

—Lo sé perfectamente, pero no me importa. Ayer Emma Scogill se puso a decir tonterías, pero la corté. Puedo hacer lo mismo con todos los demás.

Simon negó con la cabeza.

—Ya me he enterado. Eres como un terrier. Nunca evalúas el tamaño de tu oponente antes de enfrentarte a él. Estoy seguro de que me defendiste. Eres muy leal. Pero no te quiero pedir eso. ¿Qué ocurrirá si me llevan a juicio? Piénsalo. ¿Que sentirías si los vendedores de periódicos vocearan por la calle que tu marido es un asesino? No puedo permitir que tengas que soportar eso.

—¿Tú? ¿Qué es lo que tienes que permitir tú? ¿Es que entre los dos cancelais el matrimonio sin que yo tenga que decir nada?

—Es un asunto entre caballeros —dijo Dure.

—Entonces tal vez deberías haberte comprometido a casarte con mi padre, porque yo no soy ningún caballero —espetó Charity.

—¡Charity, por favor! Lord Dure me pidió permiso para casarse contigo y yo se lo di —dijo Lytton con una firmeza desacostumbrada—. Ahora le retiro el permiso. Esta semana enviaremos el anuncio a los periódicos.

Charity se quedó mirando a su padre, demasiado aturdida para hablar. No recordaba cuándo había sido la última vez que no había logrado convencer a su padre de algo. Pero ahora que el tema era importante se había vuelto intransigente. Respiró profundamente.

—¿Qué hay del deshonor en que caerá tu nombre cuando yo rompa mi compromiso? ¿No es también un escándalo? Creía que los Emerson no rompían nunca su palabra.

—Todo el mundo lo entenderá. Las circunstancias son excepcionales.

—¿Así que está bien incumplir una promesa cuando las circunstancias son excepcionales? Muy bien. ¿Alguna otra excusa para comportarse de forma poco honorable?

—¡Charity, no sabes lo que dices!

—Claro que lo sé. ¿No te das cuenta de que para Simon sería peor que yo rompiera mi compromiso con él? Todo el mundo diría que debe ser culpable si los Emerson se niegan a asociarse con él. Pensarán que hasta su prometida lo cree culpable. Y no es así. Yo creo en él, y quiero que todo el mundo lo sepa. Me niego a romper mi compromiso. Quiero casarme con él.

Miró a Simon, que tenía el dolor reflejado en el rostro. Se acercó a él.

—¿Eres tú quien no quiere casarse conmigo? —preguntó en voz baja—. ¿Es una forma fácil de librarte de un matrimonio que te das cuenta de que ya no deseas?

—Esto no me resulta nada fácil.

—Entonces, ¿sigues deseando casarte conmigo?

—Por supuesto, más que nunca.

—Entonces, hazlo —extendió los brazos—. Soy tuya.

Se hizo un tenso silencio, y por un momento Charity pensó que Simon la tomaría entre sus brazos. Pero entonces se volvió rápidamente para mirar por la ventana.

Charity se quedó mirándolo con los ojos llenos de lágrimas. Quería ponerse a llorar y salir corriendo de allí, pero no estaba dispuesta a darse por vencida. Se secó los ojos con el dorso de la mano y se enderezó.

—Así que vas a huír como un cobarde.

—No es una huida —respondió Dure entre dientes.

—No, claro que no —intervino Lytton—. No deberías decir esas cosas, Charity.

—¿Ni siquiera cuando son ciertas? ¿Qué voy a decir de él, salvo que es un cobarde? Yo estoy dispuesta a luchar por él, por nuestro matrimonio. Pero Simon no lo está. No quiere enfrentarse conmigo a las acusaciones. Ni siquiera me permite que lo haga yo. Nunca pensé que vería el día en que Lord Dure rompiera su palabra.

—No estoy... —Simon empezó a caminar hacia ella, pero se contuvo—. No estoy rompiendo mi palabra. No voy a hacerlo. Deberías conocerme mejor.

—Creía conocerte mejor —contestó Charity con frialdad, mirándolo fijamente a los ojos—. No pensé que fueras uno de esos hombres que se dedican a jugar con las chicas, rompiéndoles el corazón.

—¡Charity! —exclamó su padre—. Lo siento mucho, Lord Dure. Mi hija tiende a montar escenas con mucha facilidad.

—Lord Dure sabe que no me gusta montar escenas —dijo mirándolo desafiante—. También sabe que no me engaña con sus subterfugios. Se ha cansado de mí, y aprovecha esta oportunidad para romper su compromiso.

—Por favor, Charity, deja de decir tonterías. Sabes que eso no es cierto.

—¿No? ¿Y cómo quieres que lo sepa? Lo único que sé es que quieres librarte de mí. Que no eres bastante hombre para casarte conmigo cuando hay un escándalo. Soy más valiente que tú.

El rostro de Dure estaba lívido. Charity pensó que estallaría en un ataque de cólera. Era lo que esperaba. Suponía que si se dejaba llevar por las emociones olvidaría sus argumentos racionales.

Pero el conde apretó la mandíbula y dio un paso atrás, apartando la vista.

—Emerson, ¿le importaría que Charity y yo habláramos a solas?

Lytton los miró con incomodidad.

—Sí, por favor, padre —dijo Charity.

—Le prometo que no le haré daño, a pesar de que me encantaría retorcer su precioso cuello.

—No sé qué diría Caroline...

—No te preocupes, papá. A fin de cuentas, Lord Dure y yo aún estamos prometidos, aunque sólo sea durante un momento. No creo que mamá tenga objeciones.

Su padre volvió a mirarlos a los dos y suspiró.

—Muy bien. Si me necesitas estaré en el pasillo.

Se quedaron mirándolo mientras salía de la habitación. En cuanto cerró la puerta, Charity se volvió hacia Simon, con las manos en las caderas.

Simon se quedó mirándola durante largo rato.

—No te pongas así —dijo al fin—. No hay más remedio.

—¿Por qué? No tiene por qué ser así.

—No estoy dispuesto a arrastrarte por el barro conmigo —dijo, entrelazando las manos a la espalda para no tocar a Charity—. No puedo permitir que te conviertas en la esposa de un sospechoso de asesinato.

—¿Quién te has creído que eres para decidir por mí? ¿Qué hay de lo que yo desee?

—Lo hago por tu bien. ¿Crees que esto es lo que yo deseo? Si fuera egoísta me casaría contigo sin prestar atención a los rumores.

—Y eso es lo que yo voy a hacer. No entiendo dónde está el problema.

—¿No te das cuenta de lo que esto significa, de lo que supondría para ti y para nuestros hijos? No te puedo pedir eso.

—Tú no me pides nada. Yo lo exijo.

—No sabes de qué hablas. No tienes ni idea de las consecuencias. Aún eres una niña, y tu padre y yo debemos considerar qué es mejor para ti.

—Hace unas semanas, en el jardín, no pareciste considerarme una niña cuando me besaste y me acariciaste. De hecho, parecías deseoso de tomarme como mujer.

—Dios mío —gimió—, ¿tienes que recordarme todos los errores que he cometido? No debí tomarme tantas libertades contigo.

—Pero te las tomaste, ¿no es así? Me tocaste como un caballero no tocaría a una dama —aprovechó rápidamente su debilidad para acercarse a él—. Me besaste.

De forma involuntaria, Simon miró su boca.

—Me desabrochaste el vestido y pasaste la mano por dentro —prosiguió Charity.

Los ojos de Simon bajaron a sus senos.

—Me acariciaste —insistió Charity.

—¡Basta! No debí comportarme así. Sabes que fue por eso por lo que me fui al campo.

—A mí no me pareció inapropiado, puesto que íbamos a casarnos —suspiró—. Pero ahora... ¿Cómo podré casarme cuando ya hay otro hombre que conoce mi cuerpo?

Simon la miró con los ojos entrecerrados.

—Deja de actuar, Charity. Sé que sólo dices eso para manipularme. Normalmente no te cuesta ningún trabajo, pero esta vez no transigiré. El asunto es demasiado importante. Te casarás con otro hombre, aunque yo te haya besado y acariciado. No tiene por qué enterarse. Tu virginidad sigue intacta.

Se hizo un largo silencio. A Charity no se le ocurrían más argumentos que esgrimir para hacer que Simon cambiara de idea. De repente se sintió impotente, y su corazón empezó a destrozarse.

—Entonces estás decidido a no casarte conmigo.

—No puedo. Charity, por favor, no me mires así. Lo hago por tu bien.

—Es lo que siempre dice la gente para excusarse por hacer daño a alguien.

Se esforzó por contener las lágrimas que amenazaban con salir. No estaba dispuesta a permitir que Simon la viera llorar. Alzó la cabeza y lo miró con frialdad.

—No quiero hacerte daño —dijo Simon—. Yo soy el que vivirá en el infierno durante el resto de su vida.

Se volvió y empezó a marcharse, pero se detuvo a mitad de camino. De repente volvió junto a ella y la abrazó, besándola con avidez.

Charity se puso de puntillas para devolverle el beso con

la misma pasión, aferrándose a él como si así pudiera retenerlo. Pero Simon dio un paso atrás. Cuando Charity intentó abrazarlo de nuevo, él la sujetó por los hombros.
—No. Adiós, Charity.
—Por favor, Simon...
—Tengo que hacerlo. Es la única solución.
Se apartó y caminó hacia la puerta. Charity se quedó mirándolo, incapaz de creer lo que acababa de ocurrir. Se dejó caer en un sofá, se acurrucó en él y empezó a llorar.

Lytton Emerson entró en la habitación unos minutos después. Los sollozos de Charity habían cesado, y miró a su padre con los ojos llenos de lágrimas.

—¿Cómo has podido permitir que haga algo así? —le preguntó con tono acusador.

Su padre se acercó a ella, abatido.

—Tranquilízate, Charity, por Dios. No había otro remedio. Más adelante te darás cuenta.

—No me daré cuenta de nada —gritó Charity—. Estoy enamorada de él.

Su padre y ella se quedaron mirándose. Él estaba casi tan sorprendido como ella. Pero en cuanto pronunció aquellas palabras, Charity se dio cuenta de lo ciertas que eran. Estaba enamorada de Simon. No se lo había propuesto; tenía intención de atenerse a su matrimonio sin amor. Pero de algún modo se había convertido en algo muy distinto. A lo largo de las últimas semanas se había enamorado perdidamente, desesperadamente, de Simon. Y ahora él cancelaba su boda.

Se puso en pie con determinación. Amaba a Simon y no estaba dispuesta a permitir que la dejara de lado. Tal vez él no la amara a ella, pero sabía que la deseaba, que unos días antes había estado intentando convencer a su madre para que adelantaran la fecha de la boda. Estaba segura de que no había roto el compromiso porque no deseara casarse con ella, sino que lo hacía guiado por su sentido del honor, tal y como había dicho, para ahorrarle el dolor y la humillación. Pero Charity no estaba dispuesta a permitírselo.

Las estrategias que había seguido aquella tarde habían fallado. No había conseguido nada ateniéndose a razones, apelando a su culpa ni cuestionándose su valentía. Sencillamente, tendría que encontrar otro método que funcionase. Había trazado un plan y lo había seguido para conseguir la felicidad de Serena, y no estaba dispuesta a hacer menos por sí misma.

Miró a su padre, que seguía mirándola, abatido. Sabía que Lytton no le prestaría ninguna ayuda. Estaba de acuerdo con Simon, y a pesar de que no deseaba su infelicidad, creía estar haciendo lo adecuado. Aunque su madre aún no sabía nada, Charity estaba segura de que también se mostraría de acuerdo con ellos. No podía recurrir a nadie. Serena le prestaría su apoyo, pero no le serviría de gran ayuda. Por tanto, tenía que arreglárselas sola para cambiar la situación.

—¿Qué piensas, Charity? —preguntó su padre, cauto.

—Nada —respondió distraída—. Creo que me voy a retirar, si me disculpas.

—Por supuesto —intentó detenerla cuando pasaba a su lado—. Charity...

—¿Sí?

Lytton dejó caer la mano y suspiró.

—Nada. Lo siento. Sólo quiero que recuerdes que pensaba en ti.

—Ya lo sé, padre. Pero yo también tengo que pensar en mí.

Corrió a la habitación que compartía con Serena y se tumbó en su cama para pensar. Su cerebro trabajaba incansable, intentando elaborar un plan para hacer que Simon cambiara de idea. No le serviría de nada la razón, puesto que Simon había tomado una decisión y su obstinación le impediría cambiarla. Además, había aprendido que una vez que una persona decidía hacer lo que consideraba correcto para otra, no había forma de disuadirla. Jugueteó con un par de planes que eran demasiado complicados y fantásticos para funcionar. No sabía qué más intentar. Sólo podía usar trucos o la razón, puesto que no podía obligarlo a hacerlo.

De repente se enderezó, con los ojos brillantes, cuando el plan perfecto tomó forma en su cabeza. Se puso en pie y empezó a recorrer la habitación. Se encendió una llama en su interior. Podría funcionar.

Otras personas dirían que era una locura. Su plan era tan descabellado que el hecho de que se hubiera metido en casa de Dure para ofrecerse a cambio de su hermana parecía normal y decente en comparación. Toda su familia se escandalizaría si lo hacía, y estaba segura de que llegarían a enterarse. Con aquel plan lo arriesgaba todo. Si no funcionaba, estaría perdida para siempre. Pero tenía que hacerlo. El riesgo merecía la pena, si con ello podía conseguir casarse con Simon.

Se dispuso a prepararse para la velada. Se bañó e inspeccionó su guardarropa en busca del vestido perfecto. Al final se decidió por un vestido de baile de satén, de color blanco perla. Las mangas cortas y el profundo escote mostraban a la perfección sus hombros y su blanco pecho, y el corsé haría que sus senos se alzaran sobre el borde del vestido. La amplia falda, plisada por la parte trasera, reduciría su cintura a la nada. Sonrió al pensar en la cara que pondría Simon cuando la viera.

Se lavó el pelo con jabón perfumado y pasó un largo rato cepillándoselo junto al fuego para que se secara y rizándoselo. Después, Serena la ayudó a peinarse de modo que su cabello formara una cascada de rizos brillantes como el oro sobre un hombro. Le puso un ramillete de azahar detrás de la oreja, donde empezaban los rizos, y la ayudó a abrocharse los innumerables botones del vestido.

Charity se pellizcó las mejillas y apretó los labios para devolver el color a su rostro, y por último se examinó detenidamente frente al espejo.

—Estás guapísima —le aseguró Serena, abrazándola con cuidado de no estropearle el peinado—. Eres muy valiente por ir esta noche al baile. Creo que yo no sería capaz de hacerlo.

—Tengo que hacerlo —contestó Charity, que se sentía culpable por engañar a su hermana—. Pero no estoy segura de ser capaz.

—Lo siento —Serena dio un paso atrás y cogió las manos de su hermana—. Me quedaré contigo todo el tiempo. Ni siquiera bailaré.

Charity sintió que unas lágrimas se formaban en sus ojos, aunque más por la culpa que sentía por la amabilidad de su hermana en contraste con sus mentiras que por la tristeza. Estaba demasiado concentrada en su plan como para preocuparse.

—Eres demasiado buena conmigo —le dijo con sinceridad.

A cada momento que pasaba se sentía más tensa, de modo que cuando bajó junto a Serena para unirse a sus padres era cierto que estaba tan alterada que no podía acompañarlos. Sus familiares miraron su lívido rostro y la creyeron.

—Tal vez sea mejor que te quedes aquí —dijo Caroline con un suspiro.— Aunque estás tan guapa que es una pena que nadie vaya a verte. Tenemos que volver a pensar en tu futuro.

—No se lo direis a nadie esta noche, ¿verdad?
—Por supuesto que no. Lo anunciaremos públicamente dentro de unos días, pero no tenemos intención de hablar sobre el tema. Ya he soportado bastantes preguntas vulgares sobre tu vida últimamente. A veces no entiendo qué ha pasado con la buena educación. La gente tiene la manía de preguntar a los demás sobre su vida personal —suspiró—. En fin, sube a tu habitación y túmbate. Estoy segura de que te sentirás mejor dentro de un rato.
—Gracias, madre.
—Me quedo contigo —ofreció Serena—. ¿Te apetece tener compañía? Podemos charlar.
Charity se sintió alarmada.
—¡No! Es muy amable por tu parte, pero sólo quiero irme a la cama a dormir, y no quiero que te pierdas el baile. Tengo entendido que las fiestas de la condesa de Ackland son siempre espectaculares.
—Es cierto. No tiene sentido que te quedes en casa, Serena —decretó Caroline—. Además, las cosas han cambiado ahora que Charity no está prometida. Es posible que no puedas desperdiciar tu vida casándote con un hombre que está en la ruina.
Serena palideció al oír las palabras de su madre, pero no dijo nada. Miró angustiada a Charity y siguió a sus padres a la puerta. Charity se volvió y subió a su habitación, donde escribió una nota a toda prisa. La dobló, escribió en ella el nombre de su hermana y la dejó sobre su cama. Después volvió a bajar sin hacer ruido.
No había nadie a la vista. Sin duda, los criados se habían retirado a sus aposentos o a la cocina, ya que creían que toda la familia había salido.
Se puso una capa y se tapó el rostro con la capucha. A continuación salió en silencio por la puerta. Caminó unos metros y paró un coche. El cochero la miró con extrañeza,

pero Charity hizo caso omiso a su expresión y subió al vehículo.

—A la mansión de Lord Dure, por favor.

Simon se sirvió una generosa copa de coñac. Se la llevó a los labios, inhalando su aroma. Esperaba que el alcohol lo ayudara a llenar el vacío que sentía en su interior. Pensó que estaría bien emborracharse hasta el punto de no recordar nada de lo ocurrido durante el día.

Bebió un trago, dejando que el licor le quemara la boca y la garganta. Era un desperdicio, puesto que cualquier bebida alcohólica le habría servido. Se sentó tras su mesa y volvió a beber.

De repente oyó unas voces en el vestíbulo. Frunció el ceño y pensó en levantarse a ver qué ocurría, pero se dejó llevar por la apatía. Chaney se podría encargar del problema.

Se abrió la puerta de su estudio, y Simon alzó la vista, dispuesto a descargar su mal humor contra el pobre criado que hubiera desobedecido sus órdenes de no importunarlo. Pero se quedó helado.

Charity estaba en el umbral. Llevaba una capa, con la capucha subida. Simon no daba crédito a sus ojos.

—Lo siento, milord —Chaney apareció en la puerta, tras ella—. Le he dicho que no quería recibir visitas...

—Es cierto —confirmó Charity, entrando en el estudio y bajándose la capucha—. Yo asumo toda la responsabilidad.

Estaba tan guapa que el corazón de Simon se encogió. Sus ojos azules eran enormes, y su piel brillaba bajo la luz de la tarde. Su pelo dorado, adornado sólo por un ramillete de flores blancas, caía en una cascada de tirabuzones sobre uno de sus hombros.

Se puso en pie.

—De acuerdo, Chaney. Yo me encargaré de esto.
—Muy bien, milord.
El mayordomo se despidió con una reverencia y salió, cerrando la puerta.

Durante largo rato, Charity y Simon se quedaron mirándose. Charity, que había ido allí impulsada por la cólera y la determinación, sentía de repente que sus fuerzas la habían abandonado. Simon se había quitado la chaqueta y la corbata, y llevaba desabrochados los dos botones superiores de la camisa. Nunca lo había visto vestido de forma tan despreocupada. La escena resultaba tan íntima que sintió un nudo en la garganta.

—¿Qué haces aquí? No deberías haber venido.

Charity alzó el rostro con un gesto de obstinación que Simon conocía muy bien.

—Deja que yo decida qué es lo que debo hacer. Mi padre y tú os creéis con derecho a manejar mi vida, pero tengo una sorpresa para vosotros. Soy capaz de tomar decisiones.

Empezó a quitarse los guantes.

—Te voy a enviar de vuelta a tu casa inmediatamente.

—¿De verdad?

Lo miró alzando una ceja, sin dejar de quitarse los guantes. Él se acercó y Charity le entregó los guantes como si se tratara de un criado. Después se volvió y se quitó la capa con naturalidad.

—Puedes sentarte, Simon. Antes de marcharme de aquí pienso decirte lo que he venido a decir.

—No hay nada más que decir.

Apretó fuertemente los guantes. Eran de piel muy suave, y estaban impregnados del olor de Charity.

Ella se volvió, bajándose la capa, y reveló su vestido de baile blanco. Estaba tan guapa y tentadora que le provocaba una excitación incontenible.

—Creo que sí —respondió, mirándolo a los ojos—. Es posible que mi padre y tú hayáis decidido romper el compromiso, pero yo no estoy de acuerdo. Sigo dispuesta a ser tu esposa.

Empezó a caminar hacia él, contoneándose de forma seductora. Simon no pudo evitar contemplar su escote.

—No digas tonterías. Vuelve a ponerte la capa y los guantes y te llevaré a casa.

—No. No quiero ir a casa.

—Por favor, para —dijo a duras penas—. Tu reputación se echará a perder si alguien descubre que visitaste mi casa por la noche.

—Ya lo sé —sonrió con dulzura—. Por eso no quiero irme.

Se detuvo a unos centímetros de Simon. Puso las manos en su pecho y fue subiendo lentamente hasta rodearle el cuello. Podía sentir su calor a través de la camisa.

—Sin duda, cometiste un error cuando accediste a casarte conmigo en vez de con Serena —dijo Charity con suavidad—. Creo que ya te dije que siempre consigo lo que quiero. Ahora me temo que tendrás que cargar conmigo.

Se puso de puntillas y lo besó en los labios. Simon se apartó.

—Por favor, Charity, estás jugando con fuego.

—Ya lo sé —contestó, mientras le besaba el cuello.

Un escalofrío recorrió el cuerpo de Simon. Levantó con las manos el rostro de Charity y la miró a los ojos. Después se inclinó para besarla.

Su boca quemaba como el fuego. La besó con ansia y necesidad, como si el tiempo se hubiera detenido. Se dijo que sólo la besaría una vez, para poder recordar el momento. Pero el sabor de su boca era demasiado dulce, y su respuesta era demasiado deliciosa. No podía apartarse después de un solo beso. Volvió a besarla una y otra vez.

Al final consiguió separarse de ella.

—¡No, por favor, Charity! Me estás matando. Sería un canalla si te tomara ahora. No puedo hacerlo. Pero tampoco soporto esto. Tienes que marcharte.

Charity negó con la cabeza lentamente, con una sonrisa sensual en los labios. Sabía el deseo que sentía Simon, y aquello le daba ánimos. Empezó a quitarse las horquillas, y su pelo cayó, libre. Dejó la flores a un lado y se pasó los dedos por los mechones.

Simon miró su sedoso cabello, que se deslizaba entre sus dedos. El deseo que sentía era insoportable. Quería hundir las manos en aquel pelo, sentir su suavidad, hundir el rostro y aspirar su sensual aroma. Tuvo que cerrar los puños para no acariciarla.

Charity sacudió la cabeza, y su pelo cayó, libre, hasta la cintura. Después se llevó los dedos al botón superior del vestido. Temblando ligeramente, sacó el botón nacarado de su ojal. Los ojos de Simon se agrandaron. Charity pasó al siguiente botón, y al siguiente, hasta que el vestido cayó exponiendo sus senos, cubiertos sólo por la fina camisa.

Simon tragó saliva, incapaz de moverse, incapaz de hablar. Sólo podía mirarla anonadado. La camisa estaba rematada por un encaje que apenas ocultaba sus senos. Parecían invitar a tocarlos. Un estremecimiento lo recorrió cuando se preguntó cómo responderían a su contacto, a sus labios, a su lengua.

—Charity —susurró—, por favor...

Los dedos de Charity se detuvieron, a la altura de la cintura.

—¿Qué ocurre? —preguntó con suavidad—. ¿No te gusta?

—Sabes que no es eso. Me estás volviendo loco.

Charity siguió desabrochándose el vestido.

—Entonces debes dejar que acabe, para que te pueda liberar de tu locura.

—No, Charity, por favor, tienes que detenerte. No sé si seré capaz de resistirme, si sigues así.
—No quiero que te resistas.

Dejó caer el vestido al suelo, y se quedó frente a él en ropa interior.

18

Charity fue desabrochando, uno a uno, los lazos del corsé, hasta que al final se quedó vestida sólo con los pololos y la camisa. Se sentía muy cohibida, pero no se ocultó a la ávida mirada de Simon.

Él contempló lentamente su torso, bajó por la cintura y llegó a sus piernas. Era la primera vez que le veía las piernas, aunque estuvieran cubiertas con la fina capa de algodón. Sabía que estaba a punto de perder el control. Debía marcharse de allí. Sólo así podría evitar hacerla suya. Pero no era capaz de apartar la vista de su cuerpo. No podía volverse.

Charity se llevó la mano al lazo de su camisa. Tiró, y el nudo de raso azul se deshizo. La prenda cayó, llegando casi hasta sus pezones. Después fue desabrochando, uno a uno, los lacitos laterales. La prenda se abría cada vez más. Charity se dispuso a quitársela, y Simon contuvo la respiración.

De repente Charity se detuvo.

—No, espera. Será mejor que lo hagas tú.

Simon negó con la cabeza, pero no pudo evitar dar un paso hacia ella, como si lo empujara algo más fuerte que él. Se detuvo a unos centímetros de ella, y con un esfuerzo sobrehumano, logró resistirse al deseo de bajarle la fina camisa. Charity cogió sus manos y se las llevó al estómago. El contacto de su piel lo estremeció. Charity lo miró con el rostro lleno de deseo. Tenía los labios entreabiertos, y respiraba con agitación. Sus mejillas estaban sonrojadas. Aquello incrementó su excitación más aún.

Ahora Charity lo tenía sujeto por las muñecas, y guiaba sus manos por debajo de su camisa. Simon empezó a temblar. Cuando rozó sus senos con los dedos, todas sus inhibiciones se desvanecieron. Con un gemido, le retiró la camisa. Se quedó contemplando sus senos durante un momento. Después llevó las manos a ellos, maravillado.

—Eres preciosa —murmuró.

La cogió en brazos y la llevó al sofá. Después se arrodilló junto a ella y empezó a recorrer su cuerpo con los labios. Charity gimió y subió las caderas de forma instintiva. Simon ya no podía pensar; sólo podía sentir la necesidad desesperada que lo dominaba.

Charity sintió que el interior de sus piernas se humedecía. Pensó alarmada que Simon podía notarlo, pero no pareció importarle, puesto que la siguió acariciando con avidez. Su cuerpo se encendía allí donde la tocaba. Charity había ido a su casa con intención de conseguir que se casara con ella, pero el único motivo que tenía ahora para seguir era el deseo que la poseía. Lo necesitaba de una forma que no alcanzaba a comprender. Su cuerpo se movía sin que ella lo pudiera controlar. Cuando Simon le quitó los pololos no se sintió cohibida; únicamente levantó las caderas para facilitarle la labor y de paso se quitó los zapatos.

Los dedos de Simon se deslizaron suavemente por su muslo, subiendo hacia el lugar donde se unía al cuerpo. Después la acarició en el centro de su femineidad, tocándola de una forma que Charity nunca había soñado. Contuvo la respiración sorprendida cuando Simon empezó a introducir un dedo en su interior y a sacarlo, rítmicamente. Gimió y se apretó contra él, consumida por la necesidad.

Al cabo de un rato de placer interminable, Simon se enderezó y la miró. Contempló su propia mano entre sus piernas, y escuchó los gemidos de Charity, perdida en un mar de sensaciones. Se tuvo que morder el labio para evitar tomarla en aquel instante. Bajó la vista a las medias, que seguían en sus piernas, sujetas con ligas de encaje. La visión era insoportablemente excitante. Le bajó las medias lentamente, besándole las piernas a medida que las desnudaba.

—Por favor, por favor —suspiró Charity, arqueando el cuerpo hacia él.

No tuvo que volver a pedirlo. Simon se quitó la ropa rápidamente y la dejó caer al suelo. Jamás había experimentado tanta necesidad, tanta avidez. Utilizó el resto de su control para tratarla con delicadeza, consciente de que para ella era la primera vez.

Charity se quedó helada cuando Simon terminó de desvestirse, revelando su masculinidad.

—No te asustes —le dijo, tumbándose junto a ella.

Pero Charity estaba demasiado excitada para retirarse, a pesar del miedo que había sentido al darse cuenta de lo que se avecinaba. Lo deseaba hasta un punto inconcebible. Abrió las piernas cuando Simon se colocó sobre ella, y levantó las caderas para sentir su miembro, que pugnaba por abrirse camino en su interior.

Simon se inclinó para besarla, mientras la penetraba lentamente. Fue una sensación extraña y maravillosa, excitante y temible. Descubrió extrañada que era justo lo que necesitaba. Se tensó al sentir dolor, pero Simon la tranquilizó con besos.

—Tranquila, amor mío —susurró—. Iré despacio. Ya verás como te gusta.

Charity se relajó, confiando en Simon, y se dejó llevar por las extrañas sensaciones. Gritó cuando se le desgarró el himen, pero pronto se olvidó de su dolor cuando Simon la llenó de una forma que no creía posible. Empezó a moverse en su interior, y Charity se dio cuenta de que el acto no acababa ahí, de que lo que seguía era más placentero aún que la mera satisfacción de sentirlo dentro de ella. Poco a poco empezó a moverse al mismo ritmo, jadeando.

Simon bajó la mano y empezó a acariciarla. De repente, Charity sintió que su cuerpo estallaba, llevado por un placer que lo recorría formando olas. Simon gritó y la penetró con más fuerza, abrazándola fuertemente.

Durante largo rato se quedaron tumbados, juntos, sin hablar. Al final Simon se volvió y colocó a Charity sobre su cuerpo. La besó en un hombro, húmedo por el calor de la pasión.

—Has sellado tu destino, querida —murmuró—. Ahora eres mía, y no te dejaré ir.

Charity sonrió. Lo había pasado muy bien, y además había conseguido justo lo que quería.

La ceremonia tuvo lugar dos semanas después. Después de hacer el amor con ella, Simon había llevado a Charity a su casa y había esperado junto a ella a que sus padres volvieran del baile. Lytton se quedó helado cuando Simon le confesó que su hija había perdido la virtud.

Caroline se limitó a mirar a Charity y dijo con sequedad:

—No sé por qué, dudo que usted sea el único culpable, Lord Dure. En fin, ya no importa. Ahora tendremos que seguir adelante con la boda.

Caroline sintió no poder celebrar una ceremonia por todo lo alto, pero a Charity no le importó. Le gustó la idea de casarse en la pequeña iglesia a la que había ido durante toda su vida, y para ella fue suficiente la compañía de su familia y la de su marido. Ni siquiera le importó que el traje de novia no fuera nuevo. Tenía todo lo que quería, y cuando vio que Simon la esperaba en el altar, creyó que su corazón estallaría de felicidad.

Después de la boda se fueron al parque de Deerfield, el retiro veraniego de los condes de Dure. Cuando estuvieron en el carruaje, protegidos de la vista de los familiares que los habían rodeado a lo largo de dos semanas, Simon besó a Charity apasionadamente.

−Gracias a Dios. Empezaba a pensar que me iba a casar con tu madre, y no contigo. Ni siquiera he tenido oportunidad de tocarte en todo este tiempo.

Charity rió.

−Precisamente por eso no me han dejado sola ni un momento. Mi madre quería asegurarse de que no repetiría mi escandalosa conducta hasta después de haberme convertido en la respetable Lady Dure.

−Pensé que me iba a volver loco. Creo que desde que viniste a mi casa fue peor. A fin de cuentas, antes no sabía lo que era hacer el amor contigo.

Empezó a juguetear con el lóbulo de su oreja, y Charity se estremeció.

−Yo he sentido lo mismo. Oh, Simon...

Simon no le prestaba atención. Estaba muy concentrado pasando la mano por debajo de su vestido para tocarle la pierna. Pero sus medias y sus pololos le impedían llegar a la piel.

Se excitaba con sólo tocarla. Había pasado las dos semanas anteriores recordando lo que había sentido a su lado y lamentándose por haberse dejado llevar por el sentimiento de culpa y habérselo confesado a sus padres inmediatamente.

−Quítate eso −le susurró.

−¿Aquí? −preguntó alarmada.

No obstante, le bastó con mirar a Simon a los ojos para

que su interior se derritiera. Se apartó rápidamente y se quitó los pololos.

—¿Las medias también?

—Me da igual. Ven aquí.

La cogió por la cintura y la colocó de nuevo sobre su regazo, con una pierna a cada lado de su cuerpo.

Charity se sentó sobre él, moviéndose un poco para encontrar el lugar adecuado.

Sus lenguas se entrelazaron en una larga danza de amor. Simon pasó las manos por sus muslos, hasta llegar a su centro.

Cuando sintió la humedad entre sus piernas dejó escapar el aire de sus pulmones.

—Eres increíble. Ya estás preparada.

—Lo siento —se disculpó Charity, ruborizándose.

—No lo sientas. Es maravilloso. Eres absolutamente deliciosa.

Charity se movía contra su mano llevada por el instinto. Después de un rato, Simon se apartó para desabrocharse los pantalones y liberar su masculinidad. Charity se levantó un poco y empezó a acariciarlo con su cuerpo. Simon cerró los ojos y echó la cabeza hacia atrás.

Cuando no podía seguir soportando el juego, guió a Charity tomándola de las caderas y la sentó sobre su regazo. Contempló su expresión de sorpresa, satisfacción y avidez, y pensó que iba a morir de felicidad. Pero no se precipitó; quería saborear el momento.

Le desabrochó el vestido, dejando la camisa al aire. Pasó las manos por debajo, hasta apropiarse de sus senos, y hundió el rostro entre ellos. Después subió la prenda y empezó a besar su pecho, recorriéndolo con la lengua.

Con cada nueva sensación, Charity se movía de forma inconsciente, excitándolo y excitándose cada vez más. Hundió los dedos en el pelo de Simon y movió las caderas en círculo. Él se esforzó por recuperar el control para saborear cada momento. Le llevó las manos a las caderas para ayudarla a moverse, aumentando la presión. Al final, Charity ahogó un grito y se aferró a él, temblando. Simon dejó de contenerse. Hundió el rostro en su pecho y se deshizo en ella.

Después se quedaron inmóviles durante largo rato. Charity apoyaba la cabeza en el hombro de Simon, radiante de felicidad. Él la rodeaba con los brazos, y apoyaba la cabeza en su pelo. Sus cuerpos seguían fundidos.

—¿Estás cómoda? —preguntó Simon—. ¿Quieres apartarte?

—No, a no ser que tú estés incómodo.

Simon rió y la abrazó.

—No. Yo podría estar así para siempre.

—Yo también. Me encanta sentirte dentro de mí.

Simon gimió.

—Lo siento —dijo Charity—. ¿He dicho algo inadecuado?

—Claro que no —murmuró Simon, llevándole un dedo a los labios—. Me encanta oírte decir esas cosas.

Charity sonrió y le mordió el dedo. El fuego que iluminó los ojos de su marido le dijo que su instinto no se había equivocado.

—Si sigues así me entrarán ganas otra vez.

—¿De verdad?

Se enderezó, sorprendida, aunque sabía que debía ser cierto. Podía sentir su dureza en su interior.

—De verdad —confirmó él, mirando su pecho.

Charity seguía con el vestido abierto y la camisa levantada. Simon miró sus senos como un artista que examinara un cuadro. Los recorrió lentamente con los dedos, pensando que nunca había visto nada más bello ni excitante que el cuerpo semidesnudo de Charity. Parecía a la vez inocente y disoluta.

—Te ha gustado, ¿verdad? —preguntó suavemente.

—Desde luego. ¿A ti no?

Simon rió ante la pregunta.

—Desde luego, se podría decir que me ha gustado. Lo supe desde el momento en que te vi. Pero no estaba tan seguro de que tú sintieras lo mismo. Tampoco te importa que te mire así, ¿verdad?

Charity se sonrojó.

—La verdad es que a veces me siento un poco incómoda, pero me excita la forma en que te cambia la cara cuando me miras.

—Oh, Charity —dijo abrazándola fuertemente—. Eres única.

—¿Quieres decir que a las otras mujeres no les gusta? ¿No soy normal?

—No lo sé, pero por favor, no cambies nunca.

—No cambiaré —le aseguró—. No creo que pudiera. La verdad es que me encanta... lo que acabamos de hacer.

Simon rió.

—A mí también. Yo diría que nos llevamos muy bien.

Apoyó la cabeza en el asiento y parpadeó para ahuyentar las lágrimas. Se sentía más libre y feliz que en muchos años. En comparación con aquello, el hecho de estar acusado de asesinato le parecía una incomodidad insignificante.

—A Sybilla no le gustaba nada.

Se sorprendió de haber dicho aquello. Jamás había hablado con nadie de aquello.

—¿Te refieres a tu primera mujer? —preguntó Charity asombrada.

—Sí. Rehuía mi contacto.

—Me tomas el pelo, ¿verdad?

Simon negó con la cabeza.

—Me gustaría que fuera así. A Sybilla no le gustaba hacer el amor, al menos conmigo. A veces me preguntaba si otro hombre podría haberla hecho feliz. La amaba, y ella me amaba. Pero cuando nos casamos todo cambió entre nosotros. Me evitaba. En la cama se quedaba inmóvil. Me hacía sentir como si la estuviera violando. Tal vez en cierto modo era así. Supongo que sólo se dejaba llevar por las convenciones, los votos matrimoniales y la convicción de que era un sacrificio necesario. Me soportaba, más que entregarse a mí. Al principio pensaba siempre que iba a ser distinto, pero después me sentía culpable, así que al cabo de cierto tiempo desistí. No lo soportaba. De todas formas, se quedó embarazada. Murió al dar a luz.

—Y te sentiste como si la hubieras matado.

—¿Cómo lo sabes?

—Lo he visto en tu cara. Nunca intentaste acallar los rumores de que la habías asesinado porque eso era lo que sentías en tu interior.

Simon asintió.

—Fue a causa de mi pasión, en cierto modo. Si la hubiera dejado en paz, como ella quería...

—Pero tú no la mataste. Es muy frecuente que las mujeres mueran al dar a luz. No había nada de malo en el hecho de que desearas a tu esposa, ¿no?

—No.

—Estoy segura de que muchos hombres se han acostado con mujeres a las que les gustaba tan poco hacer el amor como a Sybilla, pero ellas no murieron al dar a luz por ello. Y probablemente muchas mujeres a las que les gustaba hacer el amor murieron en el parto. Fue el destino, amor mío, no tu pasión.

Simon se llevó su mano a los labios y la besó en la palma.

—Eres una joya, Charity. No entiendo qué he hecho para merecerte —la miró con intensidad—. Hasta el día en que hice el amor contigo no sabía si el caso de Sybilla era excepcional o si era que a ninguna mujer le gusta hacer el amor. Hasta había llegado a pensar que era un animal porque me gustaban cosas que otras personas considerarían desagradables.

—¡No! No eres ningún animal. Me tratas con mucha delicadeza. No creas nunca ninguna otra cosa. Lo que haces es cualquier cosa menos desagradable. De hecho, a mí me gusta mucho.

—¿De verdad? —sonrió, mientras sus ojos se oscurecían por el deseo—. Entonces, tal vez te apetezca repetir.

—¿Tan pronto?

—¿Te importa?

Charity rió.

—No. No me importa en absoluto.

—Muy bien.

Selló sus labios con un beso.

El tiempo que pasaron en el parque de Deerfield fue el más feliz que recordaban tanto Simon como Charity. Los domingos hacían la debida visita a la pequeña iglesia cubierta de hiedra, y celebraron una fiesta para presentar a la nueva Lady Dure en la sociedad local. Pero al margen de aquello pasaron los días tal y como les apetecía: paseando durante largo rato por el bosque, montando a caballo junto al río y visitando la cercana localidad de Deerfield. Charity, libre de las ataduras de sus padres, se dedicó a hacer lo que más le apetecía en cada momento, y se sentía enormemente dichosa por poder hacerlo junto al hombre al que amaba. En cuanto a Simon, disfrutó como un niño dedicándose a las actividades que había tenido abandonadas durante años.

Por las noches hacían mucho el amor, y a menudo también lo hacían de día. Simon siempre estaba ideando nuevos lugares y posiciones, para deleite de Charity. Se familiarizaron con sus respectivos cuerpos, con sus respectivos deseos y necesidades, con los lugares más sensibles del cuerpo de su pareja. Pasaban largas tardes en la cama, charlando y explorándose, experimentando. Charity se preguntaba cómo habría vivido tanto tiempo sin experimentar semejante placer. Simon se preguntaba cómo era posible que en alguna ocasión se le hubiera ocurrido la idea de embarcarse en un matrimonio de conveniencia.

Sabía que con su gran corazón y su manía de llevar seres descarriados a casa, con su travieso sentido del humor y su espíritu aventurero, el matrimonio con Charity no sería nunca demasiado conveniente. Pero también sabía que jamás se podría aburrir junto a ella. Era todo lo que quería, aunque no lo supiera antes de encontrarla. Había jurado que nunca volvería a enamorarse, que no se volvería a exponer al dolor que causaba un corazón roto. Pero dijera lo que dijera era consciente de que corría de cabeza hacia el precipicio, y lo que era peor, no tenía el menor deseo de detenerse. Recordó que Charity había consentido en casarse sin amor, que había dicho que no se consideraba capaz de enamorarse, y se preguntó si habría dicho la verdad. Cada vez deseaba con más fuerza que no fuera así.

Tenían intención de volver a Londres en tres semanas, pero empezaron a retrasar el viaje, primero una semana y luego otra, de modo que cuando volvieron habían transcurrido casi seis semanas desde el día de su boda. Durante aquel tiempo habían vivido en un mundo aparte. En el parque de Deerfield no había cotilleos, no había asesinatos, no había nadie que observara sus movimientos y hablara sobre ellos. Pronto descubrieron lo irreal que había sido aquel tiempo.

El primer día que pasaron en Londres, Herbert Gorham fue a visitarlos. Encontró a Charity en casa, a solas, y cuando Chaney le anunció que el inspector estaba allí, ella se mostró dispuesta a recibirlo inmediatamente. Quería comprobar por sí misma qué tipo de hombre era.

No tardó mucho en averiguarlo. Era bajo, de rostro puntiagudo. Compensaba su escasez de pelo con un enorme bigote, que le daba una apariencia estúpida, como la de un niño que intentara parecer mayor. No obstante, sus ojos desmentían cualquier atisbo de estupidez en él. Eran de un color verde claro y muy penetrantes, como si observara todo lo que ocurría a su alrededor.

Al entrar en la habitación, Charity lo saludó con un gesto, intentando marcar su superioridad desde el principio.

—Señor Gorham.

—Lady Dure —se quitó el sombrero e hizo una reverencia—, ha sido muy amable al concederme un poco de su tiempo.

—Estoy impaciente por que descubra al verdadero asesino del señor Reed, igual que todos nosotros.

—Todos con excepción del asesino, milady —contestó con una leve sonrisa.

—Sí, eso supongo —señaló un sillón—. No obstante, me temo que tengo poca información que proporcionarle. No sé mucho sobre la muerte de ese hombre.

—A veces una persona sabe más de lo que cree. Eso puede ser muy peligroso —la miró con intensidad, pero ella le devolvió una mirada vacía—. La verdad es que me sorprendí mucho cuando averigüé que se había casado con el Lord.

Charity alzó las cejas con frialdad.

—¿De verdad? No puedo imaginar el motivo.

—Me refiero a que hace muy poco que murió el señor Reed.

—¿Por qué? Yo no le guardaba luto. Apenas lo conocía.

—En realidad no estaba pensando en él, milady —hizo una pausa antes de continuar—. Una persona que ha matado una vez mata con mucha más facilidad la segunda.

—¿Insinúa que es posible que el asesino intente algo contra mí? —preguntó perpleja.

Sabía perfectamente que el inspector se refería a Simon, pero no estaba dispuesta siquiera a darle la satisfacción de notarlo.

—Tal vez no conociera muy bien al señor Reed, pero puede que con el asesino sea distinto.

—¿Quiere decir que el asesino conocía bien al señor Reed? Sí, supongo que es posible.

—No —frunció el ceño, y Charity comprobó que había conseguido desconcertarlo—. Quiero decir que es posible que usted conozca muy bien al asesino.

—¿Yo? —lo miró con un ligero y educado desprecio—. Lo siento, señor Gorham, pero me temo que los Emerson no se relacionan con asesinos.

—¿Le ha dicho Lord Dure que uno de sus pañuelos, con el escudo de los Dure bordado, fue encontrado junto al cadáver?

—Sí. Es sorprendente, ¿verdad? Me pregunto qué haría el señor Reed con un pañuelo de mi marido. ¿Cree usted que lo robaría? Desde luego, no era un caballero, pero tampoco lo imaginaba capaz de cometer latrocinio.

—La conclusión más evidente es que se le cayó al asesino por accidente.

—Así que usted cree que el asesino robó el pañuelo de Lord Dure. Supongo que es más probable que un asesino sea también ladrón, pero...

—Lady Dure —interrumpió el inspector, hablando lentamente como si se dirigiera a una niña—, la conclusión más evidente es que fue Lord Dure quien visitó a Reed aquella noche, y que fue él quien apretó el gatillo.

Charity se quedó mirándolo atónita durante un momento.

—¡Qué tontería! No me extraña que no hayan encontrado al asesino, si se dedican a seguir pistas falsas. Francamente, esperaba que invirtieran mejor su tiempo.

—La noche en que el señor Reed fue asesinado, Lord Dure y usted asistieron a una fiesta a la que el señor Reed también fue. Tengo entendido que hubo un altercado entre ellos, y que el señor Reed se marchó bastante ensangrentado.

—En realidad, no fue Lord Dure el responsable absoluto. Yo fui la que hizo que le sangrara la nariz.

—¿Usted, milady? —preguntó el inspector asombrado.

—Sí. Se comportó con mucha impertinencia. No le bastaba que le advirtiera de su grosería, así que tuve que ser un poco más dura con él.

El inspector siguió mirándola con incredulidad.

—Supongo —prosiguió Charity— que si lo que usted insinúa es que una pelea puede ser motivo de asesinato, yo soy tan sospechosa como mi marido. Pero le aseguro que había mucha gente que odiaba al señor Reed, y por motivos más serios.

—¿No es cierto que Lord Dure amenazó aquella noche con matarlo?

Charity ladeó la cabeza, considerando su pregunta.

—No sé muy bien qué diría Lord Dure llevado por la cólera, pero todo el mundo dice lo que no piensa cuando se enfada. Es posible que dejara caer algo así.

—Creo que sabe muy bien que lo dijo —respondió Gorham, dándose cuenta de que la encantadora joven que tenía frente a sí intentaba tomarle el pelo—. Está jugando con fuego, Lady Dure. No es muy cómodo vivir en la misma casa que un asesino.

—En esta casa no hay ningún asesino —replicó ella con gesto pétreo.

El inspector intentó dedicarle una sonrisa amistosa, pero no lo consiguió.

—Usted vive con ese hombre. Es posible que vea u oiga algo, y si es así, por su bien le recomiendo que venga a vernos. Debe tener en cuenta su propia seguridad. Aquí no se encuentra a salvo.

—Mi marido me protege, y creo que no necesito más

protección que la suya. Como le dije antes, no veo por qué va a intentar atacarme el asesino del señor Reed. Estoy segura de que se trataba de alguien que estuviera implicado con él en algún asunto turbio. Ésa es la pista que debería seguir, en vez de venir a una casa en la que jamás entró el hombre asesinado —se puso en pie—. Gracias por su visita, señor Gorham. Tal vez desee volver cuando tenga información más útil.

Simon echó hacia atrás la cabeza y rió cuando Charity le relató detenidamente la visita del inspector.

—No tiene ninguna gracia, Simon. Me pidió que te espiara para buscar información y utilizarla en contra tuya. Ese hombre cree que tú mataste a Faraday Reed.

—Ya lo sé. Lo adiviné desde el principio —se encogió de hombros—. Pero no tiene más prueba que ese estúpido pañuelo. No es suficiente para detenerme.

—¿Y qué ocurre si consigue algo más que parezca sospechoso?

—¿Por ejemplo?

—No lo sé. Tampoco sé cómo llegó el pañuelo hasta allí. Pero no me gusta ese hombre. Me pone nerviosa.

—Niégate a recibirlo la próxima vez. Le diré a Chaney que diga que no estás en casa.

—Con eso no se resuelve nada. Tenemos que encontrar al verdadero asesino de Reed. Sólo así conseguiremos limpiar tu nombre por completo.

—¿Ah, sí? ¿Y cómo piensas hacerlo? Scotland Yard no ha podido encontrar al asesino.

—Por supuesto que no, si los inspectores que han asignado a este caso son tan estúpidos como Gorham. Además, tenemos una ventaja sobre ellos.

—¿En qué consiste esa ventaja?

—Sabemos que tú no lo hiciste. Gorham está perdiendo el tiempo al intentar demostrar tu culpabilidad. Nosotros podemos empezar a buscar por otro lado.

—¿Qué propones que hagamos? —preguntó Simon, sonriendo al ver la cara de determinación de su mujer—. ¿Interrogar a los criados de Reed?

—No es una mala idea —el rostro de Charity se iluminó—. Podríamos enviar a Chaney o a tu lacayo para que hablen con ellos. Estoy segura de que preferirán hablar con otro criado antes que con la policía, o con uno de nosotros. Incluso puedes darles algo de dinero para abrirles la boca, si no quieren hablar.

—Mira que eres intrigante. ¿Cómo es posible que no me diera cuenta antes?

—No lo sé. Como ya te he dicho, tengo por costumbre conseguir lo que quiero.

—En efecto, ya me lo has dicho.

—Además, tú y yo podemos hablar con gente que conociera a Reed. Tal vez podamos averiguar más cosas sobre él. Era un completo canalla, y estoy segura de que había varias personas a las que les habría encantado pegarle un tiro. Su mujer me parece la primera candidata. O tal vez fuera alguien a quien estuviera chantajeando.

Simon se quedó mirándola con los ojos muy abiertos.

—Venetia sería incapaz de hacer algo así.

Charity lo miró sorprendida.

—No me refería a ella. Pero sospecho que si le estaba sacando dinero a ella también lo hacía con otras personas.

—Pero para encontrar a sus otras víctimas tendríamos que averiguar los secretos que conocía sobre los demás. La verdad es que me parece imposible, sobre todo teniendo en cuenta que partimos de cero.

—La verdad es que parece bastante difícil —reconoció Charity—, pero si hablamos de Reed en fiestas, visitas y ocasiones similares, y si observamos la reacción de los demás, veremos si el tema pone nervioso a alguien. Así podremos saber por dónde seguir investigando.

—Imagino que mucha gente se pondría nerviosa si tuviera que hablar de Reed con el principal sospechoso de su asesinato —comentó Simon con sequedad.

Charity alzó la vista al cielo y siguió hablando como si no hubiera oído nada.

—Además está el asunto del pañuelo. ¿Quién podría tener un pañuelo tuyo? Tenemos que averiguarlo.

Simon se volvió y dio unos pasos, suspirando.

—No lo sé. He pensado mil veces en ello. No tengo por costumbre dejarme los pañuelos por ahí. Creo que debieron robarlo en mi casa, pero cualquier persona podría haberlo hecho.

—A mí me parece más probable que sea alguien que te haya visitado. No creo que un ladrón se introdujera en la casa, arriesgándose a ser descubierto, con el único propósito de robarte un pañuelo.

—No puedo imaginar quién...

—Ya lo sé —se reclinó en el sofá y subió las piernas de forma muy poco digna—. Es duro pensar que un conocido tuyo te haya robado algo, sobre todo si lo ha hecho para hacerte parecer culpable de asesinato. Pero he estado pensando en ello. ¿No crees que es posible que fuera alguien a quien Reed no le importara en absoluto?

—¿Qué quieres decir?

—¿Qué ocurre si, simplemente, Faraday le venía bien? Es posible que el asesino supiera simplemente que te habías peleado con él y que pensara que en ese caso serías sospechoso. Así que te robó el pañuelo para dejar una prueba en tu contra, fue a casa de Reed y le pegó un tiro, sólo para causarte problemas.

—Una teoría muy interesante, amor mío, pero no conozco a nadie que me odiara tanto, con excepción del propio Reed. Además, ¿quién iba a trazar un plan tan elaborado, e incluso a cometer un asesinato, si no me odiara mucho?

—Entonces tal vez haya sido una mezcla de las dos cosas. Probablemente querían librarse de Reed y además te odiaban, de modo que ésa fue la solución perfecta para resolver sus problemas —se detuvo, con el ceño fruncido—. O tal vez no es que te odien, sino que el hecho de que te considerasen culpable de asesinato les podría resultar beneficioso.

—Si me declarasen culpable me colgarían, de modo que eso significa que alguien se beneficiaría de mi muerte. Dejándote a ti al margen, querida...

—¡Simon! —Charity palideció—. ¿Cómo puedes insinuar eso?

—No insinúo nada —corrió junto a ella y la cogió entre sus brazos—. No pretendía hacerte daño. Pero te das cuenta de que es una tontería, ¿verdad? Las únicas personas que se podrían beneficiar de mi muerte son los miembros de mi familia. Tú heredarías mis pertenencias personales, y mi tío, el condado con las propiedades que le corresponden.

—Pues te aseguro que yo no lo hice —dijo Charity con sarcasmo, apartándose de él—. Ni siquiera estaba casada contigo.

—¿Sospechas de mi tío? —preguntó Simon con incredulidad.

—No lo sé. Apenas lo conozco. Pero alguien tuvo que dejar el pañuelo ahí por alguna razón. Tu primo Evelyn también habría salido ganando, puesto que heredaría el condado a la muerte de tu tío. Pero si te casaras, tal y como planeabas, y tuvieras herederos, sus posibilidades disminuirían considerablemente.

Simon se quedó mirándola fijamente durante largo rato.

—No —dijo al fin—. No me lo puedo creer. La verdad es

que no creo que ninguno de los dos sea un asesino. Mi tío Ambrose es demasiado estirado, y no creo que Evelyn sea capaz de hacer un esfuerzo así.

Charity suspiró.

—Supongo que tienes razón. Eso significa que el asesino será mucho más difícil de descubrir. No obstante, ¿no crees que ahora que hemos vuelto a Londres deberíamos celebrar una fiesta? Podríamos organizar una cena, la primera que daría yo como Lady Dure. Sólo para tu familia.

—¡Charity! —protestó Simon, riendo—. ¿Tienes intención de ponerlos en fila e interrogarlos?

—Espero que no se note tanto. Pero no vendría mal intentar averiguar qué hicieron aquella noche, por ejemplo.

Simon se quedó mirándola, sacudiendo la cabeza.

—Conseguirás que me expulsen de mi familia —dijo más divertido que enfadado—. Adelante, celebra tu cena.

Charity empezó a investigar al día siguiente. En primer lugar mantuvo una larga y seria conversación con Chaney, que prometió solemnemente intentar obtener información de los criados de Reed. Por su parte, sacaba directamente el tema del asesinato cada vez que visitaba a alguien, recibía visita o asistía a una reunión social de cualquier tipo. En ocasiones la gente la miraba con extrañeza o incomodidad, pero averiguó muy poco.

También pasó bastante tiempo preparando la fiesta, consultando con su madre y con Venetia, así como con la cocinera, el ama de llaves y Chaney. Elaboró el menú y envió las invitaciones. Después puso a todo el servicio a limpiar la casa, porque quería que estuviera impecable. Tenía que obsequiar a la familia de Simon con la cena perfecta, para impresionarlos y a la vez interrogarlos sobre un asesinato. Incluso ella se sentía incómoda ante lo delicado de la situación. El hecho de planear la fiesta con Venetia le resultó algo violento, ya que no podía confesarle por qué la quería celebrar.

Unos días antes de la cena, Charity decidió tomarse un descanso en su apretada agenda de visitas y se fue de compras. Su primera parada fue una sombrerería, donde se probó varios sombreros. El último le pareció bastante tentador. Era tan pequeño que apenas cubría nada, y caía sobre la frente. Por supuesto, no lo necesitaba para nada, pero era precioso. Se preguntó qué le parecería a Simon.

—Le queda precioso, Lady Dure —dijo una voz a su espalda.

Charity dio un salto y se volvió, sobresaltada al oír sus propios pensamientos en voz alta. Una mujer guapísima de pelo negro estaba tras ella, sonriente. Charity la recordó al instante, aunque sólo la había visto una vez, en el parque.

—Espero no haberme inmiscuido —se excusó la mujer—. Nos han presentado, pero...

—No se preocupe —sonrió Charity, sintiendo cierto alivio al recordar el nombre de la mujer—. Usted es la señora Graves, ¿verdad? Nos conocimos una vez que usted estaba montando a caballo.

—Sí. Me alegro mucho de que me recuerde.

—Nos presentó el señor Reed.

—En efecto. Fue terrible lo que le sucedió, ¿verdad? Aunque lo cierto es que no me sorprende.

—¿También le tomó el pelo a usted?

La señora Graves asintió.

—Me temo que tomó el pelo a mucha gente. Cuando se dio cuenta de que yo no lo podía ayudar a nivel social ni financiero, dejó de preocuparse por mí. Así fue como descubrí su fraude.

—Ya veo.

Una expresión triste cruzó el rostro de la otra mujer.

—Desgraciadamente, me temo que esto es demasiado frecuente entre los hombres, o al menos sobre los que se autodenominan caballeros —forzó una sonrisa—. Pero supongo que mis problemas no le interesarán. Sobre todo ahora que está radiante de alegría. Me he enterado de que se ha casado con Lord Dure. Es un hombre afortunado.

—Muchas gracias. La verdad es que es un hombre maravilloso. Yo soy la afortunada. Francamente, no sabía que el matrimonio pudiera ser tan divertido.

La expresión de la señora Graves se congeló.

—Perdone —se apresuró a decir Charity—. Me temo que he dicho algo inadecuado.

—No, claro que no. Todas las recién casadas deberían sentir lo mismo.

—Pero ha puesto una cara... No sé, parecía como infeliz.

—Es usted muy receptiva, pero no ha sido culpa suya. Estaba pensando... Déjelo, no tiene importancia. De hecho, no creo que sea bueno para su reputación que la vean hablando conmigo.

Miró a su alrededor con cierta aprensión.

—¿Por qué no? ¿A qué se refiere? —se acercó a la otra mujer y la cogió del brazo—. ¿Por qué iba a dañar mi reputación el hecho de hablar con usted?

—Es muy amable —dijo la señora Graves, con los ojos llenos de lágrimas—, pero no hay nada que pueda usted hacer. No puedo... Es horrible —se sacó un pañuelo del bolso y se enjugó los ojos—. Ahora soy una...

—Venga conmigo —dijo Charity—. Tengo el coche fuera. Vamos a dar una vuelta, ¿qué le parece?

La señora Graves la miró con agradecimiento.

—Es usted demasiado amable.

—Tonterías.

Charity dejó a un lado el sombrero que se estaba probando y salió de la tienda con la otra mujer. Después dio instrucciones al conductor y se acomodó en el interior del coche.

—Gracias —dijo la señora Graves, una vez dentro—. Me siento ridícula por haberme puesto a llorar en una tienda.

—Probablemente están acostumbrados. Estoy segura de que todos los días lloran varias mujeres en esa tienda porque quieren que su madre o su marido les compre un sombrero que haga juego con su capa.
　　—Es usted demasiado amable —repitió—, pero no debería decir a nadie que ha estado hablando conmigo.
　　—¿Por qué? Eso es una tontería.
　　Theodora negó con la cabeza y sonrió con tristeza.
　　—No. Me temo que no es ninguna tontería. Mi reputación está por los suelos. Ninguna mujer decente aceptaría mi compañía.
　　—¿Por qué no?
　　—Fui traicionada por un hombre —dijo llevándose el pañuelo a los ojos—. Da igual su nacimiento; no lo puedo considerar un caballero.
　　Charity contuvo la respiración, horrorizada.
　　—¿Quiere decir...?
　　—Sí —se llevó las manos a las mejillas—. Estoy muy avergonzada. Eso no es ninguna excusa, pero mi querido marido había muerto, y me sentía tan sola e infeliz...
　　—Por supuesto.
　　—Le parecerá una traición a la memoria de mi marido el hecho de que cayera en brazos de otro hombre antes de que hubiera terminado el luto. Pero eso no significaba que no amase a Douglas; todo lo contrario. Lo echaba mucho de menos, y necesitaba que alguien me abrazara para sentirme como si él siguiera a mi lado. Me sedujo, y yo me dejé seducir. A pesar de que había estado casada, era muy ingenua. Soy de una ciudad pequeña, y nunca había estado enamorada de un hombre que no fuera Douglas. Creí al otro cuando me dijo que me amaba. Yo también lo amaba mucho. Sabía que estaba mal, pero no lo pude evitar.
　　—Eso es normal.
　　—Tal vez, pero a las mujeres se les exige que no arries-

guen su reputación por muy solitarias que estén o por mucho que amen a un hombre —dijo con amargura.

—Pero eso no es justo. Ningún hombre mancha su reputación por tener amantes.

—¿Qué tiene que ver la justicia? La mujer es la que no puede huir de las consecuencias.

Los ojos de Charity se agrandaron.

—¡Oh, no! ¿Quiere decir que...?

Theodora asintió levemente, bajando la cabeza, como si no fuera capaz de mirar a su interlocutora a los ojos.

—Me temo que sí. No estoy segura, pero casi. Fui a verlo, pensando que me apoyaría. Creía que me amaba y que quería casarse conmigo. Pero me dijo... —contuvo un sollozo—. Me dijo que estaba comprometido con otra mujer, de mejores orígenes y con más dinero. Cuando le dije que creía que teníamos que casarnos se rió en mi cara. Me dijo que yo no era de su clase. Mis padres eran gente de campo, algo adinerada pero sin título. Supongo que resultaba adecuada para el tercer hijo de un barón, como Douglas. Pero no para él.

—Es un monstruo. ¿Cómo es posible que haya hombres así?

Theodora sacudió la cabeza.

—Nunca habría pensado algo así de él. Claro que, evidentemente, me equivoqué al juzgarlo. Me dio un fajo de billetes y me dijo que desapareciera de su vida. Y yo que creía que me amaba... Para él era sólo una querida. Me recordó que me había pagado el alquiler cuando murió Douglas, y que me había comprado ropa elegante. Era cierto, pero a mí me pareció que lo hacía por simple amabilidad. Douglas también me hacía regalos con mucha frecuencia. Pero lo que intentaba ese hombre era comprarme, como si fuera una mujerzuela.

Estalló en sollozos, hundiendo el rostro entre las manos. Charity se quedó mirándola con impotencia, furiosa con el hombre que le había hecho algo así. Unos meses antes no habría considerado posible que un caballero tratase mal a una mujer, ni que la señora Graves pudiera caer en las redes de un desaprensivo. Estaba convencida de que los malhechores tenían su condición escrita en el rostro y de que la demostraban con sus actos. Pero después de averiguar lo de Faraday Reed se dio cuenta de que había sido terriblemente ingenua. La nobleza de nacimiento no hacía más noble a un hombre, y una víbora se podía ocultar bajo una apariencia encantadora.

Charity, que estaba sentada frente a la señora Graves, se colocó junto a ella y rodeó sus hombros con el brazo.

—Lo siento mucho. Me gustaría poder hacer algo por ayudarla. Es terriblemente injusto que la traten como a una mujer caída mientras que el otro podrá seguir presentándose en sociedad con la cabeza bien alta.

—Ya lo sé.

Theodora se había calmado, pero su tristeza era patente.

—Le aseguro que yo no le volveré la espalda —le prometió Charity solemnemente—. No ha sido culpa suya. La invitaré al primer baile. Después de la cena familiar, claro, pero eso será dentro de dos días.

—No puede hacer eso. Mancharía su nombre.

—Tal vez sea mejor que se lo cuente antes a mi marido. Pero estoy segura de que no le importará.

—¡No! —la miró horrorizada—. Por favor, prométame que no se lo dirá a Lord Dure.

—Pero ¿por qué no? Es un hombre muy justo e inteligente. No la condenaría.

—No, por favor. Prométame que no le contará esto ni a su marido ni a nadie más. Debe ser un secreto entre nosotras. Es la única persona a la que se lo he contado.

—Bueno, de acuerdo —convino Charity con cierta reticencia.

Estaba segura de que a Simon se le ocurriría algo que pudiera hacer la pobre mujer, y sabía que no tenía muchos prejuicios. Pero podía ver lo angustiada y cohibida que se mostraba la señora Graves ante la idea de que se enterase cualquier persona, sobre todo un hombre, y la entendía. No quería causarle más dolor contando sus problemas, ni siquiera a su marido.

—De acuerdo, no se lo diré.

Theodora se tranquilizó un poco, pero insistió.

—¿Me lo promete?

—Se lo prometo. No se lo contaré ni a mi marido ni a ninguna otra persona. Y seguiré siendo amiga suya. Quiero que sepa que puede fiarse de mí.

—Gracias. Eso significa mucho para mí. Si no le causa problemas, me gustaría volver a hablar con usted.

—Claro que no me causa ningún problema. A mí también me encantaría volver a verla —apretó su mano—. Puede contar conmigo.

—Muchas gracias —Theodora bajó la vista, con una sonrisa satisfecha—. Aprecio mucho su amabilidad.

Faltaba poco para que comenzase la fiesta, y Simon no sabía dónde se habría metido Charity. Miró el reloj por cuarta vez, pero no le sirvió de más ayuda que las otras tres veces. La cena iba a empezar en sólo una hora. Charity había salido casi dos horas atrás, diciendo al lacayo que iba a comprar cintas para un vestido y que volvería a casa en unos minutos.

Simon sentía un miedo y una inquietud que le resultaban desconocidos. No era muy probable que a Charity le hubiera sucedido algo. Había salido en el coche, y como de costumbre, conducía Botkins. No obstante, en lo que respectaba a Charity, el sentido común no tomaba parte en su pensamiento. Lo horrorizaba hasta tal punto la idea de perderla que se preocupaba por cualquier nimiedad. Desde que decidió descubrir al asesino de Reed para limpiar su nombre, no podía evitar preocuparse ante la idea de que se metiera de cabeza en un lío.

En aquel momento oyó que se abría la puerta de la calle, y corrió al recibidor. Charity entró, tan guapa como siempre.

—Buenas tardes, Patrick —dijo al lacayo—. Llego tardísimo, como de costumbre. ¿Dónde está mi marido?

—Aquí —contestó Simon, avanzando hacia ella.

De repente se quedó congelado al ver la criatura que se subió de pronto al hombro de Charity.

—¿Qué demonios es eso? —preguntó.

—Un mono. No me digas que nunca habías visto uno.

—Claro que no es la primera vez que veo un mono. Pero éste es el primero que entra en mi casa.

El animal empezó a juguetear con el pequeño sombrero rojo, del tamaño y la forma aproximados de un dedal grande, que adornaba su cabeza. Con la otra mano cogió el pelo de Charity y empezó a enredarlo.

—No seas malo, Churchill —protestó ella en tono severo.

—¿Churchill?

—Sí, le pusieron el nombre en honor al duque de Marlborough. Es absurdo, ¿verdad?

—En más de un sentido —contestó Simon, sin apartar la vista del mono.

Se quedaron mirando a Churchill, que se tiró al suelo, cruzó el vestíbulo rápidamente y se encaramó al perchero.

—Supongo que querrás saber cómo es que me he presentado en casa con un mono.

—Desde luego.

—No sé muy bien qué podemos hacer con él, pero no podía dejarlo allí.

—¿Qué entiendes por «allí»?

—Con su propietario. O, al menos, con el hombre que decía ser su propietario, porque dudo mucho que alguien quiera tener un animal para tratarlo mal.

—Y supongo que no te gustó cómo lo trataba su dueño, así que decidiste liberar a Churchill de ese monstruo —concluyó Simon con resignación.

Charity sonrió y se acercó a besarlo en la mejilla.

—Sabía que lo entenderías.

—Te conozco, querida. De todas formas, eso no quiere decir que esté de acuerdo en que nos lo quedemos —gruñó al ver que se lanzaba de un salto a la araña de cristal—. No puede vivir aquí.

—¡Baja, Churchill! —le ordenó Charity con firmeza—. La verdad es que no está muy bien educado —explicó al comprobar que no le hacía ningún caso—. No obstante, estoy segura de que eso se debe a que el organillero lo trataba con crueldad. Cuando empiece a confiar en nosotros obedecerá.

—O tal vez se lo cenará Lucky —añadió Simon con sequedad.

Charity se volvió hacia su marido, horrorizada.

—¿Crees que es posible?

—La verdad es que dudo que Lucky consiga capturarlo, pero desde luego lo intentará. Está convencido de que es un perro de caza. Patrick —dijo al atónito lacayo—, baje al mono de ahí y enciérrelo en algún sitio, lejos del alcance del perro.

—Sí, milord.

El lacayo mantuvo el gesto invariable, pero sus ojos fueron suficientemente expresivos.

—Supongo que necesitarás ayuda de alguien. Y una escalera de mano.

—Sí, milord.

—Gracias, Simon —dijo Charity, radiante—. Estaba segura de que lo aceptarías. Ahora me tengo que cambiar para la cena.

Subió las escaleras a toda prisa y entró en su habitación. No podía retrasarse. Contaba con aquella cena para avanzar en sus investigaciones sobre el asesinato de Reed. A lo largo de las semanas anteriores había estado charlando mucho sobre el tema, pero no había sacado nada en limpio. Necesitaría mucha suerte para sonsacar algo útil a sus invitados mientras se mostraba encantadora con su familia política y a la vez supervisaba la marcha de la fiesta. No quería bajar deprisa y corriendo para recibir a los invitados.

Afortunadamente, su doncella estaba allí, y ya había colocado uno de sus mejores vestidos sobre la cama. También había elegido unos zapatos a juego. El perfume, el maquillaje y las joyas estaban dispuestos sobre el tocador.

—Eres una joya, Lily —suspiró cuando la doncella se dispuso a desvestirla.

Gracias a ella, Charity tardó muy poco tiempo en desnudarse y lavarse, y después se sometió al tormento de colocarse un corsé para que le quedara bien el vestido de satén azul que había sobre la colcha. Se sentó frente al tocador y cerró los ojos mientras Lily le cepillaba el pelo. Cuando se miró en el espejo con los tirabuzones hechos y la cinta que había salido a buscar, Charity se sintió tranquila, preparada para interrogar sutilmente a sus invitados.

Bajó para reunirse con Simon en el salón, y la forma en que sus ojos se iluminaron al verla le dijo que tenía el mejor aspecto que la naturaleza y la habilidad de Lily podían conferirle.

—Charity —Simon se levantó y corrió hacia ella—. Estás... deliciosa —besó uno de sus hombros—. Creo que deberíamos retirarnos pronto, y que nuestros invitados se entretengan solos.

Su aliento contra la piel le provocó un estremecimiento. Se preguntó si alguna mujer habría amado a su marido tanto como ella amaba a Simon. Estaba segura de que era imposible.

—Sabes que no podemos hacer eso. Les parecería una grosería.

—Que se aguanten. Prefiero estar a solas con mi mujer a quedar bien con ellos.

Se inclinó sobre ella. Charity entreabrió los labios y se puso de puntillas.

—El señor y la señora Westport —informó Chaney desde la entrada.

Simon y Charity saltaron y se volvieron. El mayordomo

estaba en el umbral, con la mirada perdida y la expresión imperturbable. Detrás de él estaban el más joven de los primos de Simon y su mujer, intentando atisbar el interior del salón. Charity se sonrojó y miró a su marido.

—Mi primo Nathan siempre tuvo el don de ser inoportuno —susurró Simon.

Charity contuvo la risa y lo cogió del brazo mientras avanzaban para recibir a sus primeros invitados. Sabía lo que ocurriría cuando terminara la cena y los comensales se hubieran marchado; sabía que su marido cumpliría la promesa que tenía en la mirada. Mientras saludaba a los invitados y charlaba con ellos pensaba en ocasiones en lo que ocurriría en el dormitorio en cuanto todos se hubieran marchado. No obstante, no podía permitir que aquello la distrajera de su deber. Tenía que descubrir al verdadero asesino de Faraday Reed.

Por tanto, dejó a un lado sus pensamientos licenciosos y se concentró en la difícil tarea de interrogar a sus invitados sin despertar sus sospechas. Pero al parecer nadie quería sacar un tema que resultara tan incómodo a su anfitrión como el asesinato de Reed.

A medida que charlaba con la gente se sentía cada vez más frustrada ante la falta de oportunidades de sacar el tema. Intentó de varias formas abordar la conversación, pero los familiares de Simon la esquivaban cuidadosamente. Sospechaba que lo hacían a propósito, para no incomodar a Simon. Charity deseó que el grupo fuera menos educado y se pusiera a cotillear sin reticencias.

Al final se aproximó a un pequeño grupo compuesto por el marido de Venetia, Lord Ashford, el tío de Simon y su hijo Evelyn. Ambrose y su hijo eran los que más motivos tenían para implicar a Simon en la muerte de Reed, aunque Charity no conseguía imaginar al pomposo Ambrose ni a su cínico hijo cometiendo un asesinato.

—Me alegro mucho de que haya podido venir —dijo a Ambrose con una cálida sonrisa.

—¿Cómo no iba a venir, querida? La familia es lo más importante para mí.

—Por supuesto.

—Hola, prima —saludó Evelyn, acercándose a los labios la mano de Charity—. Está radiante, como de costumbre.

—Muchas gracias —respiró profundamente—. La verdad es que me sorprende no tener peor aspecto. Estas últimas semanas no han sido nada fáciles.

—¿Ha estado enferma? —preguntó Lord Ashford preocupado—. Venetia no me ha dicho nada.

Ambrose se aclaró la garganta y miró al otro hombre con el ceño fruncido.

—Tal vez no haya sido algo que debiera discutir con usted.

Charity se dio cuenta de que parecía estar insinuando que su presunta enfermedad se debía a un embarazo, y se sonrojó.

—No, no es nada así. Simplemente decía que ha sido difícil, con todos los problemas que tiene Simon.

—¿Qué problemas? —preguntó Ambrose desconcertado.

Su hijo lo miró con la exasperación que Charity sentía.

—Me temo que se refiere al desgraciado fallecimiento del señor Reed.

—¿Quién? ¿Reed? Ah, ese ser insignificante —dijo Ambrose con desprecio—. El mundo es un lugar mejor sin él. Era un verdadero canalla.

—Pero eso no era motivo para matarlo —señaló Evelyn.

—¿Qué? Claro que no. No obstante, no veo a qué viene tanto lío.

Evelyn alzó las cejas con escepticismo.

—Bueno, ese hombre fue asesinado. No se puede pasar por alto el hecho sólo porque fuera un canalla.

—En mi opinión, la persona que lo hiciera hizo un favor al mundo —dijo el marido de Venetia.

Charity lo miró sorprendida. Lord Ashford le había parecido siempre un hombre muy agradable, pero la expresión que tenía ahora su rostro era dura, y sus ojos centelleaban con cólera.

Evelyn se volvió hacia él, perplejo. Ashford miró a su alrededor y se dio cuenta de la sorpresa que había causado su actitud.

—Lo siento. No deberíamos estar hablando de ese tema delante de Lady Dure.

—Tonterías —intervino Evelyn, sin dejar de sonreír—. Sospecho que ése era precisamente el tema que ella quería sacar —se volvió hacia Charity—. ¿Haciendo averiguaciones, milady?

Charity alzó la mirada. Evelyn era un joven agradable, pero en aquel momento le habría gustado darle un puñetazo. A veces resultaba demasiado agudo.

—No diga tonterías —respondió con sequedad.

Ambrose miró a su hijo con el ceño fruncido.

—Tiene razón. Te comportas con mucha imprudencia. Lady Dure no puede tener ningún interés por ese canalla, vivo o muerto. Tú eres quien ha sacado el tema, y debo decir que no es muy apropiado hablar de esas cosas en presencia de damas.

—Por supuesto. Le pido disculpas, prima. No obstante, tal vez le gustaría saber dónde estaba aquella noche. Desgraciadamente, estaba con un grupo de amigos no muy recomendables en casa de Cecil Harvey. Pasé allí toda la noche. ¿Y usted, padre? ¿Recuerda dónde estaba la noche en que fue asesinado Faraday Reed?

Lord Ashford se quedó mirando a Evelyn atónito.

—No estará insinuando que Lady Dure cree que uno de nosotros cometió ese horrible crimen.

—Por supuesto que no —dijo Ambrose antes de que Evelyn pudiera abrir la boca de nuevo—. Está haciendo el tonto, como de costumbre —sonrió a Charity con dulzura—. Lady Dure sería incapaz de pensar algo así.

—Muchas gracias —dijo Charity, sonriendo.

No obstante, Ashford siguió mirándola con curiosidad, y cuando un momento después Ambrose se disculpó y se marchó, el marido de Venetia dijo:

—Sospecha de uno de nosotros, ¿verdad?

—No, claro que no. Sólo es que...

—Si no ha sido Simon —continuó Evelyn— es lógico pensar que haya sido otra persona.

—Desde luego, es lógico —dijo Ashford—. ¿Pero por qué tiene que haber sido uno de ellos?

—O usted —señaló Evelyn.

—¿Yo? No puede decirlo en serio.

—Todos somos sospechosos —Evelyn bajó la voz—. ¿Se ha dado cuenta, querido primo, de que mi padre no ha presentado una coartada?

—Basta —dijo Charity, riendo—. Me hace sentir ridícula.

—Ni hablar —respondió él con galantería—. Alguien mató a ese hombre. Tendrá que salir a la luz más tarde o más temprano. El problema es que hay demasiados sospechosos. Estoy seguro de que a cientos de personas les habría gustado librarse de él —se volvió hacia Lord Ashford—. Vamos. Probablemente, nuestra prima ha averiguado todo lo que quería de nosotros. Vamos a permitirle que busque una nueva presa.

Se despidió de Charity con una ligera reverencia y se marchó, llevándose consigo a Lord Ashford. Charity los miró marchar, con una sonrisa en los labios. Pero no podía evitar pensar en la cara que había puesto el marido de Venetia cuando Evelyn le tomó el pelo diciendo que él también era sospechoso. Casi podía asegurar que se había puesto nervioso.

Pero Charity era incapaz de imaginarlo matando a alguien. Era una persona demasiado tranquila. Por otro lado, sabía que estaba muy enamorado de Venetia. Se preguntó qué habría hecho si se hubiera enterado de que Reed la amenazaba. Tal vez incluso había descubierto que su esposa había estado enamorada del otro hombre. No sabía si el amor y los celos podían impulsar al asesinato incluso a alguien como Ashford. Por otro lado, no entendía por qué iba a hacer que las sospechas recayeran sobre Simon, que era su amigo y su pariente.

Recorrió la habitación, en busca de Venetia. Como no la veía en el salón, salió al vestíbulo, donde se habían congregado algunos invitados. Sonrió a Simon, que estaba charlando con el más insoportable de sus primos, y avanzó a toda prisa por el pasillo. En realidad lo hizo para evitar que a su marido se le pudiera ocurrir recurrir a su ayuda para mantener una conversación con aquel hombre tan aburrido, pero cuando pasó junto a la biblioteca pudo ver que había una persona en el sillón, a oscuras, de modo que se detuvo para ver de quién se trataba.

Pudo ver que era una mujer porque estaba rodeada por sus faldas, pero tenía la cabeza vuelta, y la iluminación era insuficiente para distinguirla. De repente oyó un sollozo.

Avanzó un poco hacia la entrada.

—¿Puedo hacer algo por usted?

La figura se volvió.

—¡Oh, Charity!

—¡Venetia! ¿Qué te pasa? ¿Qué haces aquí?

Charity caminó hasta el sofá y se sentó junto a su amiga, cogiendo una de sus manos. En la otra mano, Venetia tenía un pañuelo. Estaba llorando.

—Claro que sí. Debo tener un aspecto horrible. Menos mal que estamos a oscuras.

—Pero ¿qué te pasa? ¿Por qué lloras?

—No estaba llorando. Bueno, tal vez un poco. Sabes que a veces nos molestan las cosas más insignificantes.

—Sí, pero tú sueles ser muy tranquila, igual que Simon.

Venetia negó con la cabeza y suspiró.

—No sé qué hacer. Pensé que todo marcharía mejor después de la muerte de Reed.

Un escalofrío recorrió la columna de Charity ante las palabras de su cuñada. No podía creer que fuera la responsable de la muerte de Reed. Además, estaba segura de que Venetia no lo habría hecho de modo que pareciese que el culpable era Simon. Quería demasiado a su hermano para eso. Pero sabía lo que Reed le había hecho, y cuánto lo odiaba por ello.

Venetia la miró detenidamente.

—¿Por qué pones esa cara? ¿Es que piensas que yo lo maté?

—Claro que no —contestó Charity automáticamente.

—Desde luego, tenía motivos, pero me faltaba el valor. Además, Simon me dijo que él lo detendría, y yo sabía que sería así. Debo confesar que me alegró su muerte. Sé que es algo imperdonable, pero no lo pude evitar.

—Ya. Si no fuera porque todo el mundo piensa que lo mató Simon...

—Ya lo sé. Es una de las cosas que más me han preocupado desde entonces. Odio que la gente eche la culpa a mi hermano. Jamás habría disparado a Reed a traición.

Charity asintió. Sabía que tenía razón al no creer que Venetia hubiera asesinado a Faraday Reed. Habría confiado en que Simon lo detuviera, tal y como había dicho. Y no era posible que hubiera implicado a su hermano en el crimen dejando el pañuelo junto al cadáver, puesto que lo adoraba.

—¿Sabía Asford lo de las amenazas?

—Claro que no. ¿Estás loca? Ni siquiera sabe que ocurrió

algo entre Reed y yo. De hecho, ése era el motivo por el que me sacaba dinero.

Charity no dijo nada a su cuñada, pero no estaba tan segura de que Lord Ashford ignorase el pasado de su mujer. A fin de cuentas, la gente cotilleaba, y Charity no dudaba que alguien sospechara lo que había ocurrido tantos años atrás entre Venetia y Reed. Era posible que alguien se hubiera enterado de que Venetia había huido y Reed había ido a recuperarla. Todo el mundo conocía la enemistad existente entre Simon y Reed. Las historias, adornadas por el tiempo y las conjeturas, podrían haber alcanzado al marido de Venetia. También era posible que el propio Reed se lo hubiera contado a Lord Ashford.

Charity pensó rápidamente en las posibilidades. Tal vez Simon hubiera asustado a Reed para conseguir que dejara en paz a su hermana, pero el otro hombre podía haber decidido vengarse cumpliendo su amenaza y contándole lo ocurrido a Ashford. No habría sido un acto muy razonable, teniendo en cuenta la cólera de Simon, pero tal vez estuviera demasiado furioso para pensar con claridad. O tal vez esperase obtener dinero del propio Ashford, puesto que a ningún caballero le gustaría que se hablara en sociedad sobre el pasado de su mujer. Sería una mancha en el honor de la familia, y Reed podía haber dado por sentado que Ashford pagaría por evitarla. Claro que también pudo ponerlo furioso hasta el punto de llevarlo al asesinato.

Era incluso posible que Ashford se hubiera enfadado tanto al descubrir que Venetia y Simon lo habían estado engañando durante tanto tiempo que podría haber intentado que pareciera que su cuñado era el asesino. Pero no sabía cómo podía haber conseguido un pañuelo suyo para colocarlo junto al cadáver. Le parecía poco probable que lo llevara siempre encima por si acaso.

También era improbable que el jovial y plácido Lord

Ashford se viera invadido por una fiebre asesina, ni siquiera en el caso de que descubriera que su esposa no había llegado virgen al matrimonio. Charity suspiró y se puso en pie, tendiendo la mano a Venetia.

—Vamos. Será mejor que volvamos a la fiesta.

Venetia sonrió débilmente.

—Tienes razón. No puedo permitir que la anfitriona desaparezca.

—En efecto. Además, van a servir la cena, y no querrás perdértela.

—Vamos —Venetia cogió la mano de Charity y se metió el pañuelo en el bolsillo—. ¿Estoy presentable? ¿Se nota que he estado llorando?

—Claro que no. Estás guapísima, como siempre.

—Gracias —sonrió y abrazó a Charity—. Muchas gracias. Eres encantadora. Me alegro muchísimo de que Simon se haya casado contigo.

—Yo también.

Venetia rió y cogió a Charity de la mano. Volvieron juntas al recibidor.

21

Durante el resto de la fiesta, Charity siguió haciendo averiguaciones con toda la diplomacia posible, pero sus esfuerzos fueron vanos. Descubrió pocas cosas que pudieran demostrar la inocencia o la culpabilidad de nadie, y le preocupaba la posibilidad de que alguno de los parientes de Simon se ofendiera ante sus preguntas.

La cena le resultó aburridísima. Estaba sentada entre un vicario, amigo de los Westport, y Hortense, la mujer de Ambrose, que se consideraba muy importante y hablaba con gran afectación, mientras alzaba el rostro para mirar desde arriba a cualquier persona a la que se dirigiera. Charity se dio cuenta de que iba a durar una eternidad.

A mitad del primer plato empezaron a sonar unos ladridos frenéticos, seguidos por un estruendo. Charity se encogió, sabiendo que Lucky había conseguido volver a meterse en un lío. Miró a Simon, que le devolvió la mirada. Después se oyó un chillido, seguido de una voz de hombre que, afortunadamente, resultó ininteligible.

Charity miró a Chaney, que supervisaba a los criados desde la puerta. Su rostro, normalmente imperturbable, parecía una nube tormentosa. Se volvió dispuesto a desaparecer por el pasillo que utilizaba el servicio para llegar con la cena, pero en cuanto abrió la puerta, una bola peluda entró por ella.

Charity contuvo un gemido. El mono se había liberado, y a juzgar por los ladridos que se aproximaban, Lucky lo perseguía.

Varias mujeres gritaron cuando el mono cruzó el suelo y se encaramó a un mueble de caoba. Un segundo después, Lucky irrumpió en el comedor. Detrás de él iba el lacayo.

—¿Qué demonios...? —empezó a decir Ambrose.

El lacayo miró a los comensales, que lo observaban fijamente.

—Disculpen. No sé cómo ha conseguido escaparse.

—Dennis.

La voz de Chaney era baja, pero tan helada que Charity sintió compasión por el pobre lacayo.

El mono miró con desprecio al perro y se volvió para admirarse en el espejo de la alacena. Ladeó la cabeza y se puso a peinarse con las manos. Evelyn se puso a reír.

Cuando Lucky recuperó el equilibrio y localizó a su presa, subió a la alacena las patas delanteras y se puso a ladrar, mientras el lacayo lo sujetaba por el collar. El pobre hombre acabó en el suelo. Chaney se adelantó para intentar coger al perro, que lo esquivó sin dejar de ladrar al mono. El lacayo, dándose cuenta de que el perro seguiría al otro animal, decidió perseguir a Churchill, pero éste se escabulló y llegó hasta la mesa.

Subió ayudándose del mantel, y Lucky lo siguió, irrumpiendo entre dos invitados para intentar subirse a la mesa.

—¡Churchill! —exclamó Charity—. ¿Es que no tienes modales? ¡Abajo, Lucky!

El lacayo y el mayordomo consiguieron capturar al perro y sacarlo del comedor, pero tuvieron menos suerte con Churchill, que corrió por la mesa hacia Charity, deteniéndose por el camino para coger una uva del frutero. Charity se llevó la servilleta a los labios para contener la risa y miró a su marido, preguntándose si estaría cohibido, furioso, o ambas cosas. Pero Simon observaba a la criatura con sumo interés, divertido.

Algunos invitados se habían apartado de la mesa y miraban alarmados al mono. Otros, como Evelyn, reían, y algunos se limitaban a mirarlo boquiabiertos. Churchill parecía saber que era el centro de atención. A fin de cuentas, estaba acostumbrado a actuar en público. Se quitó el sombrero e hizo una reverencia a la gente de un lado de la mesa. Después se volvió e hizo lo mismo con los que estaban sentados enfrente. Todos rieron. Complacido con la respuesta, el animal se puso a agitar el sombrero delante de los comensales, conminándolos a arrojar alguna moneda en él. Las carcajadas se incrementaron.

El mono empezó a correr de nuevo hacia Charity, pero de repente lo distrajo un adorno brillante que llevaba Hortense en el pelo. Veloz como el rayo, se le subió al hombro y le quitó la peineta de brillantes. Hortense gritó, histérica, pero Churchill ya se había subido al hombro de Charity, agarrándose a su pelo con una mano mientras examinaba su trofeo con la otra.

—¡Churchill! —exclamó Charity, arrebatándole la peineta.

El animal gritó algo que parecía una maldición y se dispuso a lanzarse sobre la sopa de Charity.

—¡Ni hablar! —dijo ella, apartando el plato.

Churchill la miró detenidamente y después cogió su copa de vino para beber de ella.

—¡Dios mío! —dijo Hortense.

—¡Oye! —gritó Charity, tirando la peineta a la mesa para quitarle la copa.

Churchill no estaba dispuesto a darse por vencido, y mantuvo la copa firmemente sujeta.

—¡Milady!

El mayordomo, que ya se había encargado de hacer que encerraran al perro, corría ahora hacia Charity, horrorizado.

Al ver que el peligro se aproximaba, el mono soltó la copa. Charity, que estaba tirando de ella, echó el brazo hacia atrás, y todo el vino fue a parar al vestido de Hortense. Charity se quedó mirando horrorizada a la otra mujer. Se oyeron varias risas contenidas. Charity empezó a balbucear disculpas.

En el otro extremo de la mesa, Simon se puso en pie y capturó al mono.

—Aquí tienes, Chaney —dijo con calma, entregándoselo al camarero—. Creo que habrá que cambiar la copa a Lady Dure.

—Sí, milord.

—Desde luego, milady —dijo Evelyn mientras Chaney abandonaba el comedor con paso solemne—, usted sí que sabe amenizar una cena.

Charity gimió y se cubrió los ojos.

Aunque todos volvieron a concentrarse en la cena, intentado actuar como si nada hubiera ocurrido, el resto de la velada resultó algo tenso. Después de comer, las señoras se retiraron al salón, mientras los caballeros iban a fumar y a tomar un coñac a la biblioteca. Poco después de que los hombres fueran a reunirse con las mujeres, los invitados empezaron a marcharse. Charity sospechaba que estaban ansiosos por irse para hablar sobre la extraña cena de Lady Dure. Se sentía bastante descorazonada mientras subía con Simon al dormitorio.

—Vamos, amor mío —dijo Simon, entendiendo el motivo de su mal humor—. No tienes motivos para estar enfadada.

—Pero todos tus parientes estaban ahí —gimió Charity—. Tu tío es muy pomposo, y por si fuera poco, su mujer fue la que recibió mi copa de vino en el vestido. Por no mencionar el hecho de que Churchill le robó la peineta.

—Tú se la devolviste. Además, el vestido que llevaba era horrendo. Me alegro de que tenga que tirarlo.
—No bromees. He ofendido a tu familia.
—Tal vez se haya ofendido alguno de ellos, pero he visto reír a varios. A Evelyn le ha encantado el espectáculo.
—Ya lo sé. ¿Y los demás?
—Me da igual. Nunca me preocuparon demasiado —abrió el dormitorio y se echó a un lado para cederle el paso—. Por si no lo habías notado antes, no me importa demasiado lo que piensen los demás, ni siquiera aunque sean mis parientes.

La siguió al interior, cerrando la puerta a su paso, y cogió a Charity por los hombros.
—Además, no ha sido culpa tuya —añadió—. Los animales debían estar encerrados.
—Ya lo sé, pero si no hubiera traído al mono a casa, nada de esto habría ocurrido.
—Eso es cierto. Pero por otro lado no habríamos tenido ninguna distracción en esta fiesta tan aburrida. Y lo que es más importante, no serías tú.
—Pero ¿no crees que sería mejor que aprendiera un poco de decoro?
—Empiezas a hablar como tu madre —Simon sacudió la cabeza, mientras se desabrochaba la corbata—. Pero no era con ella con quien quería casarme, sino contigo, tan bella e indecorosa como eres.

Se inclinó para besarla en los labios. Charity sonrió y suavizó la expresión.
—¿De verdad?
—De verdad.

Cogió su mano y se la llevó a los labios, besándole la palma y ascendiendo lentamente hacia su muñeca.

Charity se derritió junto a él, apoyando la cabeza en su hombro.

—¿Te he dicho lo guapa que estás con este vestido? —murmuró Simon.
—No estoy segura, pero me lo puedes repetir por si acaso.
—Estás muy guapa —la besaba a cada palabra—. Radiante. Impresionante.

Simon se detuvo en la parte superior de su escote y besó la curva de sus senos. Charity sonrió satisfecha.

—Me encanta oírte decir eso.

La boca de Simon pasó a su otro seno, rozándolo con suavidad.

—Preferiría demostrártelo.

Charity hundió los dedos en su pelo.

—Sí, creo que estoy de acuerdo.

Simon alzó la cabeza, con una sonrisa sensual en los labios. Tenía los ojos cargados de deseo.

—Eres la mujer más deseable del mundo.

Se besaron. Sus lenguas se entrelazaron, explorándose con un calor que pronto se convirtió en un fuego devorador.

Al final se apartaron, y Simon empezó a desabrocharse los botones de la camisa. Charity se quitó las horquillas, liberando su cabello, que le cayó por los hombros.

—Me temo que necesito ayuda —dijo, volviéndole la espalda y echándose el pelo a un lado—. ¿Me puedes desabrochar el vestido?

—Sabes que para mí es un honor ayudarte.

Simon empezó a desabrochar los botones, uno a uno. Lo hacía con mucha frecuencia. Tanto era así que la doncella de Charity había aprendido a no esperar a que su señora se retirase, ya que su presencia resultaba más molesta que necesaria. Simon se estaba convirtiendo en un experto en ropa de mujer.

Cuando desabrochó el último botón, Charity se quitó el

vestido. Simon gimió al ver que llevaba un corsé. Lo desabrochó rápidamente y lo echó a un lado.

Al otro lado de la habitación estaba el gran espejo de Charity, y Simon pudo ver su reflejo en él. Charity llevaba la camisa y los pololos, y él estaba tras ella. Había algo excitante en el hecho de mirarse en el espejo junto a ella. Le acarició el pecho y bajó lentamente hacia su cintura. Desabrochó la cinta de los pololos y se los bajó.

–Eres preciosa –dijo, hundiendo el rostro en su pelo.

Charity se apoyó contra él. Le gustaba la sensación que despertaban en ella los dedos de Simon sobre su cuerpo. Simon la acariciaba entre las piernas, sin apartar la vista del espejo.

Dio un paso atrás y se quitó la camisa y el resto de la ropa. Charity hizo lo mismo, de modo que cuando volvieron a unirse los dos estaban desnudos. Se quedaron mirándose durante un momento. A pesar de que se habían familiarizado con sus respectivos cuerpos, su visión seguía excitándolos, puesto que todos sus rasgos les recordaban pasados placeres, un beso, una caricia o un clímax.

Charity colocó las manos en el pecho de Simon, bajando hacia sus caderas, disfrutando al provocarle placer con su contacto. Pasó los dedos por la línea de sus costillas y jugueteó con los duros pezones masculinos. Después entrelazó los dedos en el vello negro que cubría su pecho. Simon contuvo la respiración. Cuando al fin la mano de Charity se posó en su masculinidad, gruñó y cerró los puños, esforzándose por contener la pasión. Charity lo acarició con delicadeza, explorando la suavidad de la piel tensa.

Simon respiraba aceleradamente, y el sudor cubría su cuerpo. Quería poseer a Charity inmediatamente, pero sabía que la espera incrementaría el placer. Charity se adelantó y empezó a besarle el cuello, hasta que el cuerpo de Simon parecía a punto de estallar.

Simon se inclinó y la cogió en brazos, la llevó a su cama y la dejó sobre ella. Charity alzó los brazos, dándole la bienvenida mientras se deslizaba entre sus piernas. Simon la llenó por completo, y ella cerró los muslos a su alrededor. Empezaron a moverse juntos, al mismo ritmo, hasta que la tensión se desató en un estallido de amor.

A la mañana siguiente Charity se despertó acurrucada junto a su marido. Sentía el calor de su cuerpo. Sonrió para sí. Le parecía maravilloso despertarse así.

Se quedó tumbada un rato, pensando en la fiesta de la noche anterior y en lo poco que había averiguado. Empezaba a pensar que le resultaría imposible averiguar la verdad. Después de hablar con mucha gente seguía sin sospechar quién podía haber asesinado a Faraday Reed y por qué. Chaney tampoco había logrado sacar información útil a los criados de Reed.

Se dijo que debía haber una forma mejor de abordar el tema. Tal vez debería contratar a alguien que tuviera experiencia en investigaciones y que pudiera descubrir quién podía tener motivos para asesinarlo. Pero no sabía muy bien dónde encontrar a esa persona, ni siquiera si alguien se dedicaba a un trabajo así.

Suspiró y se levantó de la cama, con cuidado de no despertar a Simon. Se puso la bata y abrió la puerta de su vestidor. De repente se quedó helada, mirando el suelo.

No pudo contener un grito.

Simon salió corriendo de la cama para ir junto a ella.

—¿Qué ocurre?

Miró a su alrededor como si esperase encontrarse con un hombre armado.

Charity se tapaba la boca con una mano, horrorizada. Tenía los ojos muy abiertos y clavados en el suelo. Al ver que no respondía, Simon siguió su mirada.

—¿Churchill?

El mono yacía inmóvil en el suelo. Simon se quedó mirándolo sorprendido durante un momento.

—¿Qué le ha pasado? —preguntó a Charity.

—No lo sé. Está muerto, ¿verdad?

—Me temo que sí —dijo examinándolo de lejos.

Se agachó para recoger al mono. Su cuerpo estaba helado. Lo llevó a la ventana y apartó la cortina para verlo mejor.

—¿Lo ha matado Lucky? —preguntó Charity—. No debí traerlo. Debí darme cuenta de que el perro lo mataría.

—No —respondió Simon pensativo—. No creo que Lucky haya tenido nada que ver. No tiene ni una herida.

—Lo habrá sacudido hasta romperle el cuello. Probablemente sólo quería jugar.

—No creo. Tampoco parece que tenga el cuello roto. Además, estaba en el vestidor, con la puerta cerrada. ¿Cómo podría haberlo alcanzado el perro?

—Tienes razón. ¿Crees que lo puede haber matado uno de los criados?

—Imposible. No lo habrían dejado en tu vestidor para que lo encontraras.

Simon bajó la cabeza y se puso a olisquear el cuerpo del animal.

—¿Qué haces?

—Hay un ligero olor... No estoy seguro.

Cruzó rápidamente la puerta que conducía a su propio dormitorio, dejó el cadáver sobre un sillón y empezó a vestirse a toda prisa.

—¿Qué haces? ¿Por qué te vistes? ¿Por qué no has llamado a Thomkins?

—No tengo tiempo para el ayuda de cámara. Voy corriendo a ver al doctor Cargill.

—¿El doctor Cargill?

—Es el médico de mi familia.

—¿Por qué quieres verlo con tanta prisa? ¿Te encuentras mal?

—No. Quiero que examine el cuerpo de Churchill.

—Pero es un médico de personas. ¿Crees que Churchill podía tener alguna enfermedad contagiosa?

—No. No sé muy bien qué pensar. Pero esta muerte tan repentina me parece muy extraña. Me parece evidente que los criados lo encerraron en tu vestidor porque ahí no tenía muchas cosas que romper, ya que no podía abrir los armarios. Y el caso es que murió ahí sin heridas ni huesos rotos.

—Tal vez antes comió algo que le sentó mal —dijo Charity.

—Eso es lo que sospecho. Que comió algo que le sentó muy mal. Veneno.

—Pero ¿por qué iba alguien a querer envenenar a un pobre monito?

—No creo que nadie quisiera. Pero recordarás que anoche bebió de tu copa de vino, antes de derramarlo sobre el vestido de Hortense. Lo quiero llevar al doctor Cargill para averiguar si ha muerto envenenado, porque me temo que eso significaría que alguien intentó envenenarte a ti.

Charity estaba demasiado aturdida para protestar. Simon se vistió y se marchó a toda prisa, llevándose el cadáver del mono envuelto en un trapo. Charity se aseó lentamente, pensando. No podía creer que alguien hubiera intentado envenenarla. No entendía que nadie pudiera tener motivos para hacerlo. Le parecía absurdo; tanto que pronto decidió que Simon se extralimitaba en su afán protector. La idea de que estuviera tan preocupado por ella la halagaba, pero estaba segura de que no tenía por qué preocuparse. Cuando se dispuso a desayunar sintió cierta aprensión, pero dejó de lado las dudas y comió, aunque evitó beber nada.

Simon llegó un rato después, lívido, y el corazón de Charity dio un vuelco.

—No me equivocaba —dijo dejándose caer en un sillón—. El animal murió envenenado. El doctor Cargill me lo ha confirmado.

Charity se quedó sentada, mirándolo. Estaba tan convencida de que se trataba de una falsa alarma que volvió a preocuparse al oír a Simon.

—Pero eso no significa que fuera por beberse mi vino. Alguien podría haberlo envenenado antes. Hasta es posible que uno de los criados se hartase de él hasta el punto de decidir matarlo. Se habría comido cualquier cosa que le dieran. Probablemente alguien envenenó un dulce y...

—Estaba en el vino —interrumpió Simon—. El médico le hizo la autopsia, y no tenía nada más en el estómago. Sin duda, a quien querían envenenar era a ti.

—¿Por qué? —Charity se puso en pie, nerviosa—. ¿Por qué iba alguien a intentar matarme?

—Tal vez porque te has dedicado a recorrer Londres haciendo preguntas sobre el asesinato de Faraday Reed. A lo mejor en algún momento te acercaste demasiado a la verdad. ¡Dios mío, Charity, casi te matan por ello!

—Pero si el veneno estaba anoche en mi vino, eso significa que lo puso un invitado. Uno de tus...

—Dios mío —Simon se puso en pie—. No puede ser. Claro que tampoco es necesario que lo hiciera uno de los invitados. Un criado podría haber puesto el veneno.

—¿Un criado?

—Sí. Tal vez alguien sobornó a un criado para que lo hiciera. Un momento. ¿Contrató Chaney a más gente para la cena?

—Sí —dijo Charity, iluminándose—. Ese hombre tan alto era uno de ellos. Y creo que había otro.

Llamaron a Chaney, que confirmó que había contratado a dos criados adicionales para la noche anterior. Los dos habían sido enviados por una agencia con la que había trabajado en muchas ocasiones.

—Vete a la agencia y averigua quiénes eran esos hombres. Quiero interrogarlos. Mientras tanto, Lady Dure no comerá ni beberá nada que no haya sido preparado y servido por ti personalmente. ¿Está claro?

—Sí, milord —contestó Chaney, ocultando su sorpresa a duras penas.

—Alguien ha intentado envenenar a mi mujer.

—¡Milord!

—Es cierto. El mono la salvó. Pero no estoy seguro de que el asesino vuelva a intentar envenenarla. Por eso deberás mantenerla vigilada mientras yo no esté aquí.

—Sí, milord. Patrick y yo montaremos guardia constante. Patrick es el hijo de mi hermana, y confío plenamente en él.

—Muy bien.

—Voy inmediatamente a la agencia, milord.

Chaney se despidió con una reverencia y salió de la habitación.

—No creo que sea necesario todo esto —empezó a decir Charity.

Simon se volvió, mirándola con incredulidad.

—¿Que no es necesario? ¿De verdad crees que me voy a quedar cruzado de brazos, sin protegerte?

—Claro que no, pero...

—No hay peros que valgan. De hecho, creo que lo mejor será que vuelvas al parque de Deerfield.

—¡No! No quiero ir sin ti. Además, nunca podremos averiguar quién lo hizo si nos marchamos. Tenemos que quedarnos en Londres. Creo que deberíamos contarle a Gorham lo ocurrido. Tal vez así se dé cuenta de que va tras la pista equivocada.

—Es más probable que piense que queremos despistarlo —paseaba por la habitación, con el ceño fruncido—. Tengo que ir a ver a Venetia —anunció de golpe.

—¿A Venetia? ¿Por qué? Además, no puedes. Me dijo que se iban a Ashford Court a primera hora de la mañana.

—¿A Sussex? —dio unas vueltas más a la habitación—. Pues tendré que ir. Me temo que no volveré hasta mañana por la noche. Chaney y Patrick te cuidarán. Tienes que prometerme que no saldrás de casa por ningún motivo. ¿Entendido?

—¡Simon!

—Lo digo en serio, Charity. No sé qué haría si te ocurriera algo.

Charity se quedó sin palabras. Lo que Simon acababa de

decir era casi una declaración de amor. En aquel momento le habría prometido cualquier cosa que le pidiera.

—Sí, Simon, te lo prometo. No iré a ningún sitio. Además, estoy segura de que con Chaney y Patrick estaré a salvo.

—Será mejor que des a Lucky un bocado de cada cosa de tu plato antes de comértelo.

Charity alzó la vista, exasperada.

—Chaney va a encargarse personalmente de mis comidas.

—Sólo por si acaso.

—¿Por qué es tan importante para ti visitar a Venetia? No pensarás que puede haber sido ella, ¿verdad?

—Espero que no. El caso es que le di mi pañuelo. Antes de irme al parque de Deerfield, dos semanas antes del asesinato de Reed, fui a verla. Estaba llorando y le di mi pañuelo. Olvidó devolvérmelo antes de que me marchara.

Charity se quedó mirándolo aturdida.

—¡Oh, Simon! —corrió a su lado y lo abrazó—. Por eso no te apetecía demasiado encontrar al asesino, y por eso intentaste desanimarme para que no investigara, ¿verdad? ¿Has estado sospechando eso todo este tiempo?

—En parte. No creo que Venetia sea capaz de matar a nadie, ni siquiera a Reed. Le dije que yo me encargaría de él, de modo que no tenía por qué seguir temiéndolo. No obstante, lo detestaba y le tenía miedo. Y yo sabía que ella tenía el maldito pañuelo. No me sentía capaz de pedírselo. No quería sospechar de ella, no quería que ella supiera que la idea había cruzado mi mente. Pero mientras existiera la posibilidad de que hubiera sido ella, prefería que el inspector siguiera sospechando de mí. No quería que se pusiera a investigarla a ella.

—O a George. Si Venetia tenía el pañuelo, él pudo cogerlo. Ya te he dicho la cara que puso ayer cuando mencioné el nombre de Reed.

Simon suspiró.

—Supongo que George es más capaz de matar a alguien que Venetia. Aunque eso también me parece poco probable. Pero ahora tengo que asegurarme. Me da igual que uno de ellos matara a Reed, pero si han intentado hacerte daño a ti, tengo que detenerlos.

Simon se marchó poco tiempo después. Pasó toda la tarde de camino, y llegó a Ashford Court cuando Venetia y su marido se disponían a comer. Entró en el comedor siguiendo al criado que lo anunció. Venetia se puso en pie de un salto, atónita.

—¡Pero bueno! —exclamó Ashford—. ¿A qué se debe esta visita inesperada?

—Tengo que hablar con vosotros. O, mejor dicho, con Venetia.

Su hermana lo miró asombrada.

—Pero anoche estuvimos contigo. ¿Por qué has venido tan deprisa? Nosotros mismos acabamos de llegar.

—Es muy importante. Se trata de Charity.

—¿Charity? —repitió Venetia preocupada—. ¿Qué ocurre? ¿Le ha pasado algo?

Simon la miró con frialdad.

—¿Por qué dices eso? ¿Debería haberle pasado algo?

Venetia lo miró confundida.

—Dices que has venido a hablar sobre Charity, así que he supuesto que le ocurriría algo. ¿Se puede saber qué pasa?

—Sí, ¿qué pasa? —preguntó Ashford—. No entiendo de qué hablas.

—Creo que alguien intentó envenenarla anoche.

—¡Oh, Simon! ¡No! —Venetia corrió a su lado—. ¿Se encuentra bien?

—¿Y qué haces aquí? —preguntó Ashford con brusquedad—. ¿No deberías estar en casa con ella?

—Está bien —contestó Simon a su hermana—. No se bebió el veneno. Pero mató al mono.

—Gracias a Dios —suspiró Venetia.

—El mono —repitió Ashford—. ¿Cómo demonios ocurrió? Esto no tiene sentido. Siéntate y tómate una taza de té. Venetia...

—Por supuesto.

Condujo a su hermano a una silla, tomó asiento frente a él y le sirvió una taza de té.

—No lo entiendo, Simon. ¿Cómo sabes que el mono se envenenó, y que el veneno era para Charity?

—Lo encontramos muerto en la habitación. Al principio pensamos que había sido el perro, naturalmente, pero no tenía ni una herida.

—A lo mejor alguien le retorció el pescuezo. No me parece tan improbable —observó Ashford.

Simon sonrió y suspiró.

—Yo también lo pensé, créeme. Pero lo he averiguado. No tenía el cuello roto, y antes no había dado muestras de estar enfermo. Ya viste cómo se puso a correr por ahí. Lo más importante era que olía a almendras.

—¿A almendras? ¿Alguien envenenó las almendras?

—No. Es un tipo de veneno que huele a almendras amargas. Lo reconocí.

—¿Qué tiene eso que ver con Charity? —preguntó Venetia.

—El mono bebió vino de su copa, ¿recordáis?

—Es verdad, ya me acuerdo —convino Ashford—. Pero ¿por qué querría alguien asesinar a Charity? Es una mujer encantadora. ¿Estás seguro de que el mono no cogió la copa de tu tía Hortense? Me sorprende que nadie la haya intentado matar aún.

—¡George! —exclamó Venetia.

Simon rió ante las palabras de su cuñado.

—Dios mío, no sé qué hacer ni qué pensar.

—Pero ¿por qué has venido a vernos? —preguntó Venetia—. Por supuesto, nos alegra que nos hayas informado, pero...

—He venido porque tenía que preguntarte una cosa —alzó la cabeza y la miró—. ¿Dónde está mi pañuelo?

—¿Tu pañuelo? —Ashford lo miró como si se hubiera vuelto loco—. ¿De repente se te ocurre pensar en un pañuelo? Debes tener docenas de ellos.

Pero Venetia entendió la pregunta. Se quedó pálida y se levantó lentamente.

—Quieres decir que... Crees que yo...

—Sé que tenías mi pañuelo. Aquel día, cuando hablamos y te pusiste a llorar, te lo di.

—¿A qué viene esta historia de los pañuelos? —preguntó Ashford confundido—. Venetia, ¿por qué te comportas como si hubieras visto un fantasma? ¿Qué pasa aquí?

—Tal vez sea mejor que hable a solas con mi hermana —dijo Simon.

—Yo diría que no. Es evidente que la estás incomodando, y no estoy dispuesto a permitirlo. Sea cuál sea tu problema, deberías discutirlo conmigo, de hombre a hombre. Venetia, ¿por qué no nos dejas solos un momento mientras arreglamos esto?

—No —respondió Venetia—. Tú no lo puedes arreglar. Es de mí de quien sospecha. ¿No es así, Simon?

—No sé qué pensar. Por eso he venido. No me lo podía creer. No me lo quería creer. Pero estaba el pañuelo, y no podía olvidarlo. Eso y todas las razones que tenías para odiarlo.

Ashford, que los miraba boquiabierto, volvió a la vida de repente.

—¿Crees que Venetia asesinó al tal Reed? ¡Por Dios! ¡Estás acusando a tu propia hermana!

Los ojos de Simon lanzaban fuego.

—No la estoy acusando de nada. Sólo le hago una pregunta. Tengo que saberlo. La vida de Charity está en juego. No puedo seguir sin saber nada.

—Pues no fue ella —respondió Ashford—. Pasó conmigo toda la noche. Lo juraré.

—Pero eso no es cierto, George —dijo Venetia, volviéndose hacia él.

—Cállate, Venetia. Si yo digo que estábamos juntos, lo estábamos.

Venetia sonrió con ternura a su marido y lo cogió de la mano.

—¿Mentirías por mí?

—No funcionará —dijo Simon—. Todo el mundo vio a Venetia en la fiesta de los Willingham, y tú no estabas con ella.

—Es cierto, querido —le recordó su esposa—. Tú estabas en tu club, y estoy segura de que hay una docena de caballeros que pueden atestiguarlo.

—Pero me fui. Debí salir del club sobre las tres.

—Pero los dos sabemos que aquella noche no dormiste conmigo, ¿verdad? Te oí entrar en tu dormitorio, pero no viniste a verme.

Ashford apartó la mirada.

—Era tarde, y no quería molestarte.

—¿Igual que durante todos estos meses? —sacudió la cabeza al ver que su marido se sonrojaba—. Pero ésa no es la cuestión. El problema ahora consiste en demostrar que yo no maté a Faraday Reed —miró a Simon frente a frente—. Espera un momento. Ahora vuelvo.

Salió corriendo de la habitación. Los dos hombres se miraron, incómodos. Después, Simon se volvió y caminó hacia la ventana.

—Ella no pudo matarlo —dijo Ashford, rompiendo el silencio—. Si alguien tenía motivos para hacerlo era yo, y no ella.

—¿Tú? —Simon se volvió hacia él, sorprendido—. ¿De qué hablas?

—El marido celoso. Siempre es quien tiene más motivos, ¿no? Podría haber sacado tu pañuelo de la cómoda de Venetia. Podría haberlo matado y haber dejado junto a su cuerpo la prueba que te acusara. Sería mucho más razonable que sospecharas de mí, antes que de tu propia hermana, ¿no crees?

—Dios mío, George, ¿quieres decir que tú lo mataste?

—Es lo que diré si acusas a Venetia.

—¡George!

Los dos se volvieron al oír la exclamación de la mujer. Seguía muy pálida, y sus ojos resplandecían.

—¿Quieres decir que confesarías un crimen que no cometiste para salvarme? —preguntó a su marido.

Ashford se aclaró la garganta, incómodo.

—No podría permitir que fueras a la cárcel.

—¡Oh, George! —dijo abrazándolo, embargada por la emoción—. ¿Tanto me amas?

—Claro que sí. A fin de cuentas, eres mi esposa. Tienes que saber que estoy loco por ti desde que te conocí.

—¡Oh, George! —Lo abrazó fuertemente—. Entonces, ¿por qué te comportas con tanta frialdad últimamente? ¿Por qué...? —se detuvo de repente, mirándolo—. A no ser que tú también pienses que yo lo maté.

—No, por Dios. ¿Por qué iba a pensar que tú mataste a esa rata? Tú lo amabas. Yo era el que pensaba noche tras noche en matarlo. Aunque no le habría pegado un tiro. No me parecía suficientemente satisfactorio. Quería matarlo con mis propias manos. Pero no pude hacerlo. Eso habría causado tu infelicidad. Sabes que no soporto que seas infeliz. Debo admitir que me alegró la noticia de su muerte. Pero después, cada vez que te oía llorar por la noche, me odiaba por haberme alegrado.

Venetia lo miró anonadada.

—¿Crees que soy infeliz a causa de la muerte de Faraday Reed? ¿Que si lloro por las noches es por él? ¿Cómo has podido albergar una idea tan absurda?

Él le devolvió la mirada con igual confusión.

—Porque lo amabas. Es más que evidente.

—¡Lo odiaba! ¿Cómo podías pensar que lo amaba después de lo que hizo?

Los tres guardaron silencio durante largo rato.

—Pero fuisteis amantes —dijo George al final—. Weaver te siguió. Vio que os reuníais. Vio que... —su voz tembló, y tuvo que aspirar antes de seguir—. Vio que os besabais en el parque. Yo sabía que tenías una aventura con él.

—¡No! —gritó Venetia, apartándose de él—. ¡Oh, Dios mío, pensaste que...! No lo amaba. Lo despreciaba. Lo odiaba. No teníamos ninguna aventura. Me chantajeaba para sacarme dinero. Aquel día en el parque me besó a la fuerza, pero yo no quería. Intenté apartarme, pero era demasiado fuerte. Y lo que pretendía era divertirse a mi costa. Sabía cuánto lo odiaba, pero también sabía que no podía pedir socorro, porque no quería llamar la atención.

—¿No era tu amante? —el rostro de Ashford se suavizó—. Venetia, mi amor, me equivoqué contigo. ¿Podrás perdonarme? —se acercó a ella y la abrazó fuertemente—. Pero espera un momento. Dices que te sacaba dinero —miró a Simon—. ¿Y tú lo sabías?

Simon asintió.

—¿Por qué? ¿Qué poder tenía sobre ti?

Venetia se apartó de su marido, suspirando.

—Es evidente que no te lo puedo seguir ocultando. Aunque es posible que si te lo digo me odies tanto como cuando pensabas que tenía una aventura con él.

—Ni siquiera te odiaba por ello. No podría odiarte.

—No te precipites

Cerró los ojos un momento, haciendo acopio de fuerzas. Después le contó toda la historia sobre la forma en que Reed la había engañado cuando era joven, cómo la había convencido para que se fugara con él y cómo le había pedido dinero para no arruinar su reputación cuando Simon los alcanzó.

Mientras hablaba, la cólera se reflejaba en el rostro de Ashford. La voz de Venetia empezó a flaquear. Terminó precipitadamente, al borde de las lágrimas.

—¡Maldito canalla! —rugió cuando Venetia se detuvo—. Debería haberlo matado —miró a Simon—. Deberías haberlo matado hace mucho.

—Créeme, en ocasiones deseé haberlo hecho. Creo que nuestras vidas habrían sido mucho más fáciles. Pero tenía que considerar la reputación de Venetia.

—¡Hacer algo así a una pobre chica inocente y pretender que pagara para no decir nada! Me gustaría que me lo hubiera contado. Le habría dado lo que merecía. No debiste darle nada, amor mío. Debiste contármelo inmediatamente.

—Pero me daba mucho miedo lo que pudieras pensar o sentir. Me daba miedo que me odiaras, que me repudiaras.

—¡Venetia! ¿Cómo pudiste pensar algo así? Yo nunca te habría repudiado. Ni siquiera cuando pensaba que tenías una aventura con Reed se me pasó por la cabeza hacer algo así. Me limitaba a rezar para que no durase, para que volvieras a mi lado.

—Yo nunca te dejé.

—Ahora lo sé. Oh, amor mío —volvió a cogerla entre sus brazos—. ¿Crees que no sabía que no fui el primero? Pero no me importó. Lo único que me importaba era que me hubieras elegido a mí.

—Oh, George... —lo rodeó con sus brazos—. Eres el mejor hombre del mundo. No merezco un marido como tú.

—Tonterías. Merecerías algo mejor.

Simon, ante la escena de reconciliación, se alejó discretamente. De nuevo se puso a mirar por la ventana, intentando no escuchar el sonido de los besos. Sabía que había estado siguiendo una pista falsa. Su preocupación por la seguridad de Charity lo había llevado a un callejón sin salida. Venetia habría sido incapaz de cometer un asesinato. Era demasiado dulce. Lo más probable era que hubiera hecho lo que había hecho en realidad: recurrir a él con la esperanza de que resolviera su problema. Habría confiado en que lo resolviera todo, siempre había sobrevalorado a su hermano mayor.

En cuanto a Charity, era una mujer que se ocupaba personalmente de sus problemas, aunque significara entrar con una pistola en casa de alguien. Era perfectamente capaz de utilizar un arma para defenderse. Se había acostumbrado tanto a la forma de ser de su esposa que había llegado a pensar que otra mujer, como su hermana, actuaría de la misma forma.

Simon suspiró y se volvió de nuevo hacia la pareja, que seguía abrazada. Venetia tenía la cabeza apoyada en el hombro de George.

Simon se aclaró la garganta y se dispuso a hablar.

—Lo siento, Venetia. He sido un idiota al venir aquí. No podía pensar con claridad. Sabía que no eras tú, no podías ser tú. Pero tenía una duda de la que no me podía librar, por lo del pañuelo. Cuando ese maldito mono apareció muerto y me di cuenta de que Charity estaba en peligro, llegué a ciertas conclusiones y me presenté aquí para ver si eran ciertas.

—Claro que no fue Venetia —dijo George—. El problema es, ¿quién lo hizo? Eso es lo que tienes que averiguar.

—¿Me perdonarás, hermana? —preguntó Simon mirando a Venetia.

Ella sonrió, mirándolo con ternura.

—Creo que en este momento podría perdonar cualquier cosa a cualquiera —cruzó la habitación y cogió sus manos—. Claro que te perdono. Al principio me sentí bastante ofendida, pero entiendo que era lógico que te lo preguntaras, conociendo la enemistad que había entre Reed y yo y sabiendo que yo tenía tu pañuelo. Estoy segura de que estás muerto de miedo por Charity. De todas formas, será mejor que te lo devuelva —se llevó la mano al bolsillo—. Aquí tienes tu pañuelo, limpio y planchado.

Simon cogió su pañuelo, sonriendo avergonzado, y se lo metió en el bolsillo.

—Gracias. Eres un ángel por no haberme odiado por llegar a sospechar de ti.

—Lo entiendo. La amas.

Simon tragó saliva y apartó la vista.

—En efecto.

—Bueno, ven a cenar con nosotros.

—No —respondió frunciendo el ceño—. Tengo que volver con Charity.

—No pretenderás volver esta noche a Londres, ¿verdad? Llevas todo el día de camino. Tus caballos no lo soportarían, aunque tú pudieras. Necesitas comer y descansar. Ya volverás mañana. Has dicho que Chaney está cuidando de ella.

—Sí, supongo que tienes razón. Pero me siento tan incómodo... Nunca sé qué puede decidir Charity. Al menos me prometió que no saldría. No se puede meter en ningún lío de aquí a mañana.

Charity dejó caer la labor y suspiró. Se sentía muy intranquila. Simon había insistido tanto en que no saliera que había estado en casa todo el día y el día anterior. Cada vez que salía de una habitación se encontraba a Chaney o a Patrick en la puerta, mirándola como si pudiera desaparecer delante de sus propios ojos.

El odioso inspector de Scotland Yard se había presentado para hacer un montón de preguntas. Se había comportado con tanta insolencia que Charity se tuvo que esforzar por no abofetearlo, y había comentado que tenía «nueva información» mirándola fijamente a los ojos. Charity no sabía si era cierto que sabía algo más o si sólo intentaba asustarla para que dijera algo que le diera pruebas contra su marido. Le relató la muerte del mono, pero tal y como había predicho Simon, Gorham se tomó la noticia con cierto escepticismo.

Estuvo preocupada por su visita durante el resto de la tarde. Se preguntaba si sería cierto que había nueva información y si, como insinuaba Gorham, se podría usar en contra de Simon. Deseaba que volviera cuanto antes para poder hablar con él.

No podía creer que Venetia hubiera asesinado a Faraday Reed, ni siquiera que hubiera tenido nada que ver en su muerte. No obstante, no estaba tan segura de la inocencia de Lord Ashford. Le parecía posible que George se hubiera puesto furioso si Reed le hubiera contado lo que había hecho a su mujer. No le parecía probable que hiciera recaer las culpas sobre Simon, pero nunca podía saber a qué extremos podía llegar una persona que quisiera eludir la justicia.

Chaney entró en la habitación, tan inexpresivo como de costumbre. Llevaba una bandeja de plata con un sobre.

—¿Milady? Acaba de llegar esto para usted.

Charity cogió la carta. El sobre no llevaba ninguna marca, y por un momento sintió temor al recordar las notas que había recibido antes de casarse. Se recordó que era imposible que se tratara de otra de ellas, puesto que la persona que se las enviaba había muerto.

Su nombre estaba escrito en el sobre, con una letra elegante que no coincidía con la de las otras notas. Abrió el sobre y sacó el papel perfumado del interior.

Estimada Lady Dure:
Espero que no le moleste que haya tenido el atrevimiento de escribir. Siento importunarla, pero no tengo nadie más a quien recurrir. Me gustaría, si es posible, que me dedicara un rato. Se portó tan bien conmigo que he pensado que podía pedirle este favor. Tal vez recuerde el asunto sobre el que estuvimos hablando la última vez que nos vimos. Mis peores temores se han confirmado. Me da miedo ser vista, y sé que, en mi desgracia, nadie debe ser visto en mi compañía. Por ello, la espero en un coche, frente a su casa, con la esperanza de que salga a dar un paseo conmigo. Le ruego que no se lo diga a Lord Dure ni a ninguna otra persona, ya que le prohibiría que pusiera en peligro su honor de esta manera.
Atentamente,
Theodora Graves

—Pobrecilla —murmuró Charity, olvidando sus propios problemas.

Sintió lástima por la mujer, abandonada por algún noble arrogante, sin duda un canalla comparable a Faraday Reed, tendría que ser ella quien se enfrentara a solas a la condena de la sociedad.

Tomó una determinación rápidamente. Se puso en pie y llamó a Chaney.

El mayordomo apareció casi al instante.

—¿Sí, milady?

—Voy a salir a dar una vuelta con una amiga.

—¡Milady! Su esposo dijo que no debía salir de la casa.

Charity hizo una mueca.

—Esto no es una cárcel, ¿verdad?

—No, por supuesto que no, milady. Pero Lord Dure...

—Está preocupado por mi seguridad —interrumpió Charity con impaciencia—. Ya lo sé, pero no hay motivos para preocuparse. No estaré sola. Una amiga me espera en el coche. Seguro que tiene un cochero que nos protegerá. Sólo vamos a dar un paseo.

—Pero milady... —suplicó Chaney.

—Repito que no hay motivos para preocuparse. No correré ningún peligro.

—Lord Dure nos matará si permitimos que salga a solas —le recordó el mayordomo, apelando al argumento de más peso.

Se hizo una larga pausa, durante la cual Charity y Chaney se miraron fijamente.

—De acuerdo —dijo Charity—. Que nos acompañe uno de los criados. ¿De acuerdo?

Chaney no pudo contener una sonrisa.

—Estupendo, milady.

Mientras Charity se ponía el sombrero, Chaney fue a buscar a Patrick. Abrió la puerta personalmente.

—¿Con quién va a salir, si me permite la pregunta?

—¿También eso impedirá que Lord Dure les corte la cabeza?

—Me temo que sí, milady.
—Con una viuda. La señora Graves. Theodora Graves.

Bajó los escalones y se acercó al coche sin volver la vista atrás, dejando a Chaney en la puerta.

El cochero, que se había apeado con el fin de ayudarla, pareció sorprenderse ante la presencia de Patrick, pero se retiró mientras el lacayo ayudaba a Charity a subirse. Después, los dos se sentaron en el pestante.

—Me alegro mucho de que haya venido —dijo Theodora—. Temía que se negara.

Charity pensó que los problemas debían haber hecho mella en la señora Graves. Estaba sonrojada, y sus ojos brillaban mucho. Estaba envuelta en una manta, aunque en opinión de Charity no hacía frío.

—¿Está enferma? —preguntó.

Para su sorpresa, Theodora rió.

—¿Enferma? No, de hecho me siento mejor que en muchos meses.

La expresión de su rostro incomodó a Charity. Había algo extraño en ella. Apartó la vista, preguntándose si sus problemas no la habrían desequilibrado. Empezó a sentir haber accedido a salir. No sabía qué podría hacer si Theodora se ponía histérica.

—¿Qué puedo hacer por usted? —le preguntó.

Theodora volvió a reír.

—Nada, milady. Absolutamente nada. Ya lo ha hecho.

Charity la miró con extrañeza, sorprendida por su tono sarcástico. De repente vio que la mujer llevaba una pequeña pistola plateada en la mano, y la apuntaba directamente.

Durante largo rato, se quedó mirándola atónita. Theodora volvió a reír.

—Sigues sin entenderlo, ¿verdad? ¿Cómo se puede haber

casado contigo? ¡Una chica de campo! Sin ningún encanto, siempre tan sonriente, como si el mundo fuera tu parque de juegos. Estoy segura de que ahora se arrepiente. No creo que tus niñerías le sirvan de nada en la cama. No. Estoy segura de que ya se ha arrepentido de haberse casado contigo.

–¡Simon! –dijo Charity sorprendida–. ¿Hace esto por Simon?

–Claro que sí, estúpida. ¿No te das cuenta de que estaba enamorado de mí? Se habría casado conmigo si tú no te hubieras interpuesto.

Charity se quedó mirándola, intentando asimilar las palabras de la otra mujer.

–¿Quiere decir que Simon era el hombre del que me habló?

–¡Sí! –contestó con los ojos entrecerrados–. Me amaba. Estaba loco por mí. Entonces apareciste tú y lo estropeaste todo.

–No diga tonterías –respondió Charity, cada vez más furiosa–. Simon no habría tratado a una mujer como dice que le trató su amante. Me dijo que había tenido una querida, y estoy segura de que eso era. Supongo que sería una mujer muy disponible, más que una viuda contrita de dolor, y que se sintió atraído por sus evidentes encantos.

Theodora pareció sentirse halagada ante las palabras de Charity y alzó el rostro, orgullosa.

–Estaba loco por mí.

Charity rió con sarcasmo

–La verdad es que lo dudo. Conociéndolo, estoy segura de que fue bastante generoso y justo con usted. Sin duda le pagaba la ropa, el coche, los criados...

–Por supuesto.

–Y sin duda lo consideraba un arreglo de negocios, y no una historia de amor. Le pagaba por lo que le ofrecía, y eso era todo. No la amaba. Me dijo que no estaba enamorado de nadie. No se habría casado conmigo si amara a otra mujer.

—¡No soy una prostituta! Soy una viuda respetable. No me daba dinero en pago a nada, y me amaba. Se habría casado conmigo.

—Debe estar loca.

—¡Loca! —el rostro de Theodora se puso casi morado a causa de la rabia—. ¿Yo estoy loca? ¿Crees que una loca podría haber planeado esto? ¿Crees que podría haber pensado en todo lo demás? Estúpida. No sabes de qué hablas.

—¿Todo lo demás? —al fin Charity lo entendió todo—. ¿Se refiere al mono?

—¡Ese maldito animal! Y Hubbell no pudo volver a hacerlo.

—¿Y el señor Reed? —preguntó casi sin aliento.

—Sí, por supuesto. Ese gusano intentó echarse atrás. Maldito cobarde.

—¿Echarse atrás?

—Habíamos llegado a un acuerdo. Faraday iba a ayudarme a evitar el matrimonio. Siempre había odiado a Simon, y estaba deseando desgracias a su prometida.

—¿Quiere decir que siempre tuvo intención de violarme?

—No. El muy imbécil pensó que caerías en sus brazos en vez de caer en los de Simon. Pero como no funcionó intentó forzarte. Daba igual cómo lo consiguiera, siempre que acabara con tu reputación.

Charity sintió un escalofrío al pensar en la indiferencia que sentía aquella mujer ante su dolor y humillación. No quería seguir hablando con ella, pero se daba cuenta de que lo mejor que podía hacer era conseguir que siguiera hablando, ya que de lo contrario podría decidir usar el arma. Sin duda no le importaba matar, pero mientras tuviera algo que decir, Charity podría intentar idear un plan de escape.

—¿Era usted quien me enviaba las notas?

Theodora sonrió como si Charity le hubiera dicho un cumplido.

—Sí. Como no funcionaron, Faraday pensó que podía usarlas para ganarse tu amistad. Pero era demasiado cobarde para llegar hasta el final. Hasta me dijo que tú le dabas miedo.

—¿Así que le pegó un tiro? —preguntó, intentando no adoptar un tono acusatorio.

Theodora se encogió de hombros.

—Discutimos. No se atenía a razones, y al final empezó a amenazarme. ¡A mí! En fin, tuve que matarlo.

—¿Y el pañuelo? ¿Cómo lo dejó junto a su cadáver?

Theodora sonrió, complacida con su inteligencia.

—Huí después de que muriera. Estaba terriblemente asustada, pero después recordé que tenía un pañuelo de Simon. Se lo había dejado en mi casa en una de sus visitas. Afortunadamente, nadie había encontrado el cadáver. La ventana estaba abierta, de modo que tiré el pañuelo al interior. No me vio nadie.

—Pero si quería casarse con Simon, ¿por qué intentó hacer que pareciera culpable? Creía que lo amaba.

—¿Que lo amaba? ¿He dicho eso? No, yo no lo llamaría amor. Quería casarme con él, eso es todo —volvió a encogerse de hombros—. Es un buen amante, mucho mejor que la mayoría. Normalmente los hombres sólo quieren conseguir su satisfacción cuanto antes. Además es rico. Si me casara con él podría tener todo lo que quisiera. Me respetarían en sociedad.

—Pero no es fácil casarse con alguien que está en la cárcel acusado de asesinato, ¿no?

—No creo que el pañuelo sea suficiente para colgarlo. De hecho, hace varias semanas que lo encontraron y no le ha pasado nada. No quería que lo detuvieran. Sobre todo, quería evitar que sospecharan de mí. A fin de cuentas, había sido vista a menudo en compañía de Faraday. Esperaba que eso implicara a Simon simplemente hasta el punto de que rompieras el compromiso —frunció el ceño—. ¿Por qué no lo hiciste? Estoy segura de que el escándalo asustó a tu familia. También estoy segura de que Simon tendría la caballerosidad de liberarte de tu palabra. Contaba con ello.

Charity se tensó. No quería darle tiempo para pensar.

—Así que usó el veneno para librarse de mí, con el fin de que Simon quedara libre para casarse con usted.

—Por supuesto. Habría funcionado, de no ser por ese maldito mono. ¿Cómo se te ocurrió meter un animal tan estúpido en la casa?

—No lo sé muy bien. Me gustó.

No sabía qué decir. Se sentía como si estuviera en un mundo distinto en que las reglas normales se hubieran invertido. No sabía qué hacer para mantener calmada a una mujer que había matado, que consideraba las vidas humanas simples obstáculos en su camino.

Se pasó las manos por la falda para secárselas. Hacía bastante calor. Nunca se había enfrentado a una persona armada, y se sentía más asustada que cuando sufrió el ataque de Reed. No podía intentar quitarle el arma, porque era posible que Theodora consiguiera disparar antes de que la alcanzara. Se le pasó por la cabeza la idea de saltar del coche. No le importaba hacerse daño al caer, pero era probable que la otra mujer le pegara un tiro antes de que abriera la puerta. Pero tampoco estaba dispuesta a esperar a que Theodora la matara cuando le apeteciera.

Se preguntó si habría visto que Patrick subía al coche con ella. Si no era así, tenía una carta en la manga. El lacayo intentaría salvarla cuando salieran del coche. De momento, podía averiguar dónde estaban.

—¿Le importa que descorra la cortina? —preguntó alargando la mano.

—Ni hablar. ¿Me tomas por tonta?
—Necesito un poco de aire fresco.
—No quiero que te vean en mi coche. No quiero que tengas la oportunidad de pedir ayuda.

Charity recordó algo de pronto y sonrió.

—Pero le dije a Chaney con quién iba. Le dije su nombre. Se darán cuenta de que he desaparecido por su culpa.
—Mientes.
—¿Eso cree? —se reclinó, cruzándose de brazos—. ¿Puede arriesgarse? Todo el mundo sabrá que me mató. La colgarían. Estoy segura de que eso no le gustaría. Tengo entendido que los ahorcados se ponen muy feos. Se les pone la cara morada, y se les salen los ojos.
—¡Cállate! —gritó Theodora.

Agitó la pistola peligrosamente, y Charity decidió hacerle caso. Guardaron silencio durante un momento. Charity se preguntó si el arma no se le podría disparar por accidente si pasaban por un bache.

Estaba demasiado nerviosa. Le temblaban los dedos de la mano que sujetaba la pistola. Charity pensó que cualquier sobresalto haría que apretara el gatillo. Esperaba que el pánico no se reflejara en su rostro. El miedo podía incitar a Theodora a la violencia.

—¿A dónde vamos? —preguntó más por pensar en otra cosa que por dar conversación a su secuestradora.
—A un sitio que no conoces. Un lugar con gente normal, al que no irías en tu vida.

El coche avanzaba muy despacio, por un camino que parecía estar lleno de curvas. El grito de una modista sobresaltó a Charity, que dio un salto en el asiento.

Theodora rió al verla.

—¿Ves? Nunca te habrías manchado tus preciosos pies viniendo a un barrio como éste. Y has hecho bien.
—¿Por qué?

—Porque es un lugar en el que se puede disparar una pistola sin que nadie preste atención. Nadie llamará a Scotland Yard ni reconocerá haber visto nada. Es un sitio perfecto para librarse de las molestias.

A Charity no se le ocurría nada que responder, de modo que guardó silencio.

El coche se detuvo. Charity oyó que los hombres bajaban del pescante. Theodora se sentó rápidamente junto a Charity y le puso la pistola en la sien. Un momento después se abrió la puerta del carro. Fuera estaba el cochero de Theodora. Junto a él estaba Patrick, confundido, mirando a su alrededor con desconfianza.

Theodora cogió a Charity del codo para sacarla por la puerta, pegada a ella. Patrick se quedó boquiabierto cuando las vio. Charity se dio cuenta de que Theodora sabía que su criado los acompañaba, y por eso la había apuntado antes de que se abriera la puerta.

Patrick dio un paso al frente, hacia Charity.

—¡Quieto! —gritó Theodora.

—No te muevas —dijo el cochero, dándole un empujón—. Intenta quitarle la pistola y tu señoritinga estará muerta antes de que hayas llegado a tocarla.

—Tiene razón —dijo Theodora.

Charity podía oír la respiración entrecortada de la otra mujer, y aunque no podía volverse para mirarla, sospechaba que tenía el semblante enrojecido y los ojos muy abiertos.

—Lo único que puedes hacer para evitar que muera es venir con nosotros en silencio. No digas nada a nadie y no intentes pedir ayuda. ¿Entendido?

Patrick tragó saliva y asintió.

—Vamos —dijo el cochero.

Cogió a Patrick por el brazo y lo empujó hacia delante. Theodora retiró la pistola de la sien de Charity y la hundió en su costado. Empezaba a hacerse de noche. La calle era muy estrecha, y los edificios les ocultaban la luz. Un niño escuálido, medio desnudo, los miraba con curiosidad. Su madre lo apartó rápidamente, murmurando algo.

Un muchacho, al que le faltaba un brazo, se acercó a pedirles limosna.

—Pobrecillo —murmuró Charity.

Theodora hundió el cañón del arma en su carne.

—Cállate. Tú corres más peligro que ese lisiado.

—¿No podría darle unas monedas?

—¿Te has vuelto loca? —preguntó Theodora, deteniéndose para mirarla con incredulidad.

—Por favor —rogó Charity, llevándose la mano al bolsillo.

—¿Qué tienes ahí?

—Le aseguro que no suelo ir armada. ¿No me va a permitir una última buena acción?

Miraba fijamente a la señora Graves, con expresión casi autoritaria.

—De acuerdo —convino a regañadientes—. Pero hazlo lentamente. Te pegaré un tiro si sacas algo que no sean monedas.

Charity asintió y sacó lentamente el monedero. Se lo tendió al chico y sonrió. Él adelantó la mano, y Charity le entregó la bolsa con todo su contenido. Después se volvió y siguió el camino que habían tomado Patrick y el cochero.

Oyó a sus espaldas un sonido de admiración. Llevaba en el monedero una guinea y varios chelines. Estaba segura de que el pobre chico no había visto tanto dinero en su vida. Sin duda, recordaría a las dos mujeres que se habían cruzado en su camino, en caso de que Simon pudiera seguirle la pista hasta allí.

24

Mientras caminaba, Charity juntó las manos y se quitó con disimulo el anillo con la esmeralda que le había regalado Simon cuando se prometieron. Después se lo puso con el mismo disimulo en el dedo corazón de la mano derecha, junto a la pequeña amatista que le había regalado su abuela. El anillo era demasiado pequeño para aquel dedo, pero lo empujó tanto como pudo. Los dos anillos juntos harían más daño en caso de que pudiera golpear a alguien.

Delante de ellas, Patrick y el cochero esperaban frente a una puerta. Cuando se acercaron, Charity aminoró el paso y decidió ponerse a actuar.

—¡No! —dijo en voz baja—. Por favor, Theodora, yo nunca le deseé ningún mal. ¿No podríamos arreglarlo?

—Vaya, ahora empiezas a suplicar. Vas perdiendo tu prepotencia, ¿eh?

Hizo un gesto al cochero, que abrió la puerta y empujó a Patrick al interior. Las dos mujeres los siguieron a una pequeña habitación poco iluminada. El olor era tan desagradable que Charity apenas podía respirar.

—¿Por qué nos ha traído aquí? —preguntó Charity.

Sólo intentaba ganar tiempo. Sabía perfectamente cuáles eran sus intenciones.

—¿Lo preguntas en serio? Creo que está bastante claro. Al principio pensé que podría hacer que Hubbell te tirara al río con los pies atados a una piedra, pero luego me di cuenta de que si desaparecías Simon no se sentiría libre para volver a casarse. Tenía que hacer que descubrieran tu cadáver. Iba a pegarte un tiro y dejarte aquí, pero la presencia de tu cochero me ha dado una idea mejor —sonrió y se acercó a ella—. Haré que parezca una trifulca entre amantes, como si tu criado y tú hubierais venido para estar a solas en este sórdido lugar. Pero discutisteis, te pegó un tiro y luego se suicidó. Eso quedará muy bien. Explicaré tu muerte a todo el que pregunte, y estoy segura de que Simon no guardará luto por su esposa. Se dará cuenta de que en el fondo era una cualquiera que lo traicionaba. Por supuesto, llevado por la cólera, volverá junto a mí.

—No lo hará —protestó Charity, demasiado furiosa para preocuparse por mantenerla calmada—. Simon no iría nunca con usted. Me ama, y me conoce muy bien. No me creería capaz de tener un amante.

Las cejas de Theodora se juntaron amenazantes.

—No te ama. No puede amarte.

En realidad, Charity no estaba muy segura de que Simon la amara. La había llamado «amor mío» en algunas ocasiones, pero podía tratarse de un simple término cariñoso. Podía significar únicamente que la apreciaba. Pero no estaba dispuesta a reconocer su inseguridad frente a la otra mujer. No obstante, tampoco podía enfadarse con ella, ya que parecía muy inestable. De modo que cerró los labios con firmeza.

Theodora sonrió triunfante, como si el silencio de Charity indicara que le daba la razón. Se volvió hacia Patrick.

—Quítate la ropa.

El rostro del joven adquirió un tono granate.

—¿Qué?

—Ya me has oído. Quítate la ropa. A no ser que quieras que la mate ahora mismo.

—Pero esto es una indecencia —dijo indignado.

En cualquier otro momento, Charity habría reído ante su expresión. Ahora sólo podía pensar si sus protestas distraerían a Theodora lo suficiente.

—Estoy segura de que Lord Dure apreciará mucho tu decencia cuando su mujer esté muerta en el suelo por tu culpa.

Patrick miró a Charity y después volvió a mirar a Theodora. Se quitó la chaqueta y los zapatos con mucha calma. Después les dio la espalda y empezó a desabrocharse la camisa.

—¿Es necesario que lo humille? —preguntó Charity.

—Es imprescindible —contestó Theodora, divertida—. De lo contrario mi plan no funcionaría. Los amantes no se quedan completamente vestidos en sus encuentros, ¿verdad?

Charity contuvo la respiración. Estaba segura de que Simon no creería que le había sido infiel, pero si Patrick y ella eran encontrados sin ropa, podía dar crédito a la idea. Tal vez no sólo muriera. Era posible que dejara a Simon maldiciendo su recuerdo. Su nombre sería un escándalo en boca de todo el mundo. Se sintió más furiosa que nunca.

Theodora rió.

—Vaya, veo que esto ha debilitado un poco tu famoso valor. Haces bien en tener miedo. No puedes hacer nada por evitarlo.

Charity se volvió, contenta de que Theodora hubiera tomado su cólera por miedo. No debía permitir que se diera cuenta de que estaba furiosa. Tenía que hacerle creer que era débil y se sentía asustada, o de lo contrario no se creería el ataque de histeria que estaba dispuesta a fingir cuando llegara el momento.

—Por favor —rogó, sin mirarla—. No es necesario que haga esto. Si nos deja ir no se lo contaré a nadie, y Patrick tampoco. Ni siquiera se lo diremos a Simon.

—¿De qué me serviría esto? No podría casarme con él. Después de tanto esfuerzo, no voy a darme por vencida ahora.

Al final Patrick se quedó en ropa interior y se detuvo, mirando a Theodora con ojos implorantes.

—El resto también —ordenó ella con voz autoritaria.

Patrick cerró los puños y empezó a caminar hacia ella, pero la mujer volvió a llevar la pistola a la sien de Charity, recordándole lo que le ocurriría si no colaboraba. El lacayo se detuvo y empezó a desabrocharse la ropa interior sin dejar de mirarla con cara asesina.

Charity apartó la vista para que no se sintiera más cohibido. Theodora siguió mirando, con una sonrisa.

—Un joven muy apuesto —murmuró—. Es una pena que tengamos que librarnos de él.

—¿No tiene vergüenza? —gritó Charity, fingiendo un sollozo.

Se llevó las manos al rostro.

—Oh. ¿Soy demasiado soez para sus refinados gustos, milady? Vamos, Hubbell, puedes atarlo.

Charity vio entre sus dedos que el cómplice de Theodora había cogido una cuerda y la anudaba alrededor de las manos de Patrick, atándoselas a la espalda. Después lo obligó a tumbarse y le ató también los pies.

—¿Vas a....? No pretenderás que haga lo mismo.

El temblor de la voz de Charity no era completamente fingido.

Theodora sonrió con malicia.

—Sí, y algo más. Es una de las recompensas de Hubbell. Tendrá el privilegio de desnudarte y asegurarse de que es evidente que has estado con un hombre.

Charity pensó durante un instante que se iba a desmayar.

—¡No! No puede permitir que haga eso.

—¿Por qué no? ¿Te consideras demasiado refinada para que un hombre sudoroso obtenga placer sin pensar en ti?

Charity se quedó mirándola, incapaz de reaccionar.

—De acuerdo, Hubbell, ya es tuya —dijo Theodora, apartándose.

El cochero caminó hacia Charity, con un brillo en los ojos. Ella supo que había llegado la oportunidad.

Extendió los brazos hacia Theodora y empezó a sollozar.

—No, por favor, por favor, no haga esto. No puede hacerme esto.

Theodora se detuvo para mirarla con una sonrisa de satisfacción. Charity vio que Patrick, a pesar de estar atado, se acercaba reptando poco a poco. No sabía muy bien en qué podía ayudar, pero tenía que ganar tiempo.

Gritó y empezó a agitarse, fingiendo un perfecto ataque de histeria. Gimió y suplicó. Hubbell miró a su jefa dubitativo, pero ella le indicó con impaciencia que siguiera adelante.

Cogió a Charity del brazo, pero ella se apartó de golpe.

—¡No me toques!

—Por favor, Hubbell —dijo Theodora—. Hazla callar.

—¡No! —gritó Charity, tirándose al suelo y encogiéndose como si el miedo le impidiera moverse.

—Adelante, Hubbell. No podemos quedarnos todo el día.

Charity miró entre los dedos. Patrick no había alcanzado aún a Theodora, pero al menos ella había bajado la pistola para presenciar su ataque de histeria. Sabía que no podía esperar más tiempo. Cerró la mano derecha en un puño, con las piedras de los anillos hacia fuera.

Cuando Hubbell se inclinó sobre ella, Charity se puso

en pie de un salto y descargó el puño en el rostro del hombre. Quería golpearlo en el ojo, pero le hizo una herida en el pómulo.

El hombre gritó y se echó hacia atrás, llevándose la mano a la cara. Charity corrió hacia la puerta. Theodora levantó la pistola y disparó.

Cuando salió del coche frente a su casa, Simon estaba de buen humor. Ya no tenía que preocuparse por la posibilidad de que Venetia hubiera matado a Faraday Reed, y lo que era peor, hubiera intentado matar a Charity. Su mujer seguía en peligro, pero tenía intención de mantenerla vigilada continuamente hasta averiguar quién era el culpable. Ahora, al menos, podría enfrentarse al problema abiertamente, sin temer que su amada hermana fuera el objeto de su investigación. Por supuesto, le resultaría difícil evitar que Charity se metiera en líos, pero había descubierto que cualquier cosa que hiciera con ella, incluso convencerla de algo, tenía sus placeres.

Corrió hacia la casa, ansioso por volver a ver a Charity. Sólo había transcurrido algo más de un día desde que la vio por última vez, pero se sentía como si le faltara una parte. Quería ver su sonrisa, oír su risa, celebrar con ella el hecho de que Venetia ya no era sospechosa, planear la forma en que descubrirían al asesino, cogerla entre sus brazos y besarla. No había pensado en otra cosa durante el camino de vuelta de Ashford Court.

La puerta se abrió con tanta fuerza que chocó contra la pared, y Chaney corrió hacia él con una expresión de pánico que Simon no había visto jamás.

—¡Milord! ¡Milord! ¡Gracias a Dios! —se volvió hacia el coche, que avanzaba hacia los establos—. ¡Espera, Botkins! ¡Para!

—¿Qué demonios ocurre? —preguntó Simon atemorizado—. ¿Le ha pasado algo?

Estaba seguro de que sólo había una cosa que pudiera poner al mayordomo en tal estado.

—Sí, milord. Quiero decir que no estoy seguro. No lo sé.

—Habla deprisa. ¿Qué le ha pasado?

El más joven de los lacayos llegó corriendo a la puerta. Su pulcra peluca empolvada estaba torcida, y llevaba la chaqueta hecha jirones.

—La he seguido, milord. Al menos casi todo el camino.

—¿Que la has seguido? ¿Dónde demonios está? —se volvió hacia Chaney—. Tenías que cuidar de ella durante mi ausencia. Sólo he pasado un día fuera.

—Sí, milord. Ha sido culpa mía, milord. No me perdonaré jamás si algo le ocurre. Pero al menos está con una mujer, y es seguro que no fue ella la que intentó...

—¿Con quién se ha ido? —preguntó.

Contuvo el impulso de cogerlo por los hombros y agitarlo.

—Con la señora Graves.

—¡Theodora! —se quedó mirándolo aturdido—. ¿Lady Dure está con Theodora Graves?

Chaney asintió.

—¿De qué conoce Charity a Theodora? —se detuvo y sacudió la cabeza—. No, es una tontería. Nada en ella me puede sorprender.

—Lady Dure me dijo que una amiga suya, viuda, la esperaba en su coche. Le entregué una nota. Lady Dure dijo que tenía que hablar con ella y que su cochero las protegería, pero se llevó también a Patrick.

Simon se tranquilizó ligeramente.

—Por lo menos no han salido solas.

Ahora sólo tenía que preocuparse por las cosas que Theodora estuviera contando a Charity. Gimió para sí. Era probable que su esposa lo odiara cuando volviera a casa. A ninguna joven esposa le podía gustar conocer a la antigua querida de su marido.

Chaney asintió.

—Sí, pero cuando se iba me dijo el nombre de la viuda. Por supuesto, lo reconocí.

—Por supuesto —dijo Simon con sequedad.

—No sé por qué se ha reunido con ella, ni a dónde pueden haber ido, pero supuse que a usted no le gustaría, de modo que envié a Thomas a seguirla. Y... y.... —empezó a gesticular—. Lo que más me preocupa, milord, es que han ido a Saint Giles.

—¡A Saint Giles! —toda su tranquilidad se desvaneció cuando oyó el nombre de la barriada más peligrosa de Londres—. ¿Qué demonios pueden estar haciendo allí? —congeló al lacayo con una mirada—. ¿Estás seguro de que han ido a Saint Giles?

—Sí, milord. Completamente —le aseguró—. Cogí un coche y los seguí. Estoy seguro de que era ese coche, con la banda dorada alrededor de las puertas.

—Sí, es el coche de la señora Graves.

—Fueron hacia East End, milord, y después de llegar a Saint Giles, el cochero se negó a llevarme más lejos. Me obligó a apearme y no conseguí hacer que cambiara de idea. Así que tuve que seguirlos a pie para no perderlos de vista. Es una suerte que fueran muy despacio.

—¿Dónde están? —preguntó Simon al ver que se detenía.

Thomas apartó la vista avergonzado.

—Los perdí, milord. Se me interpuso una mujer que llevaba dos cántaros, y cuando conseguí rodearla y llegué a la calle por la que se habían metido no había ni rastro de ellas.

—Dios mío.

Simon recordó la cara que puso Theodora cuando le dijo que iba a casarse con otra. Parecía capaz de matarlo con la mirada. Le gritó que estaba a punto de casarse con ella, y él se preguntó de dónde habría sacado tal cosa. De repente se dio cuenta de que Theodora Graves odiaba a Charity. Podía estar tan loca como para haber intentado envenenarla.

Se volvió. El mundo se desmoronaba bajo sus pies.

—Ven conmigo —dijo a Thomas—. Puedes decirme dónde las perdiste.

Caminaron rápidamente hacia el coche. Thomas se montó en el pescante para dar instrucciones al cochero, y Simon entró en el vehículo.

Lucky salió de la casa y atravesó el jardín. Saltó la valla y se metió en el carruaje. Simon no lo echó; se apoyó y hundió el rostro en su pelaje.

El coche atravesaba las avenidas de Londres a toda velocidad, pero cuando llegaron a las calles más estrechas tuvieron que aminorar la marcha. Los nervios de Simon estaban al límite. Al final el coche se detuvo, y Simon abrió la puerta. Thomas se apeó.

—Aquí es donde los perdí, milord. No sé muy bien en qué dirección siguieron.

—Entonces tendremos que preguntar.

Interrogaron a todas las personas que encontraron a su paso. Algunos se marchaban apresuradamente, y otros los miraban con desconfianza, guardando silencio. Pero de vez en cuando alguien les decía por dónde habían visto pasar al coche. Cuando las calles se hicieron demasiado estrechas, Simon y Thomas se apearon y dejaron al cochero cuidando del vehículo. Lucky, por supuesto, seguía a Simon, contento con la aventura.

Simon tenía un nudo en el estómago. Sabía que Theodora podía haber llevado a Charity hasta allí con el único propósito de asesinarla. La odiaba, y se odiaba a sí mismo por haber tenido algo que ver con ella. No entendía cómo no se había dado cuenta de que estaba completamente loca.

Si no llegaba a tiempo junto a Charity, él sería el causante de su muerte. Estaba seguro de que no podría seguir viviendo si tal cosa ocurría. Ya no podía imaginar la vida sin ella. Se había convertido en el sol alrededor del cual giraba su mundo. Apretó la mano sobre la pistola que llevaba en el bolsillo y siguió andando.

Un muchacho se acercó a ellos para pedirles limosna. Simon le dio unas monedas y le dijo:

—Estoy buscando a una señora. ¿Has visto a dos mujeres bien vestidas por aquí?

—¿Una rubia y otra morena?

El niño asintió.

—La rubia era muy amable. Me dio dinero. No me lo va a quitar, ¿verdad?

—No. El dinero es tuyo. Si fue amable contigo, dime hacia dónde fue. Está en peligro.

—Sí —confirmó el muchacho—. La otra la apuntaba con una pistola —se giró y señaló en una dirección—. También había dos hombres, y fueron por allí. Se metieron en esa casa.

—Gracias.

Simon se metió la mano en el bolsillo y le dio unas cuantas monedas. Después corrió hacia la puerta que el muchacho había indicado. Lucky lo seguía, ladrando.

En aquel momento sonó un disparo.

La bala se incrustó en la pared. Pero Hubbell, con la mejilla ensangrentada y un ojo cerrado, corrió hacia Charity. Se lanzó sobre ella justo cuando alcanzaba la puerta, y cayeron juntos al suelo. Hubbell aterrizó sobre ella, cortándole la respiración. A sus espaldas, Theodora cargaba la pequeña pistola de una bala. En aquel momento, Patrick rodó hacia delante, golpeando a Theodora en las piernas. Cayó al suelo, perdiendo la pistola.

Gritó e intentó ponerse en pie, pero Patrick, más pesado que ella, se colocó sobre su cuerpo. Ella se debatió, pero no consiguió liberarse.

Charity recobró la respiración y empezó a luchar con Hubbell, golpeándolo con todas sus fuerzas. Él pasó las manos alrededor de su cuello y empezó a apretar. Como tenía los brazos más largos que ella, los puñetazos de Charity no lo alcanzaban.

Charity oyó que fuera gritaban su nombre, pero no podía articular ningún sonido. Algo golpeó la puerta un par de veces, y de repente se abrió de par en par. Justo cuando empezaba a perder la visión, un gran bulto se abalanzó sobre ellos.

Hubbell apartó los brazos, y Charity logró respirar. Lucky, sin prestar atención al hombre al que acababa de derribar, se puso a lamerle la cara.

Hubbell gruñó de rabia e intentó ponerse en pie, pero Simon lo detuvo, cogiéndolo por el cuello de la camisa. Le dio un puñetazo en la cara y otro en el estómago. Cuando se encogió de dolor, Simon descargó el puño contra su mandíbula. El cochero cayó como un saco de ladrillos, estremeciendo el edificio hasta los cimientos.

Mientras tanto, Thomas había ido a ayudar a Patrick, que seguía aprisionando a Theodora bajo su peso.

—Dios mío, ¿qué haces atado y desnudo?

—¡Simon!

Charity consiguió al fin pronunciar su nombre cuando se apartaba de Hubbell después de comprobar que estaba inconsciente.

—Charity, Dios mío, ¿estás bien? —se arrodilló junto a ella y la abrazó—. Dime que estás bien, amor mío.

Charity asintió, incapaz de hablar. Se quedó aferrada a él, que la cogió en brazos y se puso en pie. Se volvió para mirar a Thomas, que había liberado a Patrick y aprovechaba la cuerda para atar a Theodora. La mirada de la mujer se encontró con la de Simon. Empezó a insultarlo. Él la miró con frialdad.

—Llevadlos a Scotland Yard —dijo a Patrick y a Thomas—. Me llevo a mi mujer a casa.

Después se volvió y se dirigió hacia la puerta, con Charity en brazos.

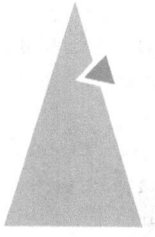

Epílogo

Charity estaba sentada en la cama, con la espalda apoyada en una almohada. El doctor Cargill había ido a examinarla, y Lilly, las demás criadas y el ama de llaves la habían ayudado a desvestirse y ponerse el camisón. Al final, Simon había pedido a todo el mundo que saliera para quedarse a solas con ella.

Se sentó en el borde de la cama y le apartó un mechón de pelo de la cara.

—¿Te encuentras mejor?

Charity asintió.

—Sí, ahora que estamos solos.

Seguía teniendo dificultades para hablar, pero al menos había recuperado la voz. Cuando Charity la sacó de Saint Giles pensaba que no podría volver a articular un sonido.

Simon cogió su mano y se la llevó a los labios. Después apoyó la mejilla en su palma.

—Gracias a Dios, sigues con vida. Lo siento mucho, Charity. No supe protegerte. Estuve a punto de dejar que te mataran.

—Pero no fue así. Me encontraste, y estoy viva. Eso es lo que importa.

Simon asintió y volvió a besarla en la palma de la mano.

Charity creyó sentir un rastro de humedad en su rostro, pero no estaba segura. Se preguntó si estaría llorando, y se sintió llena de felicidad. Dos horas antes estaba luchando por su vida, y ahora estaba a salvo, en su cama, junto al hombre al que amaba.

—¿Qué ha pasado con Theodora?

—Patrick y Thomas la han entregado a Scotland Yard.

—¿Qué pasará con ella?

—No tengo ni idea. Tal vez la condenen por el asesinato de Reed, y tal vez la envíen al manicomio de Bedlam. ¿Se puede saber qué esperaba conseguir asesinándote?

Charity explicó el plan de Theodora al atónito Simon.

—Dios mío, ¿cómo se le pudo ocurrir...? Nunca estuve enamorado de ella, ni ella de mí. No sé qué te habrá contado, pero nunca la amé. Nos acostábamos juntos porque no teníamos nada mejor que hacer, eso era todo. Te lo aseguro.

—Ya lo sé.

—¿Me odias?

—¿Que si te odio? —repitió con incredulidad—. ¿Por qué te iba a odiar?

—Por haber tenido una amante.

Charity le puso una mano en el brazo.

—No veo por qué me va a molestar lo que hicieras antes de conocerme.

—Es cierto que no te conocía. Cuando pedí tu mano fui a verla para decirle que lo nuestro había acabado. No pensé que fuera a reaccionar así. Creí que las cosas estaban muy claras. No era más que un acuerdo.

—Como nuestro matrimonio —murmuró Charity.

—¡No! —protestó Simon.

—Al principio sí —le recordó—. Era lo que tú querías. Un heredero de una esposa de buena familia y reputación intachable, a cambio de tu fortuna.

Charity la miró subiendo una ceja.

—Cuando te conocí dejó de ser un acuerdo —se inclinó y la besó en la frente—. Sólo era deseo... y amor.

—¡Oh, Simon! —rodeó su cuello con los brazos—. Me da igual que hayas tenido un millón de amantes antes de casarte. Lo único que me importa es el presente. Lo único que quiero saber es que me amas, que ahora no tienes a nadie más que a mí.

—Sabes que es así —volvió a besarla, esta vez en los labios—. ¿Y tú?

—¿Qué quieres decir con eso?

—¿Me amas? —preguntó con cierta incertidumbre—. ¿O para ti sigue siendo un acuerdo?

—Cuando te conocí dejó de ser un acuerdo. Me alegré muchísimo de que Serena no hubiera querido casarse contigo. Te amo. Te amo desde hace mucho, desde antes de la boda. Me di cuenta cuando rompiste el compromiso, y decidí que haría cualquier cosa con tal de casarme contigo. Te amo, te amo, te amo.

Empezó a cubrir con besos todo su rostro. Simon rió y cogió su cara entre las manos, para besarla en la boca. Mucho tiempo después estaba tumbado junto a Charity, abrazado a ella.

—No tengo intención de soltarte jamás —le dijo.

Charity cerró los ojos.

—Simon, el niño que me ayudó —murmuró—, el manco...

Sintió la risa en el pecho de Simon.

—Sí, amor mío. Eres incorregible. Enviaré a alguien para que vaya a buscarlo inmediatamente.

Charity sonrió y se acurrucó contra él.

—Sabía que lo harías.

www.ingramcontent.com/pod-product-compliance
Lightning Source LLC
LaVergne TN
LVHW030341070526
838199LV00067B/6396